Beatrix Granitzki

LIEB, VERSCHMUST, VERFRESSEN - ALLTAGSGESCHICHTEN VON UND MIT BEAGLE

Beatrix Granitzki
Lieb, verschmust, verfressen - Alltagsgeschichten von und mit Beagle
ISBN 978-3-938142-54-7
3. Auflage, 2011

http://www.docupoint-md.de
Layout: Marco Borchardt
Umschlagentwurf und Gestaltung: Marco Borchardt
Herstellung: docupoint GmbH
Printed in Germany

BEATRIX GRANITZKI

LIEB, VERSCHMUST, VERFRESSEN

Alltagsgeschichten von und mit Beagle

Vorwort

In den Internetforen „Yahoo-Beagletreff" und „Yahoo-Laborbeagle" treffen sich mehrere hundert Beagler, um sich mit Gleichgesinnten auszutauschen. Wer möchte, kann Anregungen, Tipps oder Ratschläge zu vielen Themen erhalten. Hauptanliegen in den Foren ist aber das Teilen von Freud und Leid im Beaglerleben.

„Eigentlich sollte man aus diesen ganzen lustigen Mails mal ein Buch machen" hieß es des öfteren. Rita Schiranski, Beate Schinck, Nastasja Döring und ich haben dann eines Tages begonnen, uns durch tausende Foren-Mails zu lesen, um dieses Vorhaben in die Tat umsetzen zu können.

Hier ist nun das Ergebnis. Im manchen der lustigen Mails erkennt sicherlich mancher Leser seinen eigenen Beagle wieder - was auch beabsichtigt ist, denn nichts ist tröstlicher als zu erfahren, dass auch der eigene Beagle ein ganz normaler Vertreter seiner liebenswürdigen Rasse ist.

Des weiteren sind in diesem Buch einige Texte zu finden, die zum Nachdenken und vielleicht zum Nachmachen anregen wollen.

Der Reinerlös dieses Buches geht an die IG Tiere in Not, einen Verein, der überwiegend Laborbeagle vermittelt.

Viel Freude beim Lesen der Geschichten wünscht Ihnen

Beatrix Granitzki

Jeder hat mal klein angefangen...

Häufig gestellte Fragen:

- ist das ein Hush Puppy ?
- ist das ein Basset ?
- ist das ein Junge oder ein Mädchen ? oder auch in Franken: Männle oder Weible?
- wie groß wird der noch ?
- war da ein Beagle mit drin ?
- beißt der oder kann man den streicheln ?
- ist der lieb ?

Die Dreamies

Was man sonst noch so hört:

Ach ja...bei einem Spaziergang hier mit 18 Beaglen wurde ich gefragt, ob das ein (!) Wurf wäre.

Ist das ein Jack Daniels?

Der ist bestimmt noch ganz jung...(Ich: ja, schon 10 Jahre alt)

Niedlich, sieht ja fast aus wie ein Beagle. - so einen schön gezeichneten Jack Russel habe ich noch nie gesehen.

Der ist aber noch nicht alt oder? (Ich: 4 Jahre)
Ach, dann wird der ja noch größer.....

Ich bin mit Welpe unterwegs.
Eine Dame spricht mich an, „Süüüüsss, die bleibt aber nicht so, oder? Wie groß wird sie denn?"
ICH zu IHR: „Standart wäre zwischen 33 und 41 cm" und ich zeige dabei auf etwas unter Kniehöhe.
Ein anderer Passant, der uns zugehört hat meint: „Ach ja, das ist ein Labrador, gell!"

Ich bin mit ausgewachsenen Rüden und einem weiblichen Welpen unterwegs...
... und werde meistens angesprochen. „Ach, sind diiiie süüüüsss, ist das Mutter und Kind?"
ICH: „Nein, die sind nicht verwandt." (Der Rest ist mir zu kompliziert)
Antwort: „Komisch, die sehen aber genau gleich aus....." (Na ja, ist ja auch die gleiche Rasse ;-))

Beagletreffen:
Alle sagen, wie sie gerade auf einen Beagle gekommen sind.
„Weil er ein Familienhund ist....!“ und viele nette andere Antworten.
Schließlich die Antwort: „...weil er farblich am besten zu meiner Kleidung passt!“
Kein Scherz, echt!

Ist das nicht so einer wie bei Cats & Dogs?

„Wissen Sie, dass das ein Jagdhund ist? Die wurden früher ja zur Fuchsjagd eingesetzt“. (Ach nee - hätte ich als Beaglebesitzer sicher nicht gewusst ;) ;-). „Kann der denn von der Leine?“

Ach, junge Frau, machen Sie sich nix draus, der wird schon noch länger und die Beine wieder etwas kürzer, dann ist ein richtiger HushPuppy. Und das zu einer waschechten Beageline von 6 Jahren.

Ist der für einen Beagle nicht etwas zu groß? Die sind doch eigentlich sooooooo klein (zeigen fast Yorkshiregröße dabei).

Der wächst aber noch, oder?

Ist das ein Giebel?

Sind das die, die auch die Queen hat??

„Oh, schau mal, eine Beagle-Dackel-Welpenmischung“ beim Anblick eines sechsjährigen Laborbeagles.

Boah! Das ist aber ein großer Dackel!!

Das ist aber eine schöne Brassenart.

Der ist aber nicht reinrassig! Für einen Beagle (manche sagen auch direkt für einen Basset [woran in beiden Fällen gedacht wird]) hat der viel zu lange Beine und viel zu kurze Ohren!

Ist der heiser? (wenn ein „auohhhh" kommt)

Ist das ein junger Bernhardiner?

„Was ist das für eine Rasse? Ein Beagle? Das ist aber auch ein netter Name für einen Mischling!"

„Ist der noch jung? Wie groß wird er denn?" Daraufhin ich „Nein, nein, sie ist ausgewachsen" und habe dann schon oft als Antwort bekommen „Klar man sieht, dass er alt ist."???

Novembergefühle

Wolfgang Reh

Was ich heute erlebt habe - habe ich schon öfter erlebt.
Ich geh' mit Köbes heute schon das x-te Mal Gassi, damit er doch mal Gelegenheit hat, auch draußen sein Häufchen zu machen. Ich stehe also so rum und versuche, ihn nicht unter Druck zu setzen, weil, unter Druck, kann er ja nicht. Da sehe ich schon aus weiterer Entfernung eine Fußgängerin auf uns zukommen.
Auch Köbes, der sich offensichtlich in ein wunderschönes gelb-rotes Ahornblatt verliebt hat, wendet den Blick und entdeckt die junge Dame.
Sie hält den Blick nach unten gesenkt, die Schultern hochgezogen und ihre Stirn zeigt Sorgenkräusel. Typisch November, halt. Kalt, klamm und missmutig.
Köbes macht, was er immer macht, wenn uns Fußgänger entgegenkommen, er setzt sich hin und wartet, bis sie nahe genug ran sind um sie zum Spielen aufzufordern.
Der Blick der unterkühlten Fußgängerin bleibt an meinem kleinen Beagle hängen und langsam, ganz langsam, mit jedem Schritt sozusagen, wird der Blick weicher und wärmer. Die Sorgenkräusel auf der Stirn weichen. Dafür zieht sie jetzt die Augenbrauen hoch und ihr gerade noch so unbarmherzig zusammengekniffener Mund verbreitert sich zu einem Lächeln. Zaghaft zunächst, doch gleich darauf breit und einladend.
Köbes merkt, dass die kühle Blonde auftaut und spult sein volles Programm ab: aufstehen - mit dem Schwanz wedeln - hinsetzen - schön gucken - aufstehen - wedeln - hinsetzen - schön gucken usw. usw.
Aus dem regelmäßigen, zornigen Stakkato der Schritte der Fußgängerin wird ein langsamerer Takt und ohne den quirligen Köbes aus den Augen zu lassen, fragt sie, ob sie ihn streicheln dürfe. Sie wartet das „Ja, klar" von mir kaum ab und geht in die Hocke und spielt

eine kleine Weile mit Köbes.
Als sie sich aufrichtet und mich anschaut, ist ihr Blick fast ein bisschen nass, aber ihr Gesicht sagt einfach nur „Hach, das hab ich gebraucht“.
Wir suchen unser nächstes wunderschönes Ahornblatt zum Verlieben und sie geht ihres Weges. Ihr Gang jedoch ist ganz verändert, fast schon ein bisschen beschwingt und die Schultern zieht sie auch nicht mehr hoch - ist wohl doch nicht so kalt, wie sie dachte.

Koebes schaut fragend

Ich hab 'nen Beagle - Ich glaub, jetzt hab ich auch Novembergefühle :-)

Dialog zwischen Frauchen und Bobby

Bettina Kober

Frauchen:

Als wir damals dich niedliches Kerlchen im Alter von neun Wochen mit nach Hause nahmen, hätten wir es nie für möglich gehalten, dass du es so faustdick hinter deinen entzückenden Schlappöhrchen hast. Das erste Lebensjahr war echt eine Prüfung für uns und unsere Nerven.

Bobby:

Was soll das denn heißen?!

Ihr wisst doch, dass ein Beagle immer ganz tolle Einfälle hat, die natürlich sofort in die Tat umgesetzt werden müssen. Und dann möchte Beagle dafür auch gebührend gelobt werden!

Frauchen:

Wir hatten dem dir eine ganze Menge Spielzeug gekauft, weil wir es gut meinten. Davon hat nichts außer einem Ball das erste Jahr und die spitzen Welpenzähnchen überlebt. Nach einigen neuen Versuchen mit „unkaputtbarem" Gummispielzeug, welches innerhalb von wenigen Minuten zernagt war, haben wir es aufgegeben. Auch mehrere Leinen haben wir gebraucht, denn auch genietete zerrissen durch dein Ungestüm. Ich erinnere mich, dass wir dir mal eine schöne neue Liegematte gekauft hatten, der letzte Schrei, mit Zedernholzspänen gefüllt gegen Ungeziefer. Die kam um die 40 Euro. Leider sind wir nicht im Zimmer geblieben. Du hast nicht länger gebraucht als eine Viertelstunde, um die Liegematte in winzige Einzelteile zu zerlegen. Und dann die Zedernholzspäne überall! Wahnsinn! Als ob ein Hurrican durchgefegt wäre...

Bobby:

Na ja, man - oder besser Hund - muss doch wissen, was da so drin ist. Gütekontrolle sozusagen! Und meine Welpenzähne waren nun mal ziemlich spitz, ideal für Gummispielzeug. Die Quietsche da drinnen musste natürlich raus... Genauso toll zum Zerlegen waren auch Plüschtiere, Latschen, Socken und Sofakissen!

Frauchen:

Jawohl, Stuhlkissen mussten auch einige dran glauben. Und das Zimmer der Jungs war noch nie so ordentlich aufgeräumt wie nach deinem Einzug. Denn Lego und die Hüllen von Ü-Eiern kann man auch prima zerkauen, ebenso Stifte, (die verräterischerweise blaue Flecken auf weißem Fell hinterlassen) und am allerbesten sind natürlich Packungen von Papiertaschentüchern, die man fein in Stückchen in der ganzen Wohnung verstreuen kann.

Bobby:

Ja, das geht wirklich prima! An Tempos komm ich selbst heute nicht dran vorbei, wenn da auf dem Tisch eine Packung liegt. Da juckt es mir regelrecht in den Pfoten! Und ich weiß genau, wenn mich keiner beobachtet....

Frauchen:

Papier überhaupt hatte es dir angetan. Ich weiß noch, unter einer fein säuberlich wieder zusammengeklebten Mathearbeit von Martin stand: „Tut uns leid, aber das war unser Hund!" Na, ich weiß nicht, was die Lehrerin gedacht hat, aber sie hatte Humor.

Auch Geldscheine, die eben mal kurz unbeaufsichtigt auf dem Tisch lagen, waren dann „Kleingeld". Die Sparkassenmitarbeiterin hat mich dann auch schon ganz komisch angeguckt, wenn ich wieder mal mit einem Zehner zum Tauschen kam und mit rotem Kopf stammelte: „Äh, das war unser Hund!" Aber aus Erfahrung wird man klug, nicht wahr?

Bobby:

Na, sag ich doch, das ist eben so! Ich wollte doch nur Erfahrungen sammeln, schließlich war ich ja noch klein ;o)

Frauchen:

Und wie oft wollten wir dir abgewöhnen, Erfahrungen mit Socken zu sammeln. Die hatten ständig Löcher dank deiner tatkräftigen Mithilfe! Wir haben dir alte ausrangierte Socken angeboten, aber das war ja nix, das hatte ja nicht den „Kick" des Verbotenen.

Bobby:

Genau! Es macht doch viel mehr Spaß, die frisch gewaschenen

Socken vom Bügelwäsche-Stapel zu mausen und dann rennen immer alle schön hinter einem her. Prima Spiel! Ist doch gut, Bewegung, oder?

Bobby müde

Frauchen:

Ja, mopsen kannst du auch gut. Beim ersten gemeinsamen Weihnachtsfest mit Beagle hat Martin steif und fest seinen älteren Bruder beschuldigt, er würde ihm Süßigkeiten von seinem Weihnachtsteller nehmen. Tja, bis wir dann ausgelutschtes Silberpapier in deinem Körbchen fanden...

Bobby:

Das war clever, nicht? Stell dir mal den Ärger vor, wenn ich das Silberpapier mit gefressen hätte! Ja, und seitdem bekomme ich hin und wieder mal eine Tafel Hundeschokolade, mmhhh. Gleiches Recht für alle!

Frauchen:

Und dann noch das Thema mit dem Ausbüxen. Ich weiß, das hörst du nicht gerne! Bekanntlich ist der Jagdtrieb beim Beagle ja ungleich besser als sein Gehör, denn bei einer verführerischen Spur haben sie kein Ohr mehr für ihren Herrn und verschwinden wie der Blitz.

Da wir ja auch auf einem Dorf wohnen, umgeben von Feldern, Wald und Wild (sowie Jägern, die solche „wilde Jagden" verständlicherweise nicht tolerieren), haben wir dich beim Spazieren gehen immer an der Rollleine. Die ist 8 m lang und bietet genügend Freiheit und Aktionsradius. Es ist schon so: Zu Hause klebst du an uns wie eine Klette, aber sobald die Haustür hinter uns ins Schloss fällt, sind wir nur noch nebensächlich für dich.

Als du noch klein warst, haben wir dich auch ohne Leine laufen lassen, z.B. auf der Fußballwiese, bis zu dem Moment, wo du dich von einem Fahrradfahrer oder einem Hund auf der anderen Straßenseite angezogen fühltest und wir nur noch die weiße Rute sahen. Ein Beagle sollte ja nie ein Jagderlebnis bekommen. Deshalb haben wir, auch um dich zu schützen, den Leinenzwang beschlossen. Lieber ein Beagle an der Leine als ein toter oder vermisster Beagle!

Beispielsweise hast du uns im Juni 2000 in Holland in einem der Centerparks einen Riesenschrecken eingejagt. Dort ist es sooo schön: Ein zwölf Hektar großes eingezäuntes Beagle-Paradies mit vielen Bäumen, Wiesen und kleinen Teichen mit halbzahmen Enten. Die hattest du schon die ganze Zeit aus den großen Panorama-Fenstern des Bungalows heraus beobachtet. Bis, ja bis Herrchen doch mal gleichzeitig alle beide Eingangstüren öffnete und Bobby noch nicht an der Leine war... So schnell konnten wir gar nicht gucken, wie du verschwunden warst im Beagle-Paradies.

Bobby:

Ich wollte doch bloß mal die Flattermänner besuchen. Enten jagen macht doch so viel Fun! Natürlich wollte ich denen nichts tun, nur aufscheuchen, weil sie dann so herrlich laut schnattern.

Frauchen:

Zu viert sind wir dir hinterher gerannt, zwischen Bungalows suchend und mit einem Ohr immer darauf lauschend, wo Enten krakeelen. Das ging fast eine halbe Stunde so, du hast uns bis knapp einen Meter herankommen lassen, dann kehrtmarsch und flinke Füße! Bis wir dich endlich in einem Bungalowwinkel hatten, wo ein anderer Hundebesitzer draußen Spielzeug liegengelassen hatte. Dort konnten wir dich endlich an deinem Geschirr greifen, das wir dir zum Glück schon umgelegt hatten.

Bobby spielt BusterCube

Noch nie zuvor war mein Adrenalinspiegel so hoch und ich kurz vor einem Herzinfarkt! Man stelle sich nur mal vor: Eine zwölf Hektar große „Spielwiese für Beagles“ mit Enten und Karnickeln und dann in einem Land mit fremder Sprache Suchanzeigen aufgeben, nee, mein Lieber, darauf kann ich verzichten. Also heißt es, noch besser aufpassen! Aber ein Jahr später an der Ostsee ist es dir wieder geglückt, uns durch das Dünenwäldchen zu jagen. Aber das ist wieder eine andere Geschichte....

Bobby:

Ganz toll fand ich ja, dass ihr mich dafür gar nicht beschimpft, sondern bald erdrückt habt vor Erleichterung. Na ja, ich kann halt meine Jagdhund- Abstammung nicht verleugnen. Obwohl ich nie einem anderen Tier etwas tun würde!

Frauchen:

Zum Glück war das erste stressige Jahr irgendwann vorbei und du wurdest fast von einem Tag auf den anderen zusehends ruhiger und gesitteter. Was nicht heißen soll, dass dir heute kein Schabernack mehr einfällt!! Da kann man es in deinem Kopf richtig arbeiten sehen, bevor du Unfug anstellst. Aber das ist eher selten geworden.

Vieles wäre in deiner Erziehung anders gelaufen, wenn wir damals schon das Clicker-Training gekannt hätten. Aber das haben wir zusammen erst gelernt, als du schon drei Jahre alt warst. Noch immer bin ich erstaunt und überrascht, wie schnell du damit Dinge erlernst! Eine große Hilfe war uns auch der Erfahrungsaustausch in der Gruppe der Beaglefreunde. So ein Forum kann ich jedem Neu-Beaglebesitzer nur empfehlen!

Bobby:

Was soll ich sagen?! Klar bin ich jetzt erwachsen geworden und ruhiger. Das vorher war doch Welpenkram! Aber Spaß hat es doch gemacht ;o) Und natürlich macht mir so eine Erziehung, bei der es Leckerchen als Belohnung gibt, viel mehr Freude am Lernen.

Frauchen:

Und wir haben nie bereut, uns gerade für einen Beagle entschieden zu haben. Du bist für uns der beste Hund der Welt!

Ein besonderer Welpeninteressent

Mariela Buhr

Ich hatte bei dem A-Wurf ein Erlebnis, das ich wohl nicht vergessen werde:

Es rief eine Mutti an, die den lang gehegten Herzenswunsch ihres Sohnes unterstützen wollte.

Sie frage mich, ob sie eine Chance hätten, einen Welpen zu bekommen. Sie hätten „nur" eine Wohnung, kein Haus, aber einen großen Garten.

Nach dem Kennenlernen war mir klar: diese Minifamilie bekommt einen Hund. Als mich dann der elfjährige Junge fragte: „Es ist doch der A-Wurf, darf ich einen Namen für meinen Hund aussuchen?" konnte ich natürlich nicht widerstehen.

Jede Woche rief Robert an, was denn sein Arthus mache und wie er sich entwickele.

Robert und Arthus

Der Hammer kam zur Abgabe. Er gab mir das Geld und sagte: „Das habe ich vier Jahre gespart, weil ich wusste, ich bekomme dann einen Arthus".

Was soll ich sagen, Arthus ist nun Roberts bester Freund. Robert besucht das Gymnasium und möchte dann Tiermedizin studieren. Die Familie kommt zu jeden Welpentreffen, es kommen immer Urlaubsgrüße und natürlich Fotos, auf denen man das Strahlen in Roberts Augen sehen kann.

3x peinlich und 1x STRIKE! (oder doch 4x peinlich?)

Wolfgang Reh

Kalt und fast windstill ist es heute, an diesem Novembervormittag in Köln. Ab und zu segelt ein goldfarbenes oder rotes Blatt von einem Baum in weiten Kurven zu Boden. Ein schöner Tag und ideal um mit Köbes ausgiebig Gassi zu gehen und dabei ein wenig „Stadtleben" zu üben.

Zuerst die Haustour - ein Weg, den Köbes gut kennt und auf dem sich die Ablenkungen in Grenzen halten. Leider nicht sehr erfolgreich - Köbes denkt gar nicht daran sich zu lösen, weder in flüssiger noch in fester Form. Alles ist so interessant - jede Pflanze am Wegrand wird ausgiebig beguckt, berochen und dann noch probiert.

Nun denn, „wir" beschließen, jetzt die Einkaufsstrasse für uns zu erobern! Schnell ist die Leine verkürzt und auf geht's ins Getümmel! Brav macht Köbes vor jedem Straßenüberqueren sein „Sitz" und wartet, bis ich rufe: „Und los". Goldig guckt er in jeden Ladeneingang und geht dann ohne großen Protest wieder mit mir weiter. Ganz entzückend schaut er kurz beim Metzger rein und zeigt keinen Widerstand beim Weitergehen.

Dieser ganze Liebreiz macht uns dann Mut den ersten Laden, einen Zeitschriften/Tabak-Handel, zu betreten. Wir sind beim Bezahlen auch recht fix an der Reihe, aber halt nicht gleich die Ersten und diese Gelegenheit nutzt er, der Köbes, schamlos aus.

Herzallerliebst setzt sich mein kleiner Beagle hin und pinkelt dem Ladenbesitzer auf den Teppich. Selbstverständlich wird es sofort bemerkt und der Blick des Ladenbesitzers lässt keine Zweifel: Ich missbillige das Verhalten Ihres Hundes und erwarte, dass Sie die Pfütze entfernen.

Klaro, wir sind natürlich vorbereitet. Flink ein paar Blätter Küchenkrepp aus der Jackentasche geholt, ausgebreitet und sie mit hochrotem Kopf auf die Pfütze gelegt. Danach noch die kleine Plastiktüte rausgefummelt und die ganze Schweinerei verpackt und wieder eingesteckt. Nix wie weg hier.

Gleich gegenüber ist der Woolworth. Unsere nächste Herausforderung. Köbes ist wieder fromm wie ein Lämmchen.

Koebes

Vor dem großen Laden ist ein kleiner Stau, weil ein fliegender Händler seine Tische mit Billiguhren ausgebreitet hat. Ein mit spitzer Stimme ausgerufenes „Hach - der is' ja süüüüüß“ lenkt die Aufmerksamkeit von ca. 30 Passanten auf einen kleinen Hund namens Köbes.

Jahaha, das ist natürlich die Gelegenheit für Köbes zu zeigen, was er kann. Mit seinem absolut süßesten Blick setzt er sich hin und macht eine Riesenpfütze mitten vor den Eingang des Kaufhauses.

Die Stimme von vorhin lässt ein kurzes „Igitt!“ hören, und wir sehen in die Augen des entsetzten fliegenden Händlers. Tja, Küchenkrepp ist alle. Also bleibt nur der hochrote Kopf und ein gemurmeltes „sorry“, bevor wir uns schnell in den Laden schleichen. Nix wie weg hier.

Die benötigte Kleinigkeit ist schnell besorgt und wir stehen an der Kasse an. Hinter uns eine ältere Dame, die sich angeregt mit Köbes unterhält und vor uns ein junger Mann, der mit ungefähr 2 Kilo Kleingeld bezahlt. Die Kassiererin ist eine von der gründlichen Sorte und prüft jede der Münzen ganz, ganz genau. Die Ältere hinter uns richtet sich auf und will grade fragen, ob denn Köbes immer so lieb sei, als sie eine gewisse Wärme aufsteigen spürt.

Blick nach unten. Wir spiegeln uns in einer Lache von beträchtlichem Ausmaß, die Köbes hinterlassen hat. Blick nach oben. Die alte Lady flüstert: „Das muss die da wegmachen!“. Und dabei grinst sie ganz verschwörerisch und zwinkert ein bisschen mit den Augen in Richtung Kassenfrau.

Wir bezahlen. Die Diplomkassiererin hat nix von der Pfütze mitbekommen und wir verabschieden uns besonders freundlich von ihr. Nix wie weg hier.

Ach, Köbes. Wir machen uns auf den Heimweg. Gerade als wir wieder einmal das übliche „Sitz“ vor einer Straßenüberquerung machen wollen, hört Köbes nicht. Im Gegenteil. Mit der Schnauze auf dem Boden läuft er hektische Kreise und Schleifen. Noch einmal lässt er sich überreden mitzukommen, schließlich müssen wir über die Straße, doch dann setzt sich mein kleiner Beagle wieder mal hin und fabriziert einen Haufen, der beinahe von einer Dogge hätte sein können. Und noch nicht mal auf dem Gehweg, sondern in der Gosse!

STRIKE!

Wir kommen fast ins Schwitzen vor lauter Loben und Schwanzwedeln und Leckerchen geben und zum Spielen auffordern!

STRIKE!

Wir haben beinahe einen Kloß im Hals vor lauter Rührung als wir den Haufen begucken!

STRIKE!

Wir beginnen uns gerade zu beruhigen, als ein Auto mit einigem Schwung genau da parkt, wo Köbes den STRIKE! hingemacht hat. Genau mit dem rechten Vorderreifen mit Karacho durch den Haufen. Mit einem flauen Gefühl in der Magengegend beobachten wir, wie die ganze Bescherung auseinanderspritzt und sich über den Gehweg und ein bisschen an die Hauswand verteilt. Als wir wieder aufblicken, sind da schon wieder entsetzte Augen. Diesmal von einem Rentner, der aus dem Hauseingang, der auch ein bisschen bekleckert wurde, heraustritt. Den ärgerlichen Ausruf: „Wat 'ne Sauerei!“ hören wir nur noch von hinten, als wir mit hochrotem Kopf nach Hause eilen. Nix wie weg hier.

Ich hab 'nen Beagle - ich hab auch oft 'nen roten Kopf :-)

Baby Lucie

Diana Zeller

Als wir uns für Baby Lucie entschieden hatten, war schnell klar: Sie sollte immer und überall fotografiert werden.

Natürlich hatte (habe) ich immer die Taschen reichlich voller Fotos....

Nun traf ich meine arme Schwägerin, als sie auf dem Weg in die Stadt war..... ich AUSNAHMSWEISE ohne Lucie.

Schwupps.... schnell ein paar Fotos von Baby Lucie der armen Frau ins Gesicht gedrückt, gestrahlt wie ein Honigkuchenpferd, mit stolzer Brust und dümmlichen Grinsebacken.....und wieder ab nach Hause: Baby Lucie küssen ....

Lucie

Ein paar Tage später spricht mich meine Freundin darauf an..... meine Schwägerin sei nämlich nach der Fotoattacke völlig verstört und richtig geknickt gewesen....

Sie hat zu meiner Freundin gesagt: „Wieso nehmen sich die beiden denn nach Sissi (das war unsere 1. Hündin, die bei uns 17 Jahre alt geworden war) wieder einen kranken Hund?“

Meine Freundin, nun ebenfalls verstört, fragte: „Wieso, Lucie ist doch nicht krank...“?

Darauf meine Schwägerin: „Aber die hat doch vier verbundene Füße!“

Hihi, das erheitert uns noch heute...

Das gebeagelte Oberhemd

Was ein Industrieland sonst noch so alles produziert...

Leben mit Laborbeagle

Ute und Gerrit Dieckman

Zwei Jahre, nachdem unser Moritz gestorben war, haben wir überlegt, uns wieder einen Hund anzuschaffen. Eigentlich wollten wir uns ja nur informieren und das Thema war ja auch nur angedacht. Schließlich hatten wir ja schon vier Katzen. Aber ein Hund ist eben ein Hund!

Jule, Giesel, Paul und Elischa haben dann die Auswahl stark mitbestimmt. Sie haben schließlich die älteren Rechte im Haus (und wir keine mehr...). Also ab in die Buchhandlung, ein Buch über Hunderassen gekauft und durchgelesen. Dann haben wir uns überlegt, welcher Hund zu den Katzen und in unseren Haushalt passt. Meine Mutter, die ja schließlich tagsüber aufpassen darf, wollte schon immer einen kleinen, braunen Hund (und bekam große, schwarze). Katzenverträglich und mittelgroß sollte er sein. Idealerweise auch noch freundlich und bewegungsfreudig, gern auch älter. Die Rasse an sich war zu diesem Zeitpunkt egal, solange diese Kriterien passten.

Unsere Erfahrungen mit Tierheimen erwiesen sich, wider Erwarten, als nicht von Erfolg gekrönt. Entweder sagten uns die Hunde und / oder die Bedingungen nicht zu oder die Tierheime fanden genügend Gründe, uns abzulehnen.

Beim Mittagessen in der Firma schilderte ich gerade mal wieder meine Erlebnisse mit einem örtlichen Tierheim, als ein Kollege von einem Bericht im Frühstücksfernsehen erzählte. Es ging um Beagle, die als Versuchstiere gehalten und nach Beendigung der Versuchsreihen in Familien vermittelt werden. Ein ehemaliger Laborhund? Bei uns?? Aber der Virus arbeitete schon in uns und ein

Beagle stand bei uns ganz oben auf dem „Wunschzettel".

Also gaben wir den Begriff „Laborbeagle" in die Suchmaschinen im Internet ein und gleich die erste Seite war ein Volltreffer! Ex-Laborbeagle Asta hat ganz ausführlich über ihr altes und neues Leben berichtet. Und das klang für uns richtig gut. Theoretisch jedenfalls, aber praktisch? Wie ist es, wenn der Hund wirklich lange braucht, um sauber zu werden? Wenn er sich die ersten Wochen nur unter dem Sofa aufhält (heute wissen wir es besser: der normale Platz für einen Beagle ist auf dem Sofa)? Und bei jedem Geräusch gleich wieder flüchtet? Womöglich handscheu ist? Fragen über Fragen - und auch Angst spielte mit.

Zu diesem Zeitpunkt sind wir auf jeden Beaglebesitzer zugestürmt, den wir habhaft werden konnten. Notfalls legten wir auch einen Sprint ein um ihn zu erwischen. Wir bekamen viele Züchteradressen, aber irgendwie hatte niemand bei uns in der Gegend einen ehemaligen Laborbeagle oder kannte jemanden, der jemanden kennt. Dafür durften wir uns Geschichten über den „unerziehbaren" Beagle anhören. Der nie kommt, wenn man ihn ruft und stundenlang im Wald verschwindet.

Doch der Gedanke, einem Lebewesen, das (im übertragenen Sinn) etwas für uns getan hat, auch etwas zurückgeben zu können, ließ uns nicht mehr los. Wenn diese Tiere, die durch ihr Schicksal als „Forschungsobjekt" schon eine Chance auf ein normales Leben bekommen, dann wollten wir unseren Teil dazu beitragen.

Irgendwann merkten wir, dass wir uns die Frage ob oder ob nicht, schon gar nicht mehr stellten. Es ging mittlerweile nur noch um das Wie. Wir hatten uns für einen älteren Hund entschieden. Unsere Überlegung war ganz schlicht und pragmatisch: Wenn es uns wieder mit Hund nicht gefällt, dann dauert es nicht so lange. Und wenn er ängstlich bleibt, ist es auch egal - Haus und Garten sind groß genug.

Festgelegt hatten wir uns, jetzt kam der Griff zum Telefonhörer und anrufen bei der Adresse, die bei uns am nächsten war. Das war (und ist immer noch!) Henri Hiesener von der IG Tiere in Not. Ausführlich ist er auf meine Fragen eingegangen und konnte auch Ängste ausräumen. Ich habe mich artig für das Telefonat bedankt und dann kam die Familienkonferenz.

Dreh- und Angelpunkt war, ob die Katzen mit einem neuen Hund klarkommen würden. Da wir aber immer Hund und Katze zusammengehalten haben, waren wir auch in dieser Hinsicht optimistisch. Entweder lernt der Hund schnurren oder die Katzen bellen. Das haben wir alles schon erlebt.

Nach drei Tagen rief ich dann nochmals bei der IG an und dann wurden unsere Daten aufgenommen. Dass es dauern konnte, war uns klar. Und diese Wartezeit haben wir richtig genutzt. Eine Ewigkeit lang, so kam es uns vor, tat sich nichts. Dann kam unser Urlaub. Und richtig, wir hatten es im Gefühl: Unser Hund wäre da! Und wieder weg, weil wir uns nicht zurück gemeldet haben!! Das musste ja so sein! Aber keine zwei Wochen klingelte das Telefon erneut und nach einer Bedenkzeit (circa zwei Sekunden) haben wir zugesagt, einen neunjährigen Rüden aufzunehmen.

Und keine Woche später, genau an einem Pfingstsonntag ist Muffin bei uns eingezogen. Das war aber nur der Beginn! Jetzt leben drei Hunde bei uns und wir engagieren uns auch bei der IG Tiere in Not. Aber dies, so sagte schon Rudyard Kipling, ist eine andere Geschichte.

Muffin

Muffin hat es uns sehr leicht gemacht. Auch wenn ich beim ersten Anblick doch recht enttäuscht war, denn er sah so gar nicht nach Beagle aus. Irgendwo in seiner Ahnenreihe musste wohl einmal ein Foxhound sein Unwesen getrieben haben. Jedenfalls hatte Muffin ein Gardemaß von 45 cm Schulterhöhe, eine lange Schnauze und kleine Ohren. Doch schon nach wenigen Minuten hat er unser Herz gewonnen. Wer kann schon einem solch tief traurigen Blick aus Beagle-Augen widerstehen ?

Da er schon die Autofahrt hinter sich hatte und auch die Übergabe etwas gedauert hat, sind wir als erstes mit ihm spazieren gegangen. Mutig, wie wir nun mal sind, natürlich gleich die Strecke in die Feldmark.

Muffin

Und Muffin hat abgewartet, bis er auf dem Feld war und hat erst dann sein Geschäft gemacht! Diese Angewohnheit hat er bis heute beibehalten. Somit war er von Beginn an stubenrein und auch an der Leine ging er gleich, als ob er sein Leben lang nichts anderes gemacht hätte. Nur kleinere Waldwege oder Pfade durchs Moor mochte er nicht. Am liebsten geht er bis heute auf übersichtlichen Wanderwegen.

Auch ist er sofort zeitweise alleine geblieben. Er ist für uns der ideale Hund.

Nur seine Scheu vor neuen und unruhigen Situationen wird er wohl nicht mehr ablegen: Radfahrer, Rollstuhlfahrer, Kinderwagen samt Kindern, Menschen und Hunde, insbesondere, wenn sie in Massen auftraten, waren und sind seine Freunde nicht. Tauchten diese auf, verschwand Muffin in einer Staubwolke und zog von dannen, Kondensstreifen hinter den auf der Flucht heftig hin und her flatternden Fledermausohren. Oder er erstarrte zur Salzsäule und ließ alles panisch über sich ergehen, auch Beißattacken anderer Hunde, ohne sich auch nur in irgendeiner Weise zur Wehr zu setzen.

Zwei Jahre später, nach intensivem Training zum Abbau der Angst, ist Muffin viel mutiger geworden, vorsichtig zwar, abtastend und im Bogen nähert er sich den ehemals Angst auslösenden Situationen, aber er hat jetzt wesentlich mehr Selbstvertrauen und wagt sich vor, wenn unbekannte Dinge oder Menschen auf ihn zu kommen. Und jeder, der ihm ein Leckerchen zusteckt, hat einen Freund für das Leben gewonnen. Wir sind wirklich sehr stolz auf ihn!

Seine anfänglichen körperlichen Beschwerden, bedingt durch schwache und verkürzte Sehnen und Bänder, die wiederum zu Muskelproblemen und häufigen Zerrungen führten, haben wir durch viel Bewegung und Muskelaufbau, durch Gewichtsabnahme, eine ausgewogene, speziell auf ältere Hunde zugeschnittene Ernährung und ab und an liebevolle Massagen, die Muffin mit wohligem Grunzen quittiert, sehr gut in den Griff bekommen. Aus dem Rentner ist ein Renn-Tier geworden !

Als Muffin drei Monate bei uns war, fing er auf einmal an, wie wild im Kreis um die Johannisbeerbüsche im Garten zu spurten, einmal, zweimal, immer wieder. Wir beide hatten Tränen in den Augen, als wir begriffen, dass Muffin im Alter von 9 Jahren entdecken konnte, dass ein Hund auch sprinten kann. Und offenkundig war dies für ihn ein Akt reiner Lebensfreude und Spaß an der Bewegung. Ungefähr zu dieser Zeit fing Muffin auch an, mit dem Spielzeug der Katzen herumzutollen. Von diesem Zeitpunkt an wussten wir, dass wir den Kampf um seine empfindliche Hundesseele gewonnen hatten. Muffin holte seine Jugend nach, die er nie hatte.

Liebe, Geduld und Training mit viel Belohnung in Form von Leckerchen waren die Heilmittel, die ihm halfen, sein vorher verlorenes Selbstvertrauen wieder zu gewinnen. Und jeder Tag, jedes einzelne Bemühen, war diesen Erfolg wert.

Ich allerdings war gleich abgemeldet. Muffin hat sich meinen Mann als Bezugsperson ausgesucht. Frauen sind ihm bis heute immer noch eher verdächtig. Wie wir später erfahren haben, liegt diese positive Prägung auf Männer wohl an der sehr guten Behandlung der Hunde durch den Versuchstierpfleger der Organisation, bei der Muffin 9 Jahre gelebt hat. Auch weitere Beagle, die wir von dort übernommen und ihre neuen Familien gebracht oder bis zu drei Wochen als Pflegehunde bei uns einquartiert hatten, zeigten dieselbe Eigenschaft. Zum Ausgleich sei gesagt: Bei Emma, unserem jüngsten Rudelmitglied, werden Frauen eindeutig bevorzugt. (Was Wunder, wenn man den Namen einer Frauenzeitschrift trägt.)

Nach einigen Wochen haben wir uns überlegt, dass es eigentlich keinen Unterschied macht, ob wir jetzt mit einem oder zwei Hunden rausgehen. Und Muffin, so fanden wir, würde ein weiterer Hund als Gesellschaft gut tun.

Abends diskutierten wir das Thema noch weiter, aber die Entscheidung war auch hier schon längst gefallen. Ich erinnerte mich dann noch an die Antwort auf meine, rhetorisch gedachte Frage: „Was gibt es Schöneres als einen Beagle?“ „Zwei!“. Donnerstags habe ich mich wieder bei der IG Tiere in Not gemeldet und uns als Interessenten für einen zweiten Hund angemeldet. Mit einer Wartezeit hatte ich ja gerechnet, aber dass diese nur einen Tag beträgt, kam dann doch eher überraschend.

Es handelte sich um eine kleine, sechsjährige Hündin, die von ihrer Familie abgegeben wurde und in einer Pflegestelle lebte. Für den folgenden Sonntag vereinbarten wir ein Treffen bei Frau Löhken in Ennepetal. Der Hund wurde aus südlicher Richtung gebracht, ich kam vom Norden.

Püppi

Püppi-Lotta, wie wir sie jetzt nennen, ist ein echter Fall für sich. Sie war noch keine drei Minuten in der Wohnung, da hatte sie schon alles erkundet und auch den allerletzten Krümel aus der Ecke geholt. Nicht lange danach turnte sie auf der Sofalehne umher. So war dann auch die Eingewöhnung bei uns überhaupt kein Problem. Sie ging hinter mir in die Wohnung, pinkelte nacheinander auf den Teppich, gegen das Bücherregal, in Muffins Napf, in sein Körbchen und auf ihn!!!! Natürlich mit Beinchen ganz hoch!! Das kannten wir bis dato nur von Rüden, aber die Kleine hat Eier. Dann legte sie sich zum Schlafen auf das Sofa und war eingezogen.

Püppi ist ein echtes Seelchen. Wie sich sehr bald zeigen sollte, ist sie mit Abstand der sozial intelligenteste, schlauste und verfressenste Hund von allen.

Püppi-Lotta

Püppi ist meist diejenige, die den ersten Kontakt zu anderen, fremden Hunden aufnimmt; und so entschärft sie jede potentiell bedrohliche Situation, sie schlichtet Streitigkeiten, indem sie sich zwischen die Kontrahenten stellt, sie ordnet junge, zu dreiste und aufdringliche Rüden unter, indem sie diese reitet und sie beschützt und verteidigt Emma, die sie quasi als ihre Tochter adoptierte, wie eine Löwin. Emma tobt leidenschaftlich gern mit anderen Hunden. Ihre besondere Vorliebe gilt dabei Schäferhunden.

Als Emma einmal gleichzeitig mit drei weißen Schäferhunden raufte, von denen besonders der junge Rüde sehr raubeinig mit seinen Spielpartnern umging und Emma quiekte, weil der Draufgänger sie unsanft am Nackenfell packte und umschmiss, in der Absicht sie unterzuordnen, ging Püppi sofort dazwischen und wies alle drei Schäferhunde sofort in die Schranken. Die wesentlich größeren

Hunde akzeptierten das sofort und das Spiel konnte anschließend in friedlicheren Bahnen weiterlaufen.

Wir vermuten, dass Püppi früher regelmäßig Welpen hatte und es gewohnt war, das Sagen zu haben und andere Hunde zu erziehen. Genau wissen wir es nicht. Auf jeden Fall hat sie eine mütterliche Autorität.

Püppi-Lottas große Schwäche ist ihre Verfressenheit. Sie stoppt Radfahrer, Jogger, Spaziergänger und bettelt so gut wie jeden an, der ihr begegnet. Und sie weiß um ihre Unwiderstehlichkeit, die ihr auch immer wieder Erfolge bei der Beutebeschaffung garantiert. Dazu kommt ihre Schlauheit. Ihr Meisterstück hat Püppi abgelegt, als sie es tatsächlich schaffte, über Stuhl und Heizungsbrett den Katzenbaum zu erklimmen und dort in anderthalb Meter Höhe das Katzenfutter zu räubern. Eine weitere Glanztat vollbrachte sie im letzten Jahr zur Weihnachtszeit, als sie über den Küchenstuhl auf den Tisch kletterte um die Vanillekipferl zu plündern, aber nicht alle auf einmal, sondern jeden Tag 2 Stück, so dass wir ihre neue Masche erst bemerkt haben, als die Packung fast leer gefressen war.

Da Püppi-Lotta sehr machtbewusst und sozial veranlagt ist, weiß sie, dass, wer herrschen will, auch teilen muss: Pakete mit Butter werden, wenn leichtsinnig von uns vergessen, mit der Schnauze vom Esstisch gestoßen, so dass Muffin das Paket aufreißen und die Butter verschlingen kann.

Püppi ist wirklich ein Traumhund, der uns immer wieder zum Lachen und zum Schmunzeln bringt.

Püppis latentes Gewichtsproblem haben wir durch einen höheren Reis - und Gemüseanteil im Futter erfolgreich bewältigt. Ihr einziges wirkliches gesundheitliches Problem sind ihre echt miserablen schlechten Zähne. Weil Beagle aber äußerst friedfertige, nicht aggressive Hunde sind, lassen sie sich im Regelfall ohne größere Hindernisse die Zähne reinigen und putzen, so dass einer gewissenhaften Vorbeugung nichts im Wege steht.

Emma

Unsere Emma, jetzt 3 Jahre alt, ist eigentlich per Zufall bei uns gelandet. Wir waren nach dem Labor bereits die dritte Station, bei der sie untergebracht war. Und sie ist der einzige Laborhund, der Henri Hiesener beim Transport je gebissen hat. Eigentlich war Emma nur als Pflegehund geplant, den wir ein wenig erziehen und ausbilden wollten, um ihn für eine endgültige Vermittlung vorzubereiten und ein Dasein als Wanderpokal zu verhüten.

Emma

Emma ist bildschön, entsprechend eigenwillig, altersgemäß verspielt und wild, von einem uralten Jagdtrieb beseelt. Sie lässt sich nicht ohne weiteres unterordnen. Gleichzeitig ist sie sehr lernbegierig; sie braucht unbedingt Nahrung und Beschäftigung für ihren Kopf, sonst macht sie Unfug, wie Schuhe und Socken klauen und im Garten vergraben oder Telefonbücher zerkauen und zerfleddern.

Im Haus ist sie friedlich und freundlich, uns hat sie nie gebissen. Das erste Mal, als ihr ein Knochen weg genommen werden sollte und sie die Lefzen drohend hoch zog und knurrte, haben wir ihr die Schnauze zugehalten und sie lautstark zurecht gewiesen. Danach war Ruhe im Karton. Den Rest an Erziehung in diese Richtung erledigt dann Püppi-Lotta.

Durch „Sport, Spiel und Spaß", einer Mischung aus Agility und Unterordnungsübungen in der Hundeschule bei einer Beagle erfahrenen Hundetrainerin und durch Wiederholung und Training zuhause gehorcht Emma mittlerweile wesentlich besser, sie reagiert und hört auf Zuruf, Pfiff und Handzeichen, verstärkt mit Leckerlies. So können wir sie weitgehend frei laufen lassen.

Emma ist inzwischen ein Hund, auf den jeder Führer einer Beaglemeute stolz wäre. Momentan versuchen wir, mit ihr einen Platz

in einem Kurs für Fährtensuche oder als Rettungshund zu bekommen. Wir sind überzeugt, dass sie bei entsprechendem Training mit Bravour bestehen würde.
Emma hat keinerlei gesundheitliche Beschwerden, allerdings sei nicht verschwiegen, dass wir ein Jahr brauchten, ihre Angst vor dem Übertreten von Türschwellen zu überwinden und etwa anderthalb Jahre, bis sie Räume mit Fliesen und Kacheln - wie Küche, Flur und Bad - weitgehend angstfrei betrat. Aber: wir haben es geschafft !

Fazit auf der Basis unserer Erfahrungen:

1. Beagle aus Laboren sind stark unterschiedlich in ihrer individuellen Persönlichkeitsstruktur und ihrem Verhalten.
2. Liebe, Geduld, gesunder Hunde - und Menschenverstand inklusive eigener Fortbildung, z.B. durch Lesen von Erziehungsbüchern oder Besuch einer Hundeschule, sowie systematisches Training sind in unterschiedlichem Maße erforderlich, auf jeden Fall aber sehr hilfreich. Ansonsten gibt es ja noch Ansprechpartner bei der IG Tiere in Not (www.versuchstiere.de).
3. Beagle sind und bleiben Jagdhunde. Sie brauchen Arbeit für den Körper (bei uns ungefähr drei Stunden Auslauf aufgeteilt in drei Einheiten zu je einer Stunde) und für den Kopf (z.B. Jagd - und Suchspiele).
4. Ehemalige Laborbeagle sind - unabhängig vom Alter - lernfähig, lernwillig und nach einer ersten Eingewöhnung über Leckerlies hervorragend motivierbar.
5. Beagle sind zu 99,9 % sozial verträglich, nicht aggressiv und in menschliche und hündische Gemeinschaften integrierbar, vorausgesetzt natürlich, man setzt sie nicht unter Psychoterror wie dauerndes Erschrecken oder häufige Überfälle im Schlaf, z.B. durch kleine Kinder, die von ihren Eltern nicht kontrolliert und zur Rücksicht erzogen werden. Andernfalls gibt es

kaum einen lieberen und freundlicheren Hund, bei dem Kinder so leicht lernen können, wie man mit Hunden umgeht und Verantwortung trägt.

6. Eine ganz subjektive und persönliche Wertung: Je älter der (Labor-) Beagle, desto stressfreier und leichter der Umgang und die Erziehung. Junge Beagle bis zum dritten Lebensjahr haben wirklich Hummeln im Hintern und erfordern manchmal ein stabiles Nervenkostüm, auf jeden Fall aber aktive Hundebesitzer. Ältere Beagle werden langsam ruhiger und sind daher etwas einfacher zu führen.

Wir selber würden immer wieder einen Laborbeagle als Familienmitglied aufnehmen. Diese Hunde sind unsere all-time-favourites unter den Hunderassen. Wer aktiv ist, ein wenig Humor hat, geduldig ist, fähig ist, Liebe und Zuneigung zu geben, die Eigenschaft hat, anderen Lebewesen gewisse Freiräume zu lassen, gleichzeitig auch klar und konsequent sein kann, wenn die Lage es erfordert, wird kaum einen dankbareren Hund finden.
Wir jedenfalls wünschen allen Menschen, die einen Laborbeagle adoptieren wollen oder es bereits getan haben, ein vergnügliches und wechselseitig befriedigendes Zusammenleben und viel, viel Glück. Diese Hunde haben es wirklich verdient.

Wie man zu einem Beagle kommt: eine Anleitung

Nastasja Döring

Der Wunsch nach dem Beagle ergibt sich spontan - geprägt durch unseren alten Dackel sturen Hunden nicht abgeneigt, trifft es einen wie ein Blitz: an einer Ecke, in einem Park, in der Stadt, auf einem Feld: plötzlich steht er einfach da. Der kleine, kompakte, sture Hund mit dem kurzen, weichen Fell und den langen, seidigen Ohren.

Vielleicht passiert es auch ganz anders. Auf einem Foto, einer Postkarte, irgendwo trifft man auf „den Hund", den quirligen, fröhlichen, bunten Hund, der einem nicht mehr aus dem Kopf geht.

Als zweifache Beaglebesitzerin ergibt sich die Frage: Wie kommt man denn eigentlich zum Beagle? - Aus Erfahrungsberichten wissen wir: Beagles werden immer gewollt. Beagles werden immer geliebt. Beagles werden prinzipiell unterschätzt. Ihr süßes, unschuldiges Aussehen, gepaart mit Kulleraugen und Schlappohren spricht schon vom ersten Welpenratgeber an „nimm mich - lieb mich - ich werde dich immer glücklich machen" - die Realität sieht - neben dem vollkommen korrekten letzten Satz - auch etwas anders aus: Beagles brauchen viel Bewegung. Beagles sind allzu leicht gelangweilt und: bei einem Beagle wird es nicht bleiben.

Wenden wir uns also der Frage zu, die alle „seidigweiche Schlappohren, oh so liebe Augen, so einen Hund den muss ich haben" - Opfer als erstes betrifft:

Wie komme ich an einen Beagle?

Phase 1: Der Wunsch nach einem Beagle

Also, rein ins nächste Büchergeschäft und nachgeschaut, was für ein Hund das ist. „Jagdtrieb" und „schwierig zu erziehen", „anhänglich" und „absolut familientauglich" steht da. Da man ja schon länger auf der Suche und schon öfter „treuen Kulleraugen" auf den Leim gegangen ist, informiert man sich zu Hause doch noch mal im Internet. Spätestens abends dann erzählt man seiner „besseren Hälfte" von dem wundersüßen Hund, den man da gesehen hat (die bessere Hälfte ist da noch vernünftig, spricht von Verantwortung und von Belastung und wird beim ersten Foto schwach). - Da man ein verantwortungsvoller Hundebesitzer sein will, schreibt man eine Liste der Eigenschaften, die ein Hund „haben" muss und stellt mit jedem Punkt beängstigt fest: es muss einfach ein Beagle sein. (Unsere Liste lautete wie folgt: kindertauglich, eigenwillig, ausdauernd auf Spaziergängen, kurzes Fell, weil pflegeleicht, groß genug, um Stiegen zu steigen und klein genug, ihn im Notfall tragen zu können. - noch Fragen?).

Gestärkt von all der Information (das Körbchen hat man schon heimlich gekauft) begibt man sich also auf die Suche. Tiervermehrer kommen für uns nicht in Frage, bleiben also Züchter, Tierheim (wo es keine Beagles gab)und Versuchshunde (von denen wir damals noch nichts wussten).

Blieb uns also Phase 2: ein Beaglekauf vom Züchter, Leben mit Welpen

Ein Beagle vom Züchter ist so eine Sache. Als Hundekauf-Neulinge (der Dackel war „second hand" aus der Familie und daher „problemlos" zu bekommen) hatten wir die naive Ansicht: Hunde kauft man wie alles andere auf Erden auch. Sprich: wir rufen beim Züchter an, der sich (natürlich !) darüber freut und uns (natürlich !) großartig findet. Der Welpe steht dann schon parat und wir brauchen ihn nur mehr abzuholen.

So weit der Traum. - Die Realität sieht allerdings anders aus: dass wir - ganz naiv und unvorbereitet - wohl die härtesten Telefonate hatten, die wir uns (außer vielleicht als personal assistant für die Queen) bis dahin so vorstellen konnten. Warum ein Hund? Warum ein Beagle? Wie leben wir? Mit wem, warum, Beruf? Tagesversorgung? Urlaub? Krankheit? Kinder? Sind Verwandte wirklich verlässlich? Geld? Futter? Hundekorb? Garten-warum-kein-Garten-Hundepark???

Nachdem all diese Fragen - mit zunehmend kaltschweißigen Fingern - offenbar zufriedenstellend geklärt waren, setzte man uns auf die „Liste" -je nach Wurfstärke würden wir also innerhalb des nächsten Jahres - oder eventuell der nächsten anderthalb Jahre kontaktiert.......

Leicht gedämpft, nach einen öden Sommer voll leerer Körbchen, langweiliger Spaziergänge (kein gebrülltes „Spuck das aus"), entsetzlich sauberer Sofadecken und peinvoll sauberem Küchenfußboden, gerade dann, als wir schon gar nicht mehr damit rechneten, kam der Anruf: Sieben Welpen, alle gesund und davon tatsächlich drei Mädchen !!!!!!!!!!!!!!

Lara

Zwei Wochen später standen wir vor der Welpenbox: in unseren besten „sportlich und doch seriös" Klamotten, unendlich aufgeregt und unglaublich glücklich. „Nur schauen" wollten wir beim ersten Mal, ja nichts „zu schnell entscheiden" - „nur mal schauen" und dann - falls die Züchterin uns mochte - einfach noch mal wiederkommen und die Entscheidung endgültig treffen.

Eine halbe Stunde später war all das vergessen - da saßen wir nun, vollkommen selig lächelnd, längst alle Bedenken bzgl. Tierheimhund vergessen vor der sauberen Welpenkiste: sieben kleine Wuselwürmer, einer süßer als der andere, ein wunderschöner Mutterhund mitten drin und uns war einfach vollkommen klar: der dickste Welpe, das ist unsere Lara.

Drei Besuche, ein Bündel Geldscheine und sechs aufgeregte Wochen später holten wir sie dann abends heim, zu Nikolaus: ein Bündel Hund.

Was seitdem passiert ist, inklusive Sauberwerden, kann man in all den Geschichten nachlesen - die kleinen, tapsigen Welpenfüße, der kleine Hund, der in jede Ritze passt, die messerscharfen Welpenzähne, die grooooоßen Kulleraugen, die nach wenigen Stunden das „der Hund schläft nicht im Bett" in ein warmes „Ohhhh, bist du süüüüß" verwandelt haben, die 27 Filme, die wir in den ersten Wochen verschossen haben, die Freunde, die uns nur mehr anriefen, wenn wir versprachen, nicht die ganze Zeit vom Hund zu sprechen, die Versuche, auch einen Beagle zu erziehen - was uns nach jahrelangem Zusammenleben mit einem alten Rauhaardackel wie ein Spaziergang erschienen ist - die Treffen mit Züchterin und „Geschwistern".

All das könnte Bände füllen. Trotzdem bewirkte es nur eins: die Sehnsucht nach dem zweiten Beagle.

Phase 3: Der Wunsch nach dem Zweitbeagle

Die Sehnsucht nach dem Zweitbeagle befällt einen spätestens nach einem Jahr - schließlich müssen Hundehaus, Welpenbox, Körbchen, Urlaubskörbchen und drei Tonnen Hundespielzeug irgendwie gleichzeitig benutzt werden. Bereits nach einem halben Jahr liebäugelten wir zunehmend mit anderen Hunden. Lara spielte so schön mit anderen Beagles, wirkte so glücklich und ausgelassen, wenn ein Geschwister zu Besuch war. Also warteten wir ein bisschen, zogen in eine größere Wohnung und beschlossen: ein Zweithund muss her.

Also wieder auf die Suche: ein Hund vom Züchter fiel für uns weg, zu unsicher war Lara im Umgang mit Welpen, zu sehr Prinzessin und zu eifersüchtig, außerdem schlummerte im Hinterkopf immer noch der Wunsch nach der „guten Tat" - die Vorstellung, einen Hund zu nehmen, der schon ausgewachsen ist. Der seinen Teil im Leben gelernt hat, sich - absolute Grundvoraussetzung - möglichst gut mit Lara versteht und ein gutes Plätzchen braucht. Nach mehreren Tierschutzorganisationen und Laras wenig begeisterten Reaktionen auf die nicht-beageligen Hunde war uns klar, dass es einfach ein Beagle sein muss. Also ins Internet eingeloggt und erst mal ein bisschen umgesehen. Mittlerweile kannten wir www.beagle-entlaufen.de schon, riefen auch einige Familien an, kapitulierten dann an der Fahrtstrecke, vor Laborbeagles hatten wir Angst. Was, wenn das alles zu viel für uns wäre?

Nach wochenlangem Überlegen entschied dann schließlich das Schicksal für uns. Wir waren zur Veterinärmedizinischen Uni Wien gefahren um einen Abgabehund zu sehen und hatten uns „so nebenbei“ auch nach den Laborhunden erkundigt. Nach einem noch härteren Telefonat mit der zuständigen Tierpflegerin durften wir dann beide sehen: den ungarischen Straßenhund und den kleinen „Ausbildungsbeagle“.

Ich weiß nicht mehr, was wir erwartet hatten, aber der Beagle, der uns entgegenkam, entsprach so gar nicht unseren Vorstellungen: er war klein, verschüchtert, desinteressiert, hatte eine spitze Schnauze, viel zu lange, dünne Ohren, stank bestialisch und war viel zu dick. Um „den Schein zu wahren“ gingen wir ganz kurz spazieren und nahmen ihn auch pflichtschuldig kurz hoch (Ausbildungshunde sind das gewöhnt und bis zur Aufdringlichkeit verschmust). Und gerade, als wir einander erklärten, warum das stinkende Bündel Fell auf gar keinen Fall „unser Ben“ wird, reckte der kleine Mann seine Nase in die Sonne, leckte mir kurz die Wange ab und drückte sein Köpfchen in meine Armbeuge............

Phase 4: Ein Laborhund zieht ein

Seit jenem „schicksalhaften Tag“ sind fast zehn Monate vergangen, in denen uns der kleine Hund mehr Freude und auch mehr Leid beschert hat, als wir jemals zu bekommen glaubten.

Ben ist ein wundervoller Hund. Er ist lieb, verschmust, zugetan, ausdauernd, mutig, stur, er versteht sich supergut mit Lara, er kann kämpfen und raufen, er ist zäh und hat seinen eigenen Kopf. Die ersten Wochen, die wir ihn hatten, waren die stressigsten, seit wir mit Hunden leben.

Nach dem kurzen Spaziergang mit ihm, erbaten wir uns eine Woche Bedenkzeit, in der wir von „den müssen wir haben“ bis zu „das schaffen wir nie“ alle Stadien durchlaufen haben, die man bei realistischer Betrachtung durchlaufen kann. Im Internet verschlangen wir alle Seiten zum Thema Laborhund, lasen „Julia Prinzessin Schlappohr“ in Rekordzeit, gingen viel mit Lara raus und dachten immer wieder nach. Würden wir das schaffen können? Einen erwachsenen Hund zu haben, der von Grund auf ALLES lernen muss. Wenn Hunde aus dem Labor entlassen werden, müssen sie ALLES erst mal neu lernen. Als Ausbildungshund kannte „Roy" schon Menschen. Nach einem Jahr im Pharmalabor war er an die VetMed gekommen, damit Studenten in Ausbildung an ihm „üben", aber auch mit ihm Gassi gehen, ihn streicheln und pflegen.

Dank Asta von www.Laborbeagle.de fällten wir schließlich unsere Entscheidung: wenn wir einen Hund nehmen wollen, dann sollte es doch dieser Hund sein. Lara mochte ihn auf Anhieb, unser Herz hatte er gebrochen und er gäbe uns die Chance, ihm vielleicht etwas von dem zu geben, was er in den ersten Jahren gemacht hat: für Versuche und Medikamente, die Ausbildung von jungen Tierärzten sein kleines Leben einzusetzen.

Seitdem sind viele Wochen vergangen, in denen wir knapp dran waren, aufzugeben. Die ersten Wochen waren sehr aufregend. Ben lernte, auf seinen Namen zu hören, er lernte, dass Sofas was Feines sind, lernte, dass Gras nicht beißen wird, lernte, dass Buchseiten (Geräusch !) das Frauli nicht fressen, lernte, wo wir zu Hause sind, lernte, dass Streicheln was Schönes ist, lernte, das Spaziergänge Spaß machen können und dass der Kühlschrank kein Monster ist. Wir lernten, dass Bachblüten helfen können, dass nichts selbstverständlich ist, dass man Laborhunde vor Autofahrten nicht füttert und dass vieles schwerer und einfacher ist, als man denkt und der Lohn dafür unendlich. Lara lernte, dass Eifersucht ganz massiv sein kann und ein Ben trotzdem fein zum Spielen ist.

Ben und Lara

Heute verstehen sich die beiden super. Sie bleiben mehrere Stunden allein, begrüßen einander wie die Irren, hecken gemeinsam Pläne aus (einer lenkt ab, der andere stiehlt Essen), Ben ist ein fröhlicher kleiner Hund, der unter Tags mit uns arbeiten geht und abwechselnd in einer Psychiatrischen Praxis aushilft (beruhigendes Schnarchen, Taschenkontrolle, „Vernichtung" überflüssiger Lebensmittel) bzw. an der Hochschule für Angewandte Kunst Lehramt studiert.

Dass wir Ben genommen haben, hat unser Leben unendlich bereichert - und als er diesen Winter krank wurde (Dank an die VetMed Wien für die Hilfe !!!!!), wussten wir erst, wie sehr er das tut.

Wir wünschen Ben ein langes Leben, in dem er all das lernen kann, was er bisher nicht lernen durfte. Aber mit seiner clownigen Art, seinem kleinen Trapselschritt und seinem unvergleichlichen Augenaufschlag werden er und wir das sicherlich meistern.

Beim Wort genommen

Sabine Lämmert

Luke ist erst vor wenigen Wochen aus dem Labor entlassen worden. Er lernt sehr schnell, dass er die allerliebsten Zweibeiner bekommen hat, die sich ein Beagle wünschen kann. Mit der Stubenreinheit hapert es noch etwas und außerdem sind die Temperaturen nachts im zweistelligen Minusbereich. Da sind auch die Zweibeiner von einem Spaziergang nicht begeistert.

Lukes Frauchen erzählt:

Also, so um 23.30 Uhr ist er nach mehrstündigen Schlaf wieder aufgestanden, war grad gut, denn er sollte eh auf seine letzte Pipirunde. Ich bin dann aufgestanden, wollte selbst noch schnell mal aufs Klo und dann los mich anzuziehen. Als ich in Richtung Bad ging, sagte ich noch scherzhaft zu Luke: „Wie kannst du deinem Frauchen das nur antun, wir haben minus 10 Grad, und ich muss in die Kälte!?"

„Komm Schatz, wir legen ihm 'ne Zeitung hin und er soll da drauf machen", sagte ich spaßeshalber zu meinem Mann.

Ich ging also ins Bad und habe die Tür nit richtig zugemacht. Kaum saß ich da, kam Luke rein, hat sich mir genau gegenüber gesetzt und ..... gepinkelt!!! Ich war so perplex, ich wusste nit, ob ich lachen oder weinen sollte. Ich rief noch „Luke, nein!", aber zu spät. Das

Allergeilste war ja noch, dass er danach aus dem Bad und wieder ins warme Bett flitzte! Da musste ich doch loslachen.

Nun gibt es 3 Möglichkeiten:

1. Ich habe einen sehr intelligenten Hund, der weiß, dass man sich im Bad nicht nur waschen kann und als braver Luke wollte er es seinem Vorbild auch gleich zeigen
2. Er hat meine vorwurfsvolle Frage verstanden und wollte mir dann nur die Kälte da draußen ersparen.
3. Er wollte mir einfach demonstrativ zeigen: Tja, zu spät!

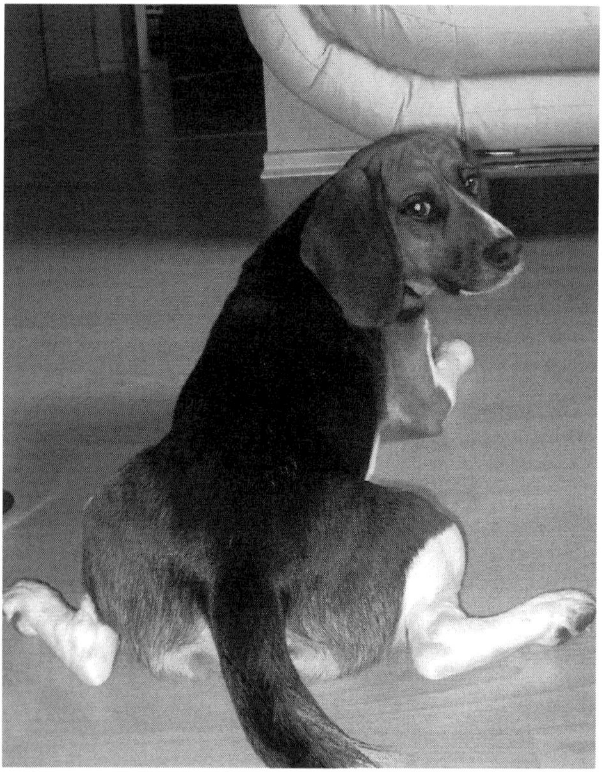

Luke

Kira - wie alles anfing

Inge Schleier

Es war heiß. Brüllend heiß. Ganz Deutschland lag im Schwimmbad, nur ich grillte im Büro. Türen und Fenster waren weit aufgerissen, dennoch war die Luft nicht zu bewegen, auch nur einen Hauch an Kühlung zu bieten.

Irgendwie musste ich hier raus, mal kurz an die Luft, doch was bot dieser Stadtteil schon an Ausweichmöglichkeit? Die Hände hinterm Nacken verschränkt, wippte ich auf meinem Stuhl vor und zurück. Das war's: das Tierheim. Das war doch direkt um die Ecke. Schon als Kind übten Tierheime eine besondere Anziehungskraft auf mich aus.

Nur mal gucken... nur mal so vorbeischauen. Bloß kein Tier mitnehmen. Die Katze vom letzten Mal reicht völlig. Schon aus beruflichen Gründen wäre es schwierig, noch ein Tier zu versorgen.

Ich könnte ja.... nur rein vorsorglich... mal nach einer Zweitkatze Ausschau halten... für den Fall....

Wenn wir in Urlaub fuhren, wurde Micki versorgt, gefüttert, gestreichelt, morgens in den Garten gelassen und abends wieder reingeholt, aber sicher wäre es abwechslungsreicher für sie, wenn noch eine zweite Katze da wäre und es macht ja auch kaum mehr Arbeit, ob man nun eine Katze versorgt oder zwei..... und außerdem sollen Katzen ja gar keine Einzelgänger sein.

Das Tierheim war ja direkt um die Ecke. Außer mir war kein Besucher da.... kein Wunder bei der Hitze.

Das Katzenhaus in den geschlossenen Räumen hatte keine Klimaanlage und so drehte ich erst einmal eine Runde um die Hundekäfige, begleitet von einem ohrenbetäubenden Lärm und einem stechenden Geruch. Die Käfige platzten aus allen Nähten. Bis zu vier Hunde waren in einem Käfig untergebracht, die meines Erachtens nur für zwei konzipiert waren. Die Kampfhundeverordnung setzte die Tierheime vor kaum lösbare Probleme. Wie wild sprangen einige Kraftprotze die Gitter hoch und kläfften um ihr Leben. Ich blieb stehen und wartete, bis sich die Hunde wieder ein wenig beruhigten. Ich hockte mich mit etwas Abstand vor eine Box und sprach leise auf einen Zähne fletschenden Stafford ein. Es stank, die Häufchen trockneten vor sich hin. Es muss eine Qual sein für einen Hund, der stubenrein ist.

Der Lärm ebbte ab, nur ab und an zog der Stafford noch die Lefzen leicht hoch.

„Ja, wir wissen nicht mehr wohin mit diesen Kampfhunden. Und jeden Tag kommen noch neue dazu.“ Ich drehte mich um. Hinter mir stand eine Tierpflegerin; Frau G., wie ich der Anstecknadel auf ihrem Kittel entnehmen konnte. „Einige müssen wir schon mit hohen Kosten in Privatpensionen abgeben.“ „Wie kann man denn seinen Hund abgeben?“, fragte ich verständnislos. „Das ist unterschiedlich. Für manche sind die erhöhten Steuersätze auf Kampfhunde dann doch zu hoch, in anderen Fällen sind es die Vermieter, die nun auch einen schon vorhandenen Kampfhund im Haus ohne weitere Begründung verbieten können. Wie steht denn Ihr Vermieter dazu?“ „Das bin ich selbst. Gottseidank muss ich mir da keine Vorschriften machen lassen. Ich hatte mir als Kind immer einen Hund gewünscht, aber meine Mutter war dagegen. Ihr war das zuviel Zeitaufwand, Verantwortung und der zusätzliche Dreck wäre auch ein Problem gewesen.“

Ich seufzte jetzt noch bei dem Gedanken an die Auseinandersetzungen zu diesem Thema. Ohne es wirklich zu registrieren, kraulte ich schon ganz leicht das Ohr des Staffords, der sich mittlerweile mit der ganzen Längsseite an das Gitter presste, damit man ihn streicheln konnte. Armes Schwein.

Frau G. bemerkte das wohl gar nicht. „Sie haben ein Haus?“, sie strahlte mich an. „Ja, in der Innenstadt, aber mit Garten. Unsere Katze genießt es sehr. Ich könnte sie nicht mehr nur in der Wohnung halten.“ Frau G. stieß einen kaum hörbaren Pfiff aus. „Garten?!“, ihre Stimme wurde etwas lauter. „Wenn Sie wüssten, wie lieb manche Kampfhunde sind. Kommen Sie mal mit. Ich zeige Ihnen mal unsere Ilka, die ist mit Kleinkindern und Katzen aufgewachsen und hat ein ganz liebes Wesen. Sie leidet so, wir würden sie so gerne vermitteln." Sie zog mich leicht am Ärmel hin zu den Käfigen am Ende der Reihe, während sie Ilkas Charakter in schillernden Farben anpries.

Ilka begrüßte uns schwanzwedelnd. Sie kläffte nicht, sprang nicht am Gitter hoch, sie war einfach nur froh, dass jemand kam. Ein Muskelpaket mit sanftem Blick. Mir zog es das Herz zusammen. Ich seufzte. „Darf die denn wenigstens zwischendurch mal raus?" Frau G. witterte Morgenluft. „Also, wenn sich jemand für den Hund interessiert, dann kann sie mal auf die Auslaufwiese. Wenn Sie Interesse haben, könnte ich sie jetzt mal rausholen, damit sie sehen, wie sie sich außerhalb des Käfigs verhält und wie sie auf sie reagiert."

Die Schlinge zog sich immer enger. Nun lag es an mir, ob das arme Vieh mal raus durfte oder nicht. Ich sah keinen Ausweg. „Wir können ja mal schauen...." Ich seufzte nun lauter.

Frau G. strahlte und zeigte auf die große Wiese. „Gehen Sie schon mal da rüber. Ich komme gleich." Ohne meine Reaktion abzuwarten, verschwand sie hinter den Käfigen. Ich wartete an der Auslaufwiese. Irgendwie war mir mulmig zumute.

Dann kamen sie. Eigentlich kam Ilka. Sie zog wie ein Pferd, sie hechelte, da ihr das Halsband die Luft abschnitt. Frau G. hing am anderen Ende der Leine. Sie stemmte sich mit aller Kraft gegen den kräftigen Zug des Hundes. Sie riss das Tor auf, zog Ilka mit viel Kraft an sich heran und machte sie los. Sie schien meine entsetzten Blicke richtig zu deuten und erklärte mir, dass sie sicher nicht mehr so ziehen würde, wenn sie öfter raus käme. Und zur Not gäbe es ein „Halti", mit dem könnten auch schwache Menschen jeden Hund ausführen. Ich wusste zwar nicht, was ein „Halti" war, merkte mir aber schon mal den Namen.

Der Hund schoss an mir vorbei, ich rutschte zur Seite um und konnte mich gerade noch am Zaun festhalten. Ilka jagte zweimal von einem Ende der Wiese zum anderen, machte einen riesigen Satz und sprang in eine alte Blechwanne voller Wasser, die ich erst jetzt wahrnahm. Der Hund war so groß wie die Wanne, das Wasser platschte heraus, Ilka sprang wieder heraus, schüttelte sich kräftig, grub ihre

Pfoten in die Wiese, bewegte sich wie auf einem Abtreter und schmiss große Erdbrocken nach hinten weg. Sie flogen meterweit und klatschten zum Teil an den Zaun, zum Teil drüber weg.

Mit offenem Mund verfolgte ich das Schauspiel. Vor meinem geistigen Auge sah ich Ilka auf unserem heiligen englischen Rasen und meinen Mann, der einen großen Teil seiner wenigen Freizeit darauf herumkroch, jedes kleine Unkraut zupfte und mit einer feinen Schere alle Ränder auf gleiche Höhe trimmte. Ich hatte es aufgegeben, mit ihm über die Funktion einer Wiese zu diskutieren.

Die Tierpflegerin informierte mich noch über die Hundesteuer, Hundeschule, dass ich meinen Garten mit einem zwei Meter hohen Zaun einzäunen müsse, auch sei es besser, draußen eine Hütte für Ilka aufzustellen, damit sie die Wohnung nicht ruiniere, wenn ich nicht da sei....

Nun, ich konnte Ilka nicht gleich mitnehmen. Ich musste vorher mit Jonas, meinem Sohn darüber sprechen, denn ohne seine Mitarbeit beim Gassi Gehen konnte ich mir sicher keinen Hund anschaffen. Ich verabredete mich mit Frau G. für den nächsten Vormittag.

Zu Hause brauchte ich dann fast eine Stunde um Jonas davon zu überzeugen, dass er unbedingt einen Hund haben wollte. Er redete von dem Zeitaufwand, der Verantwortung und dem zusätzlichen Dreck, der sicher auch ein weiteres Konfliktpotential wäre.....

Am nächsten Tag fuhren wir dann gemeinsam ins Tierheim. Kaum hatten wir das Tor durchschritten, kam uns Frau G. freudig entgegen. Ilka tobte schon auf der Auslaufwiese umher. Jonas war begeistert. „Die gefällt mir"! Seine Augen strahlten.

„Meinen Sie, dass mein Sohn die Hündin halten kann? Da ich berufstätig bin, muss er schon auch mit ihr raus gehen." Frau G. fiel die Kinnlade runter. „Ja, aber er muss 18 Jahre alt sein, sonst darf er nicht mit einem Kampfhund alleine raus gehen. Das ist rechtlich so geregelt."

Wir standen da wie vom Donner gerührt. Mir traten die Tränen in die Augen. Damit hatte sich Ilka für uns erledigt. Auch Frau G. war für einen Moment sprachlos, aber so schnell gab sie nicht auf. „Wir haben noch andere schwer vermittelbare Hunde, die dringend ein neues Zuhause brauchen."

Unschlüssig standen wir da. Irgendwie ging dann alles sehr schnell.

Wenige Minuten später kam sie mit „Ria", einem schwarzen Pudelmix, zurück. „Ria ist eine uralte Hundedame, 18 Jahre soll sie sein. Ihr Besitzer musste sie und zwei andere Hunde wegen eines Umzugs abgeben. Die beiden anderen haben wir schon vermittelt, aber Ria ist übriggeblieben. Sie frisst kaum noch, so sehr leidet sie."

Jonas und ich schauten uns an: „Ich will keinen Hund ohne Haare.", zischte er mir leise zu.

Man sah der armen Ria das Alter an. Auf dem Rücken war sie fast nackt. Schön war sie wirklich nicht. Ein Mann kann seine Glatze mit einem Kontoauszug kompensieren, aber ein Hund hat da keine Chance. Irgendwie konnte ich Jonas verstehen. Als Junge in der Pubertät fehlte ihm noch das Selbstbewusstsein mit einem solchen Hund spazieren zu gehen. Er wollte nicht von anderen ausgelacht werden.

„Hätten Sie denn vielleicht noch ein anderes schwer vermittelbares Tier?", fragte ich Frau G. zögerlich. Sie nickte. „Ja, da haben wir noch eine ältere, sehr übergewichtige Hündin, die an einer Autobahn ausgesetzt wurde. Ich hole sie eben."

Das erste, was ich von Kira sah, war eine weiße, heranwackelnde Schwanzspitze, die über die Wegbegrenzung schaute. Dann sahen wir den ganzen Hund. Als Bauerntochter fiel mir spontan als Vergleich für ihre Figur: „Leberwurst im Enddarm" ein. Ihre großen, kugelrunden Knopfaugen, die wie bei Cleopatra auch noch schwarz umrandet waren und die Schlappohren strahlten eine ungeheure Friedfertigkeit aus.

Mein Gott, war die fett und süß.

„Ja, sie muss dringend abnehmen. Ihre Leberwerte sind sehr schlecht, sicher auch wegen des Übergewichts."

Das wird schon kein Problem sein, dann gebe ich ihr halt weniger. Abnehmen ist doch nur bei sich selbst schwierig, dachte ich irrtümlich. „Kann ich mit der joggen?" war dagegen Jonas' Problem. „Och, die spielt sicher mit dir.“, entgegnete Frau G. geschickt.

Ich zögerte und führte noch die ein oder andere Frage ins Feld: wie wird es mit der Katze klappen.... kann Kira auch alleine sein... wie viel Auslauf braucht sie denn...

„Alles kein Problem; mehr als dreimal 10 Minuten kann die ja gar nicht laufen.“, beruhigte mich die Tierpflegerin. Alle Bedenken waren verflogen.

Schließlich nahmen wir sie mit. Irgendwie würden wir das schon hinkriegen. Frau G. gab uns ein provisorisches Halsband und eine Leine mit.

Die ersten Schritte mit ihr verhießen nichts Gutes. Zunächst gab es jedoch gar keine Schritte. Sie bewegte sich keinen Zentimeter und schnüffelte um ihr Leben. Ich zupfte vorsichtig an der Leine. Sie zog kräftig dagegen. Jonas wurde immer ungeduldiger. „Warum kommt die denn nicht?“ Nach mehreren Versuchen sie vorwärts zu bewegen, nahm ich den kleinen Kartoffelsack auf den Arm und trug sie zum Auto. Unser erster Weg führte uns in eine Zoohandlung, die zwei Stunden später für den Rest der Woche ausgesorgt hatte. Hund und die aufwändige „Erstausstattung“ wurden mit vereinten Kräften im Einkaufswagen zum Auto geschoben. Vorsichtshalber versuchte ich erst gar nicht, sie an der Leine zum Auto zu führen. Später sollte sich herausstellen, dass sie ein ehemaliger Laborbeagle war und ein Jahr bei ihrem neuen Besitzer lebte, bevor er sie dann vermutlich aussetzte. Dort hatte sie wohl nicht gelernt, an der Leine zu gehen.

Zu Hause kam dann die erste große Hürde. Was würde Micki sagen? Als Hauskatze hatte sie die älteren Rechte.

Zögerlich schob ich Kira durch die Tür. Micki, die uns wie immer entgegenkam, zischte, fauchte, nahm die Dimension eines Monsters an und schoss die Treppe hoch. Auch in Kira kam Bewegung. Zum erstenmal zog sie mich und nicht ich sie. „Bloß weg hier!“ war ihre Devise.

Das konnte ja heiter werden.

Micki, unsere zarte, kleine Prinzessin war nur noch auf der Flucht und auch Kira legte den Rückwärtsgang ein, sobald sie die kleine, schwarze Bestie entdeckte.

Doch dann, ja dann wurde Micki klar: zum ersten Mal in ihrem Leben hatte irgendjemand Angst vor ihr und dann auch noch ein Hund. Von da ab flüchtete sie nicht mehr; sie stolzierte. Wollte Kira in den Garten, setzte sich Micki grinsend vor die Balkontür. Damit war der Ausflug für Kira gestorben. Wollte Kira in die Wohnung, wusste Micki dies mit der gleichen Gemeinheit - nur von der anderen Seite des Glases - zu verhindern.

Statt dass Kira abnahm, legte Micki an Gewicht zu. Während ich früher versuchte, sie mit mehreren Futtersorten und säuselnden Lockrufen zum Fressen zu bewegen, fraß sie nun jede Schüssel langsam und genüsslich leer, nur weil die arme Kira gierig hechelnd vor ihr geierte.

Kiras Diät gestaltete sich weitaus schwieriger als „dann geb' ich ihr einfach weniger".

Ihre ganzen Gehirnzellen konzentrierten sich auf die Suche nach Fressbarem, wobei sich Dinge als „fressbar" herausstellten, die ich nie im Leben dieser Kategorie zugeordnet hätte. So starrte ich eines Morgens fassungslos in meine leere Capuccino-Tasse, die ich 20 Sekunden aus den Augen gelassen hatte, um mir die Zeitung zu holen. Sie hatte den heißen Capuccino leergesoffen, saß da und zuckte nicht mal mit der Wimper.

Kira durfte von vorneherein eigentlich alles, denn bis auf ihre unglaubliche Fressgier war sie ruhig und liebenswürdig. Wenn Herrchen nicht da war, schlief sie heimlich in meinem Bett (was ich zu Beginn theoretisch grundsätzlich abgelehnt hatte). So weit so gut. Sie war mein erster Hund und ich musste noch viel lernen.

Nun zeigte sie (aus meiner naiven Nicht-Beagle-Sicht) ein merkwürdiges Schlafverhalten. Näherte ich mich dem Bett, sprang sie schnell vorher rein und sicherte sich den besten Platz mitten auf dem Plümo (das war noch nicht merkwürdig).

Da ich auch meine Bedürfnisse habe, zog ich - mit viel Kraft - das Plümo unter dem kleinen Koloss weg. Dabei versuchte sie sich besonders schwer zu machen und bewegte sich keinen Millimeter.

Irgendwann überrundete ich sie mit meiner Kilozahl und sie rutschte neben das Plümo. Den Moment nutzte ich, sprang schnell ins Bett, zog oben das Plümo bis zum Hals und sicherte es unten mit Händen und Füßen.

Kira richtete sich auf, gähnte, schüttelte sich überflüssigerweise und begutachtete die neue Lage. Nun kam eine Merkwürdigkeit: Sie bohrte sich von der Seite mit dem Kopf unter das Plümo und robbte ein Stückchen unter die Decke.... Der dicke Rest blieb draußen und der Kopf drinnen. An meinen Beinen bildeten sich tropische Temperaturen. Das konnte doch nicht gut gehen. Auch ein Hund muss doch atmen, sonst erstickt er. Vielleicht gab es neben dem frühen Kindstod noch den späten Hundstod.

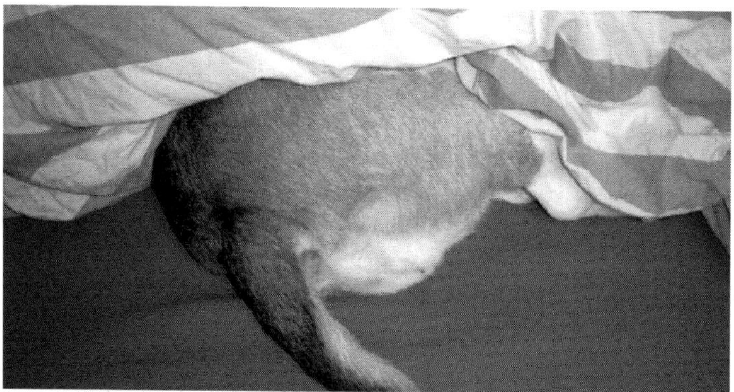

Kira unter dem Plümo

Dieser Gedanke hatte zur Folge, dass ich die halbe Nacht mit dem Ohr über ihr hing, um zu hören, ob sie unter dem Plümo denn noch atmete. Meist atmete sie ganz schwer - fast in Richtung Röcheln, wobei man erwähnen muss, dass sie auch außerhalb des Plümos oft recht laut schnarchte und schwer atmete (dann beunruhigte es mich aber nicht).

Ging das Atmen zu sehr in Röcheln über, schob ich meine Arme unter sie und wuchtete ihren massigen Körper herum, so dass sie mit der Nase wieder an die Luft kam. Das war aus dem Liegen heraus gar nicht so einfach und ging ziemlich in den Rücken. Kaum schloss ich die Augen wieder, schob sie ihre Schnauze wieder unter das Plümo. Also noch mal: horchen, atmen, röcheln, wuchten......

War das normal?

Mein eh' schon begrenzter Nachtschlaf konnte so nicht in der erwünschten Tiefe erfolgen (zumindest bei mir nicht). Daher hatte ich nachts genug Zeit über den möglichen Sinn dieses Verhaltens nachzudenken.

Sah sie, dass ich zugedeckt bin und wollte mir das nachmachen, wobei sie aus ihrem kleinen Beagleverstand heraus das Gefühl des wirklich Zugedeckt-Seins vielleicht nur hatte, wenn sie selbst auch gar nichts mehr sah? Oder wollte sie mich zu unentwegter Zuwendung auch während der Nachtzeit bewegen? Oder wollte sie mir sagen: „Ich kann diese ganze Diät-Welt nicht mehr sehen?“ oder „Lieber will ich hier ersticken, als noch einmal einen Tag lang so darben wie heute.“

Ich brauchte Hilfe. So holte ich mir ihr Impfbuch und las noch mal, was da drauf stand: BEAGLE. Vielleicht war diese Rasse ja irgendwie anders. Da ich von Hunderassen eigentlich keine Ahnung hatte, tippte ich BEAGLE in meine Internet-Suchmaschine und das Geheimnis wurde gelüftet. Zahllose Seiten blätterten sich auf: Chats, Foren, Expertentipps, Homepages .... ganze Beraterstäbe hatten sich schon zusammengeschlossen, um ratlosen Beaglebesitzern wie mir zu immer den gleichen Problemen Hilfen zu geben. Die Fragen drehten sich um Eigenschaften, in denen Kira wohl ihren Beagle-Kumpels um nichts nachstand: sie waren verfressen, gierig, stur und irgendwie unerklärlich.

Ich stürzte mich ins Yahoo-Beagleforum und schilderte Kiras Selbstmordversuche unter dem Plümo. Zahllose Beaglefreunde stürzten zurück mit tröstenden Worten und anderen zahllosen Geschichten unerklärbarer Verhaltensweisen. Für vieles gab es eben bei dieser Sorte Hund keine eindeutige Erklärung.

Das wars! Kira war nicht der einzig unerklärliche Hund; es war die ganze Rasse!!

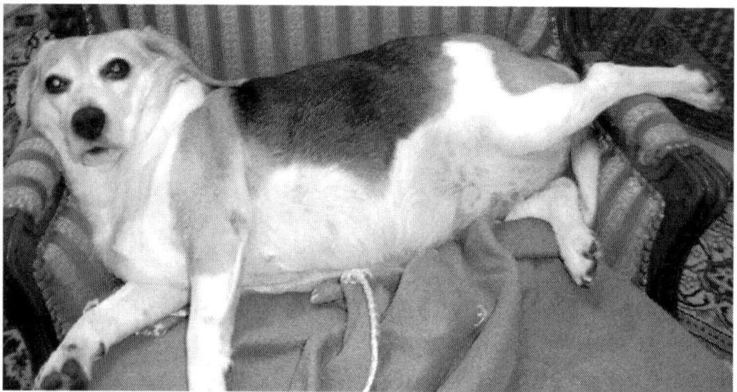

Kira lasziv auf dem Sessel

Auch erziehen will gelernt sein...

Ein kleiner Click - ein großer Traum

Rita Schiranski

Das Clickern an sich ist natürlich kein Geheimnis mehr, aber wer weiß schon, dass wir Hunde allein damit die Fäden in der Hand haben? Wer weiß schon, dass wir allein damit die Macht haben, unseren Menschen beizubringen, dieses Teil gezielt einzusetzen und uns geradezu mit allen Vorzügen des Clickerns zu überschütten?

Richtig! Die Menschen wissen es nicht - vielleicht ahnen es manche - aber - wir Beagles wissen es und wir müssen zusammenhalten. Deshalb will ich euch nun mal erzählen, wie man ohne viel Druck und ohne Dominanz sein Frauchen dazu bringt, sich mit diesem Ding überhaupt auseinanderzusetzen.

Dabei ist es ganz egal, wo ihr herkommt oder was ihr bisher gemacht habt. Ob ihr als Welpe zu euren Menschen gekommen seid, ob von einem berühmten Züchter, aus dem Tierheim oder wie viele sogar aus einem Labor, jeder Beagle kann es schaffen.

Also fangen wir mal damit an, dass ihr gerade erst in euer noch neues Zuhause gekommen seid. Alle Menschen freuen sich und alles dreht sich nur um euch. Die Natur hat uns Beagles ja wirklich schon sehr gut bedacht und uns optisch so gestaltet, dass man uns ja nur lieb haben kann.

Das ist auch sehr wichtig, was die spätere Erziehung angeht, wir müssen und werden es schaffen, total geliebt zu werden. Deshalb stellen wir uns auch jedem Menschen zwecks Schmuseeinheiten zur Verfügung, ganz besonders Frauen und Kinder kann man damit fast immer erweichen. Auch sollten wir uns bemühen, schnell stubenrein zu werden und wenn wir mal ein Tröpfchen verlieren, sollten wir auf keinen Fall das Bein dabei heben, sonst unterstellt man uns Dominanz und dann ist Schluss mit lustig.

Wenn wir es also geschafft haben, von allen immer nur geliebt zu werden, was bei unserem Kuscheltiereffekt tatsächlich kein Problem darstellt und die Menschen anfangen sich darüber zu wundern, dass wir ja gar nicht so schlimm sind, wie man es dem Beagle immer nachsagt, dann fangen wir langsam an, ein bisschen Unfug zu machen. Ich denke, das wird jedem von uns leichtfallen, die genetischen Anlagen dazu sind ja vorhanden.

Bei kleinen Streichen wird uns ja auch garantiert immer sofort verziehen, denn das sind ja nur Ausnahmen. Nach einigen Tagen, Wochen oder Monaten (das muss jeder für sich selbst abschätzen können) fangen wir jedoch langsam an, die Dosis zu steigern und dafür zu sorgen, dass Frauchen mit den Folgen unserer Streiche etwas länger beschäftigt ist. Ja, dann wird sie schimpfen und vielleicht auch mal fluchen, da wir aber so schmuselig und liebelig gucken, kann sie nicht lange böse sein. Schließlich hat sie Bücher gelesen und auch in der Welpengruppe hat man ihr bereits gesagt, wenn Frauchen nicht vorbeugt und kontrolliert, dann ist sie selber schuld und nicht der Hund. Der kann ja noch nicht wissen, was er darf und was nicht. Und das stimmt natürlich. Ab sofort wird sie deshalb mehr vorbeugen und aufpassen.

Jetzt haben wir immerhin schon erreicht, dass Frauchen sich in den nächsten Tagen noch intensiver mit uns beschäftigt, um zu vermeiden, dass wir uns wieder Dummheiten einfallen lassen. Das freut uns natürlich sehr und wir belohnen sie damit, dass wir in den nächsten Tagen nur noch superlieb sind. Wir bestätigen ihr Verhalten positiv mit totaler Zuneigung, bevor wir die Dosierung des Unfugs dann doch drastisch erhöhen. Wir klauen z.B. Müll, verschleppen Socken oder Schuhe, fressen Frauchens Avocado-Maske, tackern die Mathearbeit vom jüngsten zweibeinigen Rudelmitglied usw. Euch fällt sicher noch viel mehr dazu ein, denn Einfallsreichtum ist auch so etwas, was der liebe Gott uns in die Wiege gelegt hat. Nur müssen wir jetzt, da wir anfangen, das ein oder andermal zu nerven, ganz besonders sanft und liebelig zu unserem Frauchen sein. Wir müssen es jetzt nämlich unbedingt schaffen, auf ihren Schoß zu dürfen. Dies ist ein ganz wichtiger Schritt auf dem Weg zum Erfolg. Das „Beagle-liegt-auf-dem-Schoß-Syndrom“ vermittelt dem Frauchen nämlich ein Gefühl von noch engerer Bindung und Zuneigung. Klar, kann man einfach raufspringen, aber dann kommt vielleicht wieder der dumme Spruch mit der Dominanz. Kann ich nicht mehr hören.

Folgende Variante des Schoßerklimmens kann ich hingegen empfehlen:

Frauchen sitzt vor dem Fernseher, ist ein bisschen enttäuscht, weil sie, nach monatelangen Versuchen, nun doch ein wenig an ihrer Erziehungsmethode zweifelt, aber hat natürlich alles schon wieder verziehen. Sie hat auch diesen fragenden Blick: Was soll ich nur tun, um ihn glücklich zu machen? Dazu kommen unter Umständen auch so vertikale Linien auf ihrer Stirn, so dass man als Beagle genau weiß, sie will einem etwas Gutes tun und weiß nur noch nicht so recht wie. In solch einem Moment geht man langsam, züngelnd zu ihr hin und guckt beschämt, betroffen zur Seite. Dann versucht man ganz vorsichtig, irgendwie zwischen die Füße zu gelangen und mummelt sich scheinbar unauffällig dahin. Am besten mit den Ohren auf den Pantoffeln, denn viele Frauchens neigen zu kalten Füßen.

Wir halten diese also öfter mal warm um ihr zu zeigen, wie opferbereit wir doch sind und wie wichtig es uns ist, dass unser Frauchen sich so richtig wohl fühlt. Wie viele Wiederholungen Frauchen so braucht, bis sie kapiert, was sie nun eigentlich zu tun hat, hängt von der Lernbereitschaft und der Sensibilität des Frauchens ab. Bei uns ging es recht schnell, ich bin da konsequent und habe ein gelehriges Frauchen. Weil ich ja nie wirklich hoch wollte und nie drum gekämpft habe, war mein Frauchen sich sicher, dass SIE diese Entscheidung getroffen hat und ich ein braver Beagle bin, der gerne dazu bereit ist, die Wärmflasche auf ihrem Bauch zu ersetzen.

So bin ich zu meinem Stammplatz gekommen. Ich denke, das war das I-Pünktchen, das noch gefehlt hatte um die Bindung zu meinem Frauchen ganz stramm zu machen. Die gibt mich nämlich nie wieder her, die kann ohne mich nämlich gar nicht mehr leben, sagt sie.

Charly ganz sportlich

Ihr müsst natürlich eure eigene Strategie entwickeln, ich z.B. habe Glück und mein Herrchen ist kein bisschen eifersüchtig. Im Gegenteil, er nutzt mein Besetzthalten von Frauchen um auf der Couch ungestört zu schnarchen, was wiederum den Vorteil hat, dass mein Frauchen die alleinige Herrschaft über die Fernbedienung hat. Und ich sag euch was, ein glückliches, zufriedenes Frauchen mit einem mummeligen Fellpaketchen auf dem Bauch, ist ein spendables Frauchen. In solchen Momenten bekommt man auch schon mal so Sachen wie Flips oder Chips, zwar nur wenig wegen der Gesundheit, aber es kommt vor, und wir brauchen gar nicht zu betteln oder zu klauen.

Es steht jetzt also fest, wir sind zusammengeschweißt und in der Gewissheit, nie wieder auf Beaglechen verzichten zu können, nimmt Frauchen nun jede Herausforderung an. Kein Gegner ist zu stark, kein Hindernis zu hoch. Nicht einmal der Wunsch des Herrchens könnte uns nun voneinander trennen, das steht fest. Eher käme eine Scheidung in Frage.

Tja, das ist jetzt der Moment, ab dem wir vorsichtig, ich sag's jetzt mal ganz hart, die Sau rauslassen können. Also: Blödsinn der schlimmsten Art, Diebstahl des Sonntagsbratens, Fressen ekeliger Sachen, die angeblich ungenießbar und ungesund sind und und und .... Nutzt euren Einfallsreichtum, aber bitte niemals böse sein. Immer alles ganz sanft und ganz lieb. Und nie die Grenze überscheiten, darauf müsst ihr unbedingt achten, wenn ihr euer Frauchen mögt, sonst landet ihr womöglich doch noch im Tierheim. Wichtig ist ein gutes Wechselspiel zwischen „Echt total auf den Keks gehen“ und „supermega-knuffig-schmuselieb.

Wenn ihr das ′ne Weile durchgehalten habt, dann bereitet euch vor auf den Super-Gau oder Mega-Knall. Ihr hattet viel Zeit, herauszufinden, womit ihr alle wirklich schocken könnt. Denkt euch was Tolles aus, es muss so heftig sein, dass Frauchen ernsthaft mit konsequenter oder sogar strenger Erziehung droht. Wenn ihr soweit gekommen seid, dann wird Frauchen sicher eine Hundeschule aufsuchen, denn sie hat schon so viele Bücher gelesen und keines hat geholfen, weil wir Beagles ja auch so sensibel sind. Tja, nicht jede Hundeschule nimmt mit Begeisterung Beagles, aber jedes gute, wohlerzogene Frauchen lässt Beagle bei der Wahl der richtigen Hundeschule mitentscheiden.

Frauchen wird am Telefon schon eine Vorentscheidung treffen, schließlich hat sie ja ein großes Ziel vor Augen, den normalen, wohlerzogenen Wunschhund, vielleicht so brav wie Nachbars Schäferhund oder wie man ihn aus bekannten Filmen kennt, immer gehorsam eben. Aber macht euch da nix draus, sie fühlt schon intuitiv, dass das total unbeaglelig und langweilig wäre.

Sie wird wahrscheinlich auch sehr nervös sein. Wenn ihr Ersthund seid, dann wird sie vermutlich eine Hundeschule aufsuchen, wo der Trainer schon seit über 20 Jahren absolut erfolgreich den Frauchen und Herrchen klarmacht, wie „man mit Hunden richtig umgeht" oder wie „man Hunde richtig unterordnet!" Das kann dann gefährlich werden. Ich wünsche euch so was nicht. Ich hatte das große Glück, dass mein Frauchen in solchen Fällen direkt kündigte, also wortlos den Platz verließ, bis auf das erste Mal - das war noch eine Welpengruppe - da hat sie den Trainern ja so vertraut - da ging sie noch zu spät weg. Aber sie hat draus gelernt und danach immer aufgepasst, dass mein Hundeseelchen, weil ich ja so sensibel bin, nicht geknickt wird. Inzwischen ist sie richtig wählerisch geworden und sogar bereit, viele Kilometer zu fahren, damit auch ja kein Fehler passiert.

Ich weiß schon, jetzt fragt ihr bestimmt, wo denn nun der Clicker bleibt und was es denn jetzt damit so auf sich hat. Ihr müsst euch noch ein kleines bisschen gedulden. Wenn ihr Glück habt und eure Familie richtig lieb zu euch ist, weil ihr sie ja schon eine ganze Weile umgarnt habt, werdet ihr vielleicht 15 Jahre oder sogar älter. Gut Ding braucht

Weile und die richtige Vorbereitung ist alles. Ihr müsst teilweise eurem Frauchen suggerieren, dass es gar keine andere Möglichkeit gibt, euch zu erziehen. Ihr müsst manche sogar an den Rand der Verzweiflung treiben, bis ihnen endlich ein Licht aufgeht. Viele wissen nämlich noch gar nicht, dass es diese tollen Geräte überhaupt gibt. Es ist allein unsere Aufgabe, dafür zu sorgen, dass unser Frauchen sich informiert über alle Möglichkeiten, die es in der modernen Hundeerziehung gibt.

Ein guter Schritt in diese Richtung ist auf jeden Fall auch das richtige Verhalten in der Hundeschule. Angenommen, ihr begleitet euer Frauchen nun zum ersten Mal dorthin, dann haltet bitte nicht nur die Augen, sondern auch die Ohren offen. Die Menschen wissen nicht wirklich, dass wir nicht nur den Tonfall deuten, sondern auch schon richtig viele Wörter verstehen können.

Mit den Augen solltet ihr kontrollieren, wie die anderen Hunde in dieser Hundeschule gekleidet sind und ob sie mit dem Schwanz wedeln oder langweilig brav rumliegen. Daran kann man schon sehr viel erkennen. Haben die ein Geschirr an oder ein Halsband, aus Leder oder aus Metall, tragen sie vielleicht so hässliche Stachelwürger und werden dazu gezwungen, Fakir zu spielen? Oh! Oh! Dann direkt die Ohren auf vollen Empfang stellen, während euer Frauchen mit dem Trainer spricht. Wenn ihr jetzt so Wortkombinationen hört wie: Dominanzverhalten, kräftig unterordnen, regelmäßiger Alphagriff und Rückenwurf in Kombination mit nackenkrallen und schütteln, vielleicht sogar durchorgeln (was das genau heißt, weiß ich nicht, aber ich ahne Schlimmes), dann gibt´s zu eurem und dem Wohle eures Frauchens nur eines: FLUCHT! Euer Frauchen weiß das ja noch nicht, deshalb müsst ihr es ihr klarmachen. Aber wie?

Dazu empfehle ich folgende Übung, die ich „Tiefergelegte VW-Käfer-Haltung" mit Front- und Heckspoiler sowie Frontwischautomatik nenne. Es geht etwa so: Wie bei einem plötzlichen Erschrecken leicht zusammenzucken, damit Frauchen auf euch aufmerksam wird. Unauffällig kurz den Trainer anschauen und halb hinter das Frauchen stellen. Dann langsam ducken, dabei den Rücken leicht krumm machen, Kopf und Schwanz tief einziehen, die Öhrchen leicht nach hinten biegen und ganz doll die Schlabberlefzen ablecken. Ich sag euch, kein normales Beaglefrauchen kann diesen Anblick länger als 5 Minuten ertragen. Deshalb wird euer Frauchen nach dieser Gratis-Kennenlernstunde auch erst mal keine Hundeschule mehr aufsuchen, was ihr wieder mit ein paar Tagen besonderem Liebsein belohnt. Das nennt man positive Bestätigung. Immer wenn euer Frauchen etwas macht, das euch gefällt, solltet ihr positiv bestätigen, damit sie es öfter macht. Glaubt mir, das funktioniert richtig gut.

Außerdem haben wir ja irgendwie noch Glück dabei, dass man uns immer so schlimme Dinge nachsagt. Nur so dürfen wir uns sicher sein, an die richtigen Menschen zu geraten. Es sind die, die zu uns passen, sonst würden die ja keinen Beagle nehmen. Es sind die, die glauben, uns alles beibringen zu können, weil sie ja vorbereitet sind und genau wissen, was sie sich ins Haus geholt haben. Es sind auch die, die uns später vor den Hundehaltern verteidigen, die ständig an unserem Verhalten, an unserem Hunger, an unserem Grinsen etwas auszusetzen haben. Wir haben also eine Familie, die mit dieser Herausforderung gerechnet hat und die den nötigen Dickkopf hat, in jeder Situation zu uns zu halten. Normale Menschen würden das wahrscheinlich gar nicht schaffen, aber die Verleumdungen gegen uns haben dafür gesorgt, dass wir an eine Familie geraten sind, die für unsere Rechte und unser Wohlergehen sorgt.

Diese Menschen verlassen auch beim Wandern die Wege, sie buddeln Löcher im Wald, um tolle Sachen für uns reinzutun. Extra für uns dekorieren sie Büsche mit Käsestücken oder reiben Baumstämme mit Putenfleisch ein. Sie haben auch ihre Hemmungen verloren und schämen sich nicht interessante gymnastische Übungen zu machen um uns geistig und körperlich zu fordern. Unsere Vorfahren haben schließlich schon vor langer Zeit damit begonnen, diese spezielle Menschenrasse mit enormer Ausdauer, Geduld, Flexibilität und Kreativität nach unserem Wunsch zu formen. Insider nennen diese besondere Spezies liebevoll „Die Beagler". Das musste ich jetzt mal zwischenschieben. Ein ganz großes Dankeschön an unsere Ahnen, die wirklich sehr hart dafür gearbeitet haben.

Zurück zum Thema: nach ein paar Tagen Entspannung müsst ihr nämlich wieder loslegen, leider, denn Frauchen hat immer noch nix von einem Clicker erwähnt, und den wollen wir ja schließlich haben. Was für ein Glück, dass gerade wir Beagles dieses tolle Ausdauer-Gen besitzen um durch diese schweren Zeiten gelangen zu können.

Sicher steht bald der Besuch in einer anderen Hundeschule an, aber keine Angst, Frauchen weiß jetzt schon, was ihr nicht mögt, sie ist ja sehr gelehrig und ihr habt euch in der letzten Hundeschule klar genug ausgedrückt. Nur mal so am Rande bemerkt, wir haben uns mindestens 10 Hundeschulen angeguckt, bis wir eine gefunden haben, bei der alles passt. Also seid geduldig, es lohnt sich, durchzuhalten.

Wenn ihr richtig Glück habt, dann seid ihr jetzt in einer gelandet, die nur mit positiver Verstärkung oder Bestätigung arbeitet, so wie wir es mit unserem Frauchen ja auch machen. Geschulte Augen erkennen es auch daran, dass die Menschen auf dem Hundeplatz alle ein Bauchtäschchen tragen. Die meisten jedenfalls. Anfänger haben noch Beutelchen oder so, aber die stellen sich ganz schnell um. Man könnte es für einen Modegag der Positiv-Bestätiger halten, aber diese Täschchen tragen sie natürlich nur für uns. Außerdem liegt über solchen Hundeplätzen immer eine tolle Duftwolke und es lohnt sich, die Nase unten zu halten, da manche Positiv-Bestätiger noch an ihrer Fingerfertigkeit üben müssen und schon mal was fallen lassen. Wenn ihr in so einer Hundeschule seid, dann braucht ihr nur ein wenig Geduld, Glück, Charme, Witz und zeigt auf jeden Fall, dass ihr gute Zuschauer und Zuhörer seid. Zeigt auch eure Neugier, denn Neugier passt prima zum Clicker. Jetzt zeigt ihr auch eurem Frauchen, dass Hundeschule eigentlich was richtig Tolles ist, ihr macht mit und euer Frauchen wird stolz sein, ihr könnt Sitz und auch Platz. Aber - ihr zieht immer noch an der Leine. Nicht, weil ihr nicht anders könnt, nein, ihr wollt so die Ausdauer eures Frauchens testen und die Einstellung des Trainers. Bisher war er ja immer nur nett, aber bei dem Ziehen kann es ja auch wieder anders sein. Also, wenn euer Frauchen zieht, dann zieht ihr ganz doll zurück, solange bis ihr die Arme oder gar der Rücken wehtun. Es wird eine Weile dauern, bis der Schmerz so groß ist, dass man sie fragt, warum sie so komisch geht. Jetzt jammert sie auch beim Trainer oder der Trainer hat es schon von selbst gemerkt. Und nun erfahrt ihr auch, ob ihr in einer wirklich richtig guten Hundeschule seid.

Der Trainer wird jetzt wahrscheinlich erst mal ganz genau schauen, wie Frauchen so mit euch geht, wenn ihr zieht. Macht es dann so wie immer, zieht, was das Geschirr aushält, schnüffelt dabei unbeeindruckt von jedem Kommando auf dem Boden rum und macht so einen auf Hydraulik-Langhalsbeagle. Ein wirklich guter Trainer wird jetzt ganz sicher 100%ig eurem Frauchen die Schuld in die Schuhe schieben und ihr sagen, dass Druck immer Gegendruck erzeugt. Das gilt natürlich auch für Zug. Wenn er so was sagt und eurem Frauchen den Tipp mit dem Stehenbleiben gibt, dann ist es sehr wahrscheinlich ein toller Trainer. Also lernt daraus, nehmt nicht mehr als euer Frauchen euch gibt, auch bei der Leine soll es so sein. Wenn ihr eurem Frauchen jetzt Erfolg gönnt, dann wird sie euch automatisch immer mehr geben, weil sie sich nix mehr beweisen muss und sich sicher ist, richtig mit euch an der Leine umzugehen.

Charly "Top Schüssel"

Wenn ihr dann nach ein paar Wochen artiger Mitarbeit schon besser seid, dann wird der Trainer wahrscheinlich eine Bemerkung machen, etwa so: „Sehen Sie, Sie haben einen so pfiffigen, gelehrigen Hund. Er ist so aufmerksam. Sie müssen nur lernen, diesem sensiblen Tier auf positive Art und Weise zu sagen, was sie sich wünschen".

Boah - Wünschen - ein tolles Wort! Diese Hundeschule ist klasse! Wünschen ist gut, nix da mit Befehlen! Nein! Wir Beagles dürfen Wünsche erfüllen. Wir sind nämlich so eine Rasse, wo man mit den althergebrachten Mitteln nix, aber auch gar nix erreichen kann. Wir sind sensibel und wollen unbedingt eine sanfte Behandlung, das steht uns ja auch zu. Boah, wir sind fast am Ziel. Frauchen macht sich natürlich wie immer Gedanken und fragt sich, warum sie nicht früher diese Hundeschule entdeckt hat. Sie macht sich große Vorwürfe, weil sie sich nicht viel mehr bemüht hat uns zu verstehen.

Sie ist jetzt sehr empfindlich, hat vielleicht ein schlechtes Gewissen, ach, die Ärmste. Nun wird es wieder Zeit für die Schmusebacken-Nummer mit „Eiteitei, ich hab dich lieb“. Wir müssen sie unbedingt wieder aufbauen und vor allem motivieren, denn sie ist ja auf dem richtigen Weg und kriegt langsam ganz dollen Spaß neue Sachen zu probieren. Wir sind jetzt über einen längeren Zeitraum superlieb. Ihr wisst schon, positive Bestätigung, denn Frauchen hat sich ja verbessert. Ihr dürft aber auf keinen Fall perfekt sein, nicht vergessen, der Clicker ist immer noch nicht da. Und immer schön neugierig in die Welt schauen und immer ein bisschen - nennen wir es unsicher - wirken.

Wenn dann, meistens nach ca. 10 Wochen, der Kurs zu Ende ist, dann kommt der Trainer und fragt Frauchen: „Was haben sie jetzt so vor? Sie wollen doch sicher weiter mit dem Tier arbeiten. Er ist so gelehrig und braucht auch dringend Beschäftigung“. Frauchen wird jetzt erzählen, was sie bisher so mit euch gespielt bzw. gearbeitet hat, aber der Trainer sieht vielleicht, dass sie damit noch nicht so recht glücklich ist. Ein guter Trainer sieht natürlich auch, dass wir noch nicht so recht glücklich sind, obwohl es uns eigentlich ja supergut geht. Jetzt wird er sie sicher fragen: „Haben Sie schon mal an ein Clicker-Seminar gedacht?“

Ja, Leute! Beagles dieser Welt! Das ist das Wort! Mann-oh-Mann! Freudentränen im linken Auge. Sie hat dieses Wort gehört! Sie zuckt zwar mit den Schultern, Clickern kennt sie nicht. Hab' ich mir doch gedacht, dass sie das nicht kennt. Hat ja auch ewig gedauert, sie mal so weit zu bringen, aber der Tag ist gekommen, und sie grübelt über das „Womit“ und „Was“ und „Wie“ und „Wo“ und „Warum“. Mann, die ist aber auch schwer von Begriff! Macht nix, verzweifelte

Menschen greifen nach jedem Strohhalm, um dem Liebsten zu helfen, und wenns nur für eine Beschäftigung ist, nur für einen Spaß.

Jetzt, wo sie das Wort kennt, schaut sie sogar im Internet nach, was das so ist. Dort findet sie Leidensgenossen und auch solche, deren Beagles es schon geschafft haben, ihre Frauchen mit diesem Ding zu erziehen. Sie spricht mit dem Herrchen darüber und sucht persönlichen Kontakt zu Dorfbewohnern, die vielleicht auch damit erzogen worden sind, aber vergeblich. Keiner hier kennt es. Macht aber nix, Frauchen ist schon mutig genug, es allein zu probieren - mit Unterstützung von netten Seelen aus dem Internet. Hier ein ganz großer Dank an die vielen Beagles, die ihre Frauchen, allein durch positive Verstärkung, so weit gebracht haben, offen über die Korrekturen der bis dahin gemachten Fehler zu sprechen. Diese Frauchen waren so lernbereit, dass sie jetzt richtig glückliche Beagles haben.

Also? Was macht ein gutes Frauchen? Richtig, sie geht in den nächsten Tierladen - allein! Sie lässt uns daheim bei Papa. Wir nutzen diese Gelegenheit natürlich um dem Herrchen mal wieder zu zeigen, dass Frauchen auf dem richtigen Weg. Wir zeigen ihm, dass Frauchen unsere absolute Zuneigung gewonnen hat, indem wir - wie immer - fürchterlich heulen, an der Haustür sitzen und flehen, dass sie bald zurückkommt. Wenn wir Glück haben, nerven wir Herrchen beim Formeleinsgucken, womit wir wahrscheinlich erreichen, dass er innerlich auch an die Wirkung des Clickerns glaubt bzw. darauf hofft.

Frauchen kommt zurück und hat tatsächlich so ein Ding gekauft. Ich muss gestehen, als ich es das erste Mal sah, wollte ich nicht so recht glauben, dass ich damit meine Familie so richtig gut hinkriege, weil es so klein und unscheinbar ist. Ich hab mir da schon irgendetwas Beeindruckenderes drunter vorgestellt....

Na ja, ich hab auf jeden Fall erst mal 'nen Knochen gekriegt und bin in mein Körbchen. Dieser Tag sollte auf jeden Fall in die Geschichte eingehen, zumindest in meine!

Jetzt war es Zeit für einen Traum - für einen großen Traum - einen Traum davon, wie ich mit diesem Ding meine Familie positiv beeinflussen kann, meinen Nachbarn beweisen kann, dass ich ein

Superhund bin und natürlich einen Traum von dem, worauf wir eigentlich ja immer hinarbeiten. Der Traum vom Essen. Vom Superessen. Vom Kaviar für Hunde sozusagen.

Das war eine Nacht! Ich habe geträumt, ich hätte die Welt erobert, ich habe Dinge getan, von denen kein Mensch auch nur erahnen kann, dass Hunde so was schaffen. Ich war der Größte uuund ich habe natürlich gegessen ..... hhhmmm, ich kann euch sagen, es war herrlich. Ich hatte so viel Macht, dass man mir alle Wünsche von den Augen ablesen konnte. Klar, wir essen immer gut, aber in meinem Traum waren andere Speisen als Trockenfutter oder mal Pansen. Noch besser als Stinkekäse oder Hasendrops. Es waren Speisen, die ganz speziell für meine Bedürfnisse angefertigt wurden. Und diese Vielfalt! Beagles dieser Welt, wenn für euch der Tag gekommen ist, an dem ihr diesen Traum träumt, dann wisst ihr, was ich meine.

Ich war auf jeden Fall so super motiviert, ich war bereit, sofort loszulegen, sobald ich die Bereitschaft meines Frauchens zum Mitmachen erkennen konnte. Erst lag das Ding ja nur rum. Na ja, die hat sich nicht so recht getraut. Also hab ich gedacht, stellen wir uns erst mal ganz dumm und warten ab, was sie uns so anbietet.

Charly "Brücke Steh"

Sie saß also am Küchentisch, mit 'nem Kaffee und 'nem Tellerchen, sogar eine neue Sorte Leckerli, aber irgendwie tat sich nix. Die hat zwar geguckt, aber wie das so ist, ohne Anleitung läuft nix. Ich also zu ihr hin und Sitz gemacht. Dann hab ich abwechselnd auf das Ding und zu ihr geguckt, mit dem speziellen „Nur-Mut-du-schaffst-das-schon-Blick" und dann hat sie sich getraut und ganz spontan losgelegt. Click & Leckerchen, Click & Leckerchen ....

Das hat sie bestimmt 10 mal oder mehr gemacht. Die Menschen nennen das, glaube ich: Konditionieren. Das ist für uns natürlich sehr bequem, wir brauchen nix anderes zu machen als Schnauze auf und rein damit, Schnauze auf und rein damit ... Ich liebe solchen Übungen! Die könnten ewig dauern, aber da sind die Menschen schon ein wenig gemein, wenns für uns gerade superbequem wird und wir auf den Geschmack gekommen sind, dann machen die einfach eine Pause oder das Tellerchen ist leer. Ist aber nicht so ganz schlimm, neugierige Frauchen testen schon nach kurzer Zeit noch mal, ob wir das auch verstanden haben. Die trauen uns eben immer noch nix Wahres zu. Jetzt, wo sie wissen, dass wir es verstanden haben, fangen sie an, sich einzubilden, dass sie uns damit erziehen können. Wir wollen sie auch noch in diesem Glauben lassen, sie sollen ja Erfolg haben, damit sie Lust haben, damit weiterzumachen. Wir bieten ihnen nun viele Gründe zum Clickern, indem wir ganz viele Fehler machen. Sie wissen ja noch nicht so recht, was sie uns beibringen sollen, aber wir werden es ihnen schon zeigen. Wir wollen schließlich keinen Stress, sondern wir wollen tolle Leckerchen. Wir verhalten uns also ganz einfach so wie immer, sind nicht supergehorsam, machen nicht Platz auf der Decke, gehen nicht am Mülleimer vorbei, ohne hineinzuschauen, verzichten nicht auf das Bepföteln der Arbeitsplatte, schütteln unseren Wanderschlamm nicht draußen ab, sondern drinnen usw.

Charly macht "Männchen"

Auf diese Weise bieten wir unserem Fauchen viele Möglichkeiten um den Clicker einsetzen zu können und endlich mal vernünftige Leckerchen rauszurücken.

Und Beagles, lasst euch nicht dazu hinreißen, eine Übung direkt komplett zu kapieren, das wäre sehr unklug. Teilt lieber alles in viele kleine Einzelschritte auf, das gibt mehr Clicker und

Belohnung. Ab jetzt nenne ich das nur noch C&B.

Nehmen wir mal das Beispiel mit der Decke, weil wir ja eigentlich ganz gerne darauf liegen und es für uns überhaupt keine Arbeit ist, sondern ein Mummelvergnügen, vor allem, wenn die Decke in der Küche ist, wo wir immer die besten Aussichten haben. Jetzt müssen wir dem Frauchen vorspielen, dass wir diese Decke in der Küche überhaupt nicht mehr mögen. Wir tun also so, als wenn sie für uns ein Grauen sei. Wenn schon Küche, dann mittendrin, auf den schrecklich harten Fliesen und vor allem da, wo sie über uns stolpert. In diesen sauren Apfel müssen wir jetzt beißen, weil wir erstens eine „besondere" Decke wollen und zweitens natürlich etwas „Tolles" zu mampfen. Wir gehen Frauchen in der Küche also auf den Keks, solange bis sie endlich begreift, dass sie aktiv werden muss. Sie ist ja inzwischen schon scharf auf den Einsatz des Clickers, weil sie weiß, dass sie unsere schlechten Angewohnheiten in Gute umwandeln kann. Und weil das Ganze was mit Können zu tun hat, ist sie natürlich bestrebt es zu schaffen, weil es dann ihr persönlicher Erfolg ist. So was ist gut für ihr Selbstbewusstsein und gut für unseren Magen.

Manche Frauchen kaufen jetzt erst mal eine neue Decke, so als Motivationsschub für sie selbst. Dabei hatte ich richtig Glück. Durch das Internet hat sie von einer grünkarierten erfahren, die irgendwo im Angebot war. Ich liebe grünkariert. Grün beruhigt und ist die Farbe der Hoffnung. Karos sind ganz einfach fröhlich und lustig und das passt zu mir. Ich denke, Frauchen kennt mich doch schon recht gut, seit dem „Beagle-liegt-auf-dem-Schoß-Syndrom". Natürlich habe ich mir nicht anmerken lassen, dass sie genau meinen Geschmack getroffen hat, weil ich ja auch noch gut mampfen wollte. Ich hab die Decke erst mal schweren Herzens ignoriert, mit der Gewissheit, Frauchen tut alles, damit ich sie liebe. Und was soll ich euch sagen, nach ein paar Stunden schon hat sie den Clicker griffbereit platziert und direkt daneben ein Schälchen mit Putenfleisch. Aha, sie hat begriffen, was sie zu tun hat und ich bestätige das mit positivem Verhalten. Ich gehe also durch die Küche und berühre „aus Versehen" mit einer Pfote diese Decke. Anfangs bitte nicht mehr, denkt immer an die vielen

Einzelschritte, an die vielen C&Bs. Und was soll ich sagen, die konnte sich nicht beherrschen vor Glück, dass sie genau diesen Moment erwischt hat um zu clickern.

Also, Schnauze auf und rein damit. Gleich noch mal, gucken ob sie auch richtig aufpasst. Prima - C&B - Schnauze auf und rein damit. Mein Fauchen ist schon klasse. Ihr könnt das ruhig so 5 - 10 mal machen, damit ihr Frauchens Reflexe ein wenig trainiert. Dann müsst ihr aber eine Pause einlegen, bevor Frauchen den Clicker wegpackt. Wenn sie den nämlich wegpackt, dann ist sie zufrieden mit ihrer Leistung oder dem Ergebnis und das nimmt ihren Ehrgeiz für viele Stunden. Ihr werdet schon lernen, wann der richtige Moment gekommen ist, dem Frauchen klarzumachen, dass sie noch mehr üben muss. So alle paar Stunden könnt ihr ruhig wieder anfangen, sie zu einem Click zu motivieren, damit sie nicht den Spaß verliert.

Ihr solltet eurem Frauchen insgesamt ruhig so 2 - 3 Tage Clickvergnügen gönnen, bevor ihr ihr zeigt, dass sie es schafft, euch auf diese Decke zu clickern. Ihr werdet also einige Tage immer schön mit Putenfleisch verwöhnt und solltet ihr dann auch wirklich diesen ersten großen Erfolg gönnen. Achtet unbedingt darauf, dass sie den Clicker griffbereit hat, macht es ihr noch ein wenig leicht, soviel Training hatte sie ja noch nicht. Jetzt dürft ihr euch endlich auf diese eure absolute Lieblingsdecke in diesem absoluten Lieblingszimmer mit dieser absoluten Superaussicht legen. Und was soll ich euch sagen, jetzt wo ihr da seid, wo ihr schon immer bequem den Überblick haben wolltet, machte euer Frauchen C&B. Oh ja! Und es gibt nicht nur ein Stückchen Putenfleisch. Nein! Jetzt habt ihr die Decke so genau getroffen, dass es jetzt ein Super-Brocken ist. Und nicht nur, dass ihr euer Ziel erreicht habt mit der richtigen Decke an der richtigen Stelle und dem tollen Futter, nein - ihr habt auch noch ein glückliches Frauchen mit richtig gestärktem Selbstbewusstsein, weil ihr sie davon überzeugt habt, dass sie euch diese schwere Handlung mit Hilfe des Clickers beigebracht hat.

Jetzt werden auch die anderen Zweibeiner des Rudels neugierig und werden schon bald versuchen mit Hilfe des Clickers zu lernen. Ich muss gestehen, dass ich das noch nicht zulasse, sonst wird mir die Sache nachher zu unübersichtlich. Es reicht, wenn ich es meinem Frauchen perfekt beibringe und der Rest nix damit zutun hat. So rücke ich mein Frauchen in eine stärkere Position und sie wird mich in eventuellen Notfällen besser verteidigen können. Man weiß ja nie, was noch so kommt.

Die Decke war natürlich nur ein kleines Beispiel dessen, was wir uns beschaffen können. Es gibt so viel, denn ab sofort gehört uns die Welt. Nehmen wir noch ein Beispiel, das Stehen auf zwei Beinen. Wir haben ja schon oft probiert, auf diese Weise in die Jackentaschen oder auf den Küchentisch zu spinkseln. Es ist uns untersagt, Frauchen hat in einem Buch was von „Der Hund erhebt sich" oder „Dominanzverhalten" gelesen. Außerdem sollen die Menschen ja schon die Ansätze von Fehlverhalten unterbinden. Also, stehen ist nicht. Unser Frauchen will uns aber Clickern, die ist da jetzt richtig scharf drauf.

Wenn wir also so im Garten rumtoben, dann machen wir ein bisschen mehr Gymnastik als sonst, damit sie sieht, zu welchen Dingen wir mit unserem Körper fähig sind. Sie soll ja schließlich Erfolg haben. Dabei schaut sie uns genau zu und erfindet vielleicht auch tolle Namen für irgendwelche Kunststücke, die sie daraus formen will. Ihr könnt also mal kurz auf zwei Beinen stehen und dann schnell wieder umkippen, das wird sie später einmal vielleicht „Männchen" nennen. Ihr könnt mal nicht über die Katzensch.... rutschen, sondern rollen, sie nennt es später „Rolle", ihr könnt und dürft zur Abwechslung auch mal wieder euren Schwanz jagen, so wie in eurer frühesten Jugend. Auch wenn man das Schwanz-Jagen ja oft für eine psychische Störung hält und uns schon lange verboten hat, jetzt dürfen wir es wieder, und Frauchen wird es fördern und vielleicht „Twist" nennen. Sogar aus unserem Strecken nach dem Schlaf, das sonst nie beachtet wurde, wird sie das Kunststück „Diener" machen und wir werden dafür was Feines bekommen.

Es gibt, wie versprochen, tausend Möglichkeiten, Dinge tun zu dürfen, die bisher nicht so erwünscht waren. Jetzt gibt´s dafür auch noch lecker Mampfen. Hauptsache Frauchen findet einen Namen dafür und macht ein Kunststückchen daraus. Nur nicht alles auf einmal zeigen, euer Leben ist lang, und ihr wollt euer Frauchen auch über einen längeren Zeitraum beschäftigen.

Da Frauchen noch nicht so ganz sicher ist, wird sie am Anfang immer zuerst drinnen mit euch üben. Jetzt dürft ihr auch einmal in der Küche kurz auf zwei Beinen stehen, damit Frauchen sieht, dass das eurem Körper nicht schadet. Sicher wird sie bald den Clicker holen, sie ist so scharf drauf, euch was beizubringen, kann es kaum erwarten und jedes Kunststück ist ihr recht. In der Küche bitte noch einmal recht unauffällig ganz kurz auf zwei Beine, die darf jetzt auf keinen Fall merken, dass ihr es wollt. Es ist wichtig, ihr das Gefühl zu geben, dass sie es will - anders funktioniert das sonst mit dem Leckerchen nicht. Also, bitte zögerlich rangehen, Frauchen hat nämlich schon einen Dickkopf und will unbedingt, dass wir „Männchen" machen. Diesen Wunsch erfüllen wir ihr natürlich, weil sie dringend C&B machen will. Wie bei der Decke machen wir das in kleinen Schritten, erst nur ganz kurz, und dann bauen wir das langsam auf, damit die mehr C und wir so richtig viel B bekommen.

Weil sie sich anfangs so darüber freut, dass wir dieses „Kunststück" beherrschen, dürfen wir ab sofort wieder auf dem Küchentisch in die Wurstdose spinkseln, äh, ich meine auf zwei Beinen stehen, sogar wenn Besuch da ist, denn Frauchen will ja auch noch mit uns protzen. Soll sie ruhig, für ausreichend C&B darf sie das und außerdem bestätigen wir damit in aller Öffentlichkeit, wie intelligent wir doch sind. Der Besuch wird jetzt sicher sagen: „Oh! Wie süß! Das ist aber ein liebes Kerlchen!" Euer Frauchen wird dadurch motiviert, euch öfter mal so was zu erlauben, denn es kommt ja gut bei den Kaffeetanten an und sie ist natürlich stolz darauf, dass sie es geschafft hat, euch so was Schweres beizubringen. Klar, für diese herausragende Leistung gibt's auch eine tolle Belohnung.

Last uns doch mal zurückblicken, was wir bisher schon alles geschafft haben. Alle Menschen lieben uns. Unser Frauchen ist immer und überall voll auf uns konzentriert. Wir haben ihren Schoß erobert und wir haben unsere Lieblingsdecke an unserem Lieblingsplatz. Außerdem dürfen wir ungehindert Männchen machen und in die Wurstdose spinkseln. Endlich wieder unseren Schwanz jagen, wenn wir Langeweile haben und wenn wir geschlafen haben und uns strekken, weil das ja so gut tut, dann kriegen wir dafür auch Putenfleisch. Unser Frauchen hat also schon echt viel gelernt.

Trotzdem fehlt da noch was. Erinnert euch an den Traum. Da war noch was ganz Spezielles. Ja! Es war der Kaviar für Hunde! Die tolle Abwechslung. Das Leckerchen, das nur für unsere Bedürfnisse hergestellt wird. Eins, das kein anderes Lebewesen auf dieser Erde kennt, bis auf vielleicht ein paar andere Beagles. Das Putenfleisch ist ja schon gut, aber das kann ja jeder haben, es ist mir einfach nicht speziell genug und auf die Dauer auch ein bisschen langweilig.

Aber wie bekommen wir jetzt dieses ganz besondere Leckerchen? Wie kriegen wir unser Frauchen an den Herd? Wie kriegen wir es an den Backofen? Ich meine jetzt nicht die Reste von den Kartoffeln oder so, sondern ein richtiges Hundeessen, nur für uns allein.

Dazu müssen wir Frauchen noch mal schocken. Klar, wir tun das nicht so gerne, weil sie sich ja schon echt um uns bemüht hat, aber dieses eine Mal muss es noch sein. Ich habe lange überlegt, wie ich Fauchen noch schocken kann, nachdem sie ja schon so abgehärtet ist und ich eigentlich früher schon ordentlich auf den Putz gehauen habe. Ich meine, die Umdekoration des Hauses ist kein echter Schock mehr für sie und auch der Verzehr einer ganzen Buttercremetorte kann sie nicht mehr umhauen.

Irgendwie sind mir einfach keine ordentlichen Schandtaten mehr eingefallen. Ich denke, ich hatte einen Blackout. Dann jedoch kam mir die Idee. Sie kam spontan, als Frauchen einmal wieder was clikkern wollte. Es war etwas, was ich schon konnte, ich glaub der Diener. Ich hab's also auf Signal hin gemacht und sie hat freudig click gemacht. Und da hab ich sie total geschockt, denn ich habe das Putenfleisch verweigert. Ja, es ist mir schwergefallen, aber es war für mich die einzige Möglichkeit. Mein Frauchen war zuerst ja nur überrascht, hat es noch mal versucht, aber ich habe wieder verweigert.

Also, Futterstreik ist für mein Frauchen ein ganz schlimmes Zeichen. Sie war so ziemlich am Ende, total fassungslos. Schließlich fressen Beagles einfach alles und immer. Deshalb nennen uns manche ja auch Industriestaubsauger.

Wie gesagt, die Verweigerung des Putenfleisches hat mein Frauchen so geschockt, dass sie sofort mit mir zum Tierarzt gefahren ist, denn ich musste offensichtlich schwerstkrank sein. Ich ließ also auch die Untersuchung über mich ergehen, geplant war das ja nicht so. Das Ergebnis war, obwohl ich kerngesund war, für mein Frauchen irgendwie niederschmetternd. Sie konnte es einfach nicht fassen. Ich hab sie dann zuhause noch ein bisschen mehr fertig gemacht, indem ich gefastet habe. Das war eine Qual für mich, aber es hat sich gelohnt. Mein Frauchen war so fertig, die ist direkt in dieses Internet gegangen und hat da die bereits schon seit längerem geclickerten Beagler-Frauchen um Rat gefragt. Und die Beagler sind da genau wie wir, die halten zusammen und tauschen ihre Erfahrungen aus. Alles was sie gelernt haben, teilen sie gerne den noch nicht fertig geclickerten Frauchen und Herrchen mit. Da hat mein Frauchen dann auch das erste Rezept für Beagle-Leckerchen bekommen. Und weil Liebe auch durch den Magen geht, war sie nur für mich am Backofen und hat diese tollen Plätzchen gebacken.

Die sind wirklich superlecker und die sind auch immer schnell wieder weg, weil ich meinem Frauchen beigebracht habe, dass sie regelmäßig alle Clicker-Übungen mit mir wiederholen muss, damit ich sie nicht vergesse.

Wenn ihr also euer Frauchen erst mal am Backofen habt, wenn sie dazu bereit ist, dann könnt ihr echt stolz sein. Dann habt ihr den Schlüssel zum Tor ins Schlaraffenland erobert. Es wird nicht bei dieser Sorte Plätzchen bleiben, denn unsere Frauchen sind kreativ genug, sich jedes Mal was anderes einfallen zu lassen. Mal was mit Leber, dann was mit Fisch. Auch Haferflockenplätzchen im Käsemantel und Karottenplätzchen mit Dörrfischgarnitur, die Liste ist unendlich lang.

Wir belohnen unser supertolles Frauchen natürlich mit positiver Bestätigung. Wir beweisen ihr, dass sie es gut gemacht hat, dass uns die Abwechslung gefällt, obwohl Beagles gar nicht wählerisch sind. Wir geben ihr 1000 Möglichkeiten,

Charly hilft bei der Wäsche

uns zu clickern, das macht sie so glücklich. Und wir tun ihr den Gefallen und nehmen freudig ihre Leckerchen, weil sie nur für uns alleine sind. Weil unser Frauchen etwas für uns tut, das noch lange nicht jedes Frauchen für ihren Hund tun würde.

Beagles, wie geht es uns doch gut. Unsere Clicker-Beagler lieben unsere Schandtaten, weil sie sie gerne in gute Taten umwandeln wollen. Sie lieben unsere Gier, weil sie uns gerne mit den stinkigsten Hundeplätzchen verwöhnen wollen und kriegen schon lange kein Ekel-Herpes mehr. Beagler lieben unsere Ausdauer, denn nur so haben sie die Möglichkeit, oft und lange mit uns zu arbeiten. Sie lieben sogar unseren Dickkopf, denn sie haben selber einen. Beagler lieben unsere Vielseitigkeit, dadurch werden sie kreativ. Vor allem aber lieben sie unseren Familiensinn, denn sie wollen eigentlich einfach nur abends geschmust werden.

Beagles, ich denke, wenn wir an diesem Punkt angekommen sind, dann dürfen wir unser Rudel nicht mehr überstrapazieren. Wir haben sie so toll hingekriegt, wir können stolz sein. Ja, ich weiß, in meinem Traum hab ich die Welt erobert, aber wollen wir Beagles das überhaupt? Ich glaube nicht. Wir haben etwas viel Wichtigeres erreicht. Wir haben Herzen erobert.

Wir machen nur noch kleine Streiche und auch nur dann, wenn mal wieder ein neues Plätzchenrezept fällig ist. Wir werden unser Frauchen nur noch clickern, wenn sie es will. Wir gönnen unseren Menschen eine Pause. Ich bin soooo müde. Ich lege mich auf meine grünkarierte Decke, nehme einen normalen Knochen, denn mehr brauche ich als anspruchsloser Beagle nicht wirklich. Ich bin glücklich und eine Hand krault meinen Bauch. Aaach, tut das gut.

Ich weiß, es wäre schön und beaglelig, wenn diese Geschichte ein richtig chaotisches und lustiges Ende hätte. Aber so sind wir Beagles halt, wir tun immer das, was gerade keiner erwartet. Ich kann nicht anders, jetzt wo es mir so gut geht auf meiner grünkarierten Decke mit der Hand, die meinen Bauch krault, kriege ich ein komisches Gefühl. Die Menschen nennen es wohl melancholisch. Ich denke an die Welt, die ich in meinem Traum erobern wollte und bin sehr traurig, denn auf dieser Welt geschehen schreckliche Dinge.

Ich suche einen neuen Traum und denke, wir sollten gemeinsam das tun, was wir am besten können. Wir sollten Herzen erobern. Herzen für die geschundenen Tiere dieser Welt. Die Herzen von den Menschen, die immer noch nicht wissen, was sie tun.

Ich muss an unsere armen Artgenossen in den Tierheimen denken, die wegen ihres lustigen Aussehens irgendwann mal als Spielzeug gekauft und dann einfach abgegeben wurden. Und ich muss an unsere Verwandten denken, von profitgierigen Züchtern ohne Moral, die ihr Leben lang mit einem schrecklichen Leiden kämpfen müssen. Auch an die Beagles, die in einem kalten Käfig in irgendeinem Labor für irgendwelche Versuche missbraucht werden und daran, dass sie vielleicht auch alle nur einen Traum haben.

Den Traum von einem Click, einer grünkarierten Decke, einem einfachen Knochen und einer Hand, die ihren Bauch krault.

Geschichten aus der Hundeschule

Tina Dippold

Gestern war ich mit Frauchen zum zweiten Mal in der Hundeschule zum Erziehungskurs, (was immer das zu bedeuten hat).

Also, als Erstes finde ich Autofahren grässlich und hab dann auch prompt ins Auto gek.... Frauchen hat das Handtuch im Bach ausgewaschen *gg*. Dabei wäre sie bald reingefallen, weil ich einen sooooo schönen Vogel gesehen habe, zu dem ich unbedingt hin wollte.

Wir sind dann ein Stückchen spazieren gegangen, so mit viel schnüffeln und so, weil Frauchen meinte, ich solle mich erst mal von der Fahrt erholen. Zurück beim Hundeplatz, waren schon zwei große Hunde da, Bobby, der Labrador und Betsy, die Berner Sennenhündin. Ich sollte und durfte ja dort ohne Leine laufen, aber die zwei sind doch sooooo groß, dass ich lieber bei Frauchen bleibe.

Dann kam noch ein Berner Sennenrüde, Berry, ein Riese....Wow, der mochte mich wohl gut leiden, ständig schnupperte er an meinem.... na ihr wisst schon. Na, dem hab ich es aber gezeigt, geknurrt, gefletscht, gebellt und ganz schnell gerannt bin ich, dann ist er lieber zu Betsy gegangen.

Dann begann der Unterricht, leider erst wieder ein Stück mit dem Auto, und dann waren wir mitten im Gewimmel.... viele Leute, viele Autos, andere Hunde.... aber das macht mir nichts. Frauchen war sehr stolz auf mich.

Candice

Wir sind dann in eine Seitenstrasse gegangen und übten Slalomlaufen: jeder musste mal im Bogen um die anderen rumlaufen; dann sollte ich mich flach auf den Bauch legen.... brrrrr. Platz, heißt das wohl, das mag ich überhaupt nicht. Reicht doch wohl, wenn ich mich hinsetze.... phhhh, nicht mit mir..., aber

Frauchen ließ nicht locker und sie gab mir auch kein Leckerchen, obwohl ich sooooo brav saß.

Na gut, lege ich mich hin und schwupps bekam ich was.... aha.... gleich noch mal... und noch mal... he, nicht weitergehen, es gefällt mir gerade so gut... Manno!

Dann kamen wir an ein kleines Holzpodest, jeder musste sich dort mit Frauchen oder Herrchen mal draufsetzen und dann kam immer die Elke, die uns was beibringen wollte und sprang auf dieses Podest. Mann, war das laut, aber solange Frauchen Leckerchen hat, bringt mich das nicht aus der Ruhe, nur Berry, unser Riese, fand das nicht so toll.

Dann kam die für mich gemeinste Übung des Tages.... da legen die mir ein Leckerchen vor die Nase, und ich darf nicht dran.... Nach dem zweiten Nein hab ich mich einfach auf den Bürgersteig gelegt und das Leckerchen nicht mehr aus den Augen gelassen.... wehe, wenn da einer dran geht....

Betsys Herrchen meinte, so wie ich das fixieren würde, bewegt sich das Leckerchen gleich. *Stunden* später stand ich auf, war mir jetzt zu blöde, ging weg und schaute dann Frauchen an und jetzt sollte ich das Leckerchen nehmen.... von wegen, hab' ja auch meinen Stolz, ich bleib' erst mal sitzen.... na gut, wenn du mich so lieb bittest, nehm ich es eben.... (ich weiß gar nicht, warum alle lachen?????)

So, jetzt müssen wir noch an der Hauptstrasse entlang zurück zum Auto. Ich finde das cool, sooooo viel zum Schnüffeln, was interessieren mich da Autos und Menschen.

Elke meint, das war's für heute, und wir wären alle super gewesen. Also wieder rein ins Auto (auf der Heimfahrt hab' ich nicht...., ihr wisst schon) und zu Hause erst mal Anthony durch die Bude gejagt (der braucht auch Bewegung) und dann ab ins Körbchen, Heia machen...

Wenn du mal erleben willst, wie übel sich ein Beagle aufführen kann, dann kann ich dir die Geschichte von Paul erzählen...

Marion Meyerolbersleben

Ich sah sein Bild in unserem Sonntagsblatt. „Paul ist ein Beagle, der noch ein bisschen Erziehung braucht..." stand da. Dazu ein Bild von einem stattlichen, schönen Beagle, der aber recht unsicher nach unten schaute. Lass bloß die Finger von dem Hund, du hast schon zwei Beagles, dachte ich und blätterte schnell eine Seite weiter. Und tatsächlich habe ich ihn wieder vergessen.

Wäre nicht nach einiger Zeit bei den Beaglefreunden eine kleine Mail aufgetaucht, dass in Nürnberg ein schwieriger Beagle säße. Oh, dachte ich, das ist bestimmt dieser Hund, der in der Zeitung war. Nein, da gehst du jetzt nicht hin, sonst hast du ihn an der Backe.

Ein paar Tage später ging eine Mail im Forum ein, in der ein Nürnberger schrieb „Wir können uns den Hund ja mal anschauen". Ja. ja, schau den Hund nur an... dachte ich. Click und schon war diese Mail gelöscht. Diesmal jedoch nicht in meinem Kopf.

Am nächsten Morgen saß ich beim Frühstück und dachte zum ersten Mal länger an diesen Hund. Lass die Finger von dem Hund!!!!, warnte mich mein Verstand und doch hatte ich auf einmal das Handy am Ohr und eine nette Tierpflegerin am Ende der Leitung. Obwohl ich gehofft hatte, dass der Hund vielleicht vermittelt sei oder ich ihn nicht anschauen dürfte, kam genau die umgekehrte Reaktion: „Ja, dann kommen Sie doch einfach gleich vorbei." „Gut, ich bin in einer halben Stunde da."

So fuhren wir raus ins Tierheim und ich ging mit meinen beiden Mädels hinein. Die nette Tierpflegerin führte mich an vielen lauten Kampfhunden vorbei und schließlich kamen wir ziemlich weit hinten bei Paul an. Er bekam einen Kettenwürger mit Leine um und wurde mir in die Hand gedrückt. Die Mädels waren ihm egal, Paul war den

Mädels egal. Coffey war beschäftigt mit Nahrungssuche, Lena starrte die Kaninchen hinter der Plexiglasscheibe an.

Ich vergesse nie die ersten Spaziergänge mit Paul an diesem grässlichen Kettenwürger. Er hing an der Leine wie ein Stier, röchelte, musste immer wieder „aufs Klo", hatte Durchfall und benahm sich so, als gäbe es mich überhaupt nicht. Blickkontakt war ihm fremd. Die Waldböden waren in diesem Winter spiegelglatt. Ich konnte nicht mehr tun, als hinter diesem Tier herzurutschen und ihm möglichst viel Bewegungsmöglichkeit zu geben.

Pflichtbewusst fuhr ich die nächste Zeit, so oft es mir möglich war, raus ins Tierheim und ging mit Paul spazieren. Ich weiß gar nicht mehr, von wem die erste Warnung kam: Paul könnte beißen und hätte eine schwierige Vorgeschichte. Die Tierheimpflegerin sah da kein Problem und gab mir weiter völlig unbedenklich den Hund mit.

Nach und nach fing ich an, den Hund nach meinen Vorstellungen auszustatten. Ein Brustgeschirr wurde angeschafft, eine lange Schleppleine, ein Sabrokörbchen mit Schmusedecke. Immer noch lebte Paul im Tierheim. Über Christina (www.spass-mit-hund.de) kam ich an die Adresse einer Trainerin einer eigentlich sehr bekannten und gelobten Hundeschule und fuhr über einige Monate einmal in der Woche 40 km Richtung Würzburg, um mit dem Hund (natürlich auf eigene Kosten...) zu arbeiten. Zu diesem Zeitpunkt war ich mit meinem Wissen über aggressive Hunde ziemlich bei null und traute mir nicht zu, alleine mit Paul zu arbeiten.

Er war draußen immer sehr vergnügt und hatte auch Freude an der Arbeit. Offensichtlich hatte man mit ihm bisher nichts getan. Der einzige Befehl, den er kannte, war das SITZ. Ganz schlimm war seine Körperbeherrschung. Er hatte Probleme ins Auto zu steigen und konnte auch nicht einfach auf einem Baumstamm laufen. Es sah aus wie in einem Disney-Film... er angelte sich mit meinen Mädels hoch und kippte aber auf der anderen Seite wieder hinunter, weil er das Gleichgewicht nicht halten konnte. Monatelang haben wir daran gearbeitet - zu meiner Freude sehr erfolgreich.

Paul

Eines Tages kam ich mit Paul vom Spaziergang zurück, wollte ihn der Pflegerin übergeben, musste aber warten. Im Warteraum stand ein Mann mit einem „Kampf"hund und bestand darauf, dass dieser Hund JETZT SOFORT hier bleiben müsse. „Können Sie nicht vielleicht übermorgen noch mal kommen, dann hätte ich einen Zwinger frei?" sagte die Pflegerin. „Nein, der Hund muss jetzt gleich weg. Da macht meine Freundin nicht mit. Ich kann ihn ja auch irgendwo festbinden. Das wollte ich halt nicht." So ungefähr sah der Dialog aus und ich stand daneben und hätte ihn würgen können.

Um die Sache zu einem Ende zu bringen und dem „Kampf"hund eine Tierheimbox frei zu machen, bot ich an, Paul mit zu mir zu nehmen und ihn zwei Nächte bei mir zu lassen. Allmählich gingen mir die Tierheimfahrten und der Anblick des ganzen Elends sowieso ziemlich auf die Nerven. Ich war fast froh, dass ich ihn einfach mitnehmen konnte.

Irgendwann im Laufe des Tages bekam ich die heftige Warnung einer Beaglefreundin, dass Paul wirklich gefährlich sei und schon mehrfach zugebissen habe. Und zwar ins Gesicht und offensichtlich mit Mordabsicht. Sie wollte mir das bisher nicht sagen, fühlte sich aber nun doch verpflichtet, weil ich den Hund mit heim nehmen wollte. Uiiiiiii, jetzt wurde mir aber mulmig!!!! Aber es gab kein Zurück mehr. Mein Hirn ratterte alle Möglichkeiten durch, was nun passieren könnte. Wie ließ sich das Risiko möglichst klein halten??? Was könnte Paul bei mir tun???

Er tappelte aufgeregt durch unser Treppenhaus und drei Beagles betraten meine Wohnung. Um auf jeden Fall die Kontrolle über Paul zu behalten, ließ ich einen dünnen Strick an seinem Geschirr hängen. Er bekam vor allem ein Körbchen (missmutig beäugt von den eigentlichen Besitzerinnen...er könnte doch auch auf dem Boden schlafen!!!).

Paul wollte kein Körbchen. Er war ziemlich schnell in der Küche und hangelte sich längs an der Küchenplatte entlang. Counter surfing heißt das, habe ich später in den Diskussionsgruppen gelernt. Ein sehr passender Ausdruck! Ja, er surfte tatsächlich dort entlang und ich traute mich am ersten Tag nicht, ihn dabei zu stoppen. Immerhin, das hintere Drittel von der Platte konnte er nicht erreichen, also schob ich halt alles in diesen Bereich. Wieder im Wohnzimmer setzte ich mich einfach hin und schaute zu, was er nun tun würde. Er schlich wie Graf Dracula im Schloss durch meine Wohnung: geduckte Haltung und rote, unfreundliche Augen.

In einer kleinen Wohnung ist so ein Hund aus menschlicher Sicht eher nicht so einladend... Ob ihm meine physische Präsenz in meinen heiligen Hallen zusagen würde??? Um ihn (und mich) zu beruhigen, setzte ich mich ganz still hin und ließ zarte klassische Musik laufen. Ob es ihm gefallen hat, weiß ich nicht, aber irgendwann begab er sich zumindest in sein Körbchen und rollte sich zusammen. Sein Blick verhieß nichts Gutes. Da ich mich meinerseits auf meinem Sessel relativ sicher fühlte, blieb ich dort, dachte an Filme, wo sich die Besitzer nicht mehr am Hund vorbei trauen, an eine Geschichte, wo jemand einen bissigen Hund erbt und die erste Zeit nur auf dem Tisch sitzt...und wartete ab. Sobald ich mich bewegte, schoss er sofort hoch. Mir schliefen die Beine ein, aber ich blieb lange ganz still sitzen.

Auf einmal änderte sich die Lage schlagartig. Draußen ging ein Mensch durch das Treppenhaus. Paul donnerte laut schreiend Richtung Türe: Alarm, Alaaaaaaaarm!!!! Da ist jemand!!!!!!!!! Es könnte ein Einbrecher sein!!!!!. Mir war es schon vorher aufgefallen, dass er Freude an seiner Stimme hat - das aber nun in meinem extrem stillen Hinterhaus mit einer strengen Hausverwaltung und dazu noch Familie S. unter mir, die leider Hunde gar nicht mochte. Mich traf wirklich der Schlag. Bissiger Hund hin und her - ich war zum Äußersten entschlossen, schoss hinter ihm her und legte ihm meine Hand um den Fang. „Paul, du darfst hier in der Wohnung nicht bellen. Das geht einfach nicht. Wenn du das machst, dann kannst du hier nicht bleiben!!!"

Er biss mich nicht. Er hat auch nicht mehr in der Wohnung gebellt. Manchmal habe ich den Eindruck, als ob die Hunde verstehen, wenn ich etwas wirklich ernst meine bzw. wenn es mir ganz wichtig ist. Immer wieder kamen Situationen mit Paul, wo ich einfach nicht mehr weiter wusste - und immer hat er es gespürt, so dass wir einen gemeinsamen Weg finden konnten.

Die letzte Runde in den Stadtpark ging problemlos. Ich freute mich für ihn, dass er nicht in dem Tierheim sitzen musste und er tappelte vergnügt mit. Leider wurde aber praktisch jede Person angebellt, eine Situation, die ich gar nicht mag...

Damit er nachts nicht auf einmal in meinem Bett liegt, habe ich ihn an eine lange Schnur angebunden, so dass er zwar BIS zu meinem Bett, aber nicht weiter konnte. Er probierte das ein paar Mal aus, ging dann aber schlafen und pieselte nachts auch nicht ins Zimmer. Aber er stank zum Gotterbarmen!!! Es roch morgens so, als ob wir alle im Tierheim geschlafen hätten. Puh! Warum habe ich nur diesen Hund geholt?!

Ich wusste eigentlich immer noch nicht viel über Paul. Vor allem nicht, warum er eigentlich gebissen hatte. Angeblich gab es eigentlich keine richtigen Gründe. Mir fiel auf, dass er sehr schnell aufgab. Wenn eine Übung nicht so lief, wie er das erwartet hatte, dann fiel er völlig in sich zusammen.

Da ich zu dieser Zeit schon oft mit dem Clicker gearbeitet hatte, wollte ich es auch bei Paul probieren. Leider gab es diesbezüglich die ersten ernsthaften Schwierigkeiten mit der Hundetrainerin, die strikt gegen den Clickereinsatz war, weil das gegen ihr Konzept verstoßen würde. Ich sah jedoch im Clickertraining durchaus eine Chance, sein Selbstbewusstsein zu stärken. Vom Tierheim wurde mir gesagt, er sei halt so bockig und man müsse ihm schon zeigen, wer der Chef ist.

Da mich die Arbeit mit der bisherigen Trainerin zunehmend weniger überzeugte, packte ich eines Tages einen guten Schub Leckerchen ein und wollte ihn auf den Clicker konditionieren. Wir fuhren zum

Tierheim, wo ich mit ihm in ein Freilaufgehege gehen durfte. In dem Moment, wo ich die Leine ausklinkte, dachte ich, dass er nun durch das Gehege rennt. Er war jedoch durch dieses Setting völlig verunsichert und hockte sich untätig fast bewegungslos hin. Die Augen blickten böse und rot. Wir standen eine ganze Weile so herum und, um doch irgendwie mal zum Clicken zu kommen (wenn man jetzt schon extra rausgefahren ist... typisch menschliches Denken...) drükkte ich bei irgendeiner Bewegung auf den Clicker. Paul fuhr zusammen, als würde er gleich umgebracht. Er kauerte sich auf den Boden und war längere Zeit völlig verstört. Er nahm auch kein Leckerchen mehr. Aha, es gibt also tatsächlich Hunde, die vor dem Clicker Angst haben. So was stand doch schon in den Diskussionsgruppen ;-).

Diese Trainingseinheit ging völlig daneben - und ich würde sie rückblickend auch nie mehr so machen. Trotzdem hatte ich auf einmal für mich die Wahrheit über den Hund gefunden. Es war die Angst bei Paul, die ihn so sein ließ, wie er war. Jetzt wusste ich ganz tief in mir, wie ich mit ihm arbeiten würde: mein Ziel war, dass dieser Hund Kontrolle über seine Welt bekommen musste. Dass er kompetent wird und sich anders helfen kann, als einfach zuzubeißen. Er musste wieder lernen zu kommunizieren. Zu sagen „Das ist mir zu nah!", ohne gleich die Zähne dafür einzusetzen.

Es ist nur eine Vermutung von mir, aber möglicherweise wurde Paul auf irgendeinem Hundeplatz ganz elend gequält. Vielleicht hat er am Anfang noch geknurrt, vielleicht wurde er daraufhin geschlagen - man weiß es nicht. Aber es schien so, als hätte er gelernt: Beiß so fest zu, dass die Leute tatsächlich weg bleiben. Warne nicht, das mindert den Erfolg! Mir fiel noch lange auf, dass er in Trainingssituationen ganz schnell zusammenbrach. Er war wie gelähmt und alle Lebensfreude erlosch in Sekunden. Irgendwann muss dieser eigentlich so stolze Hund gebrochen worden sein.

Da das Tierheim für solche Bemühungen a), keinen Sinn hatte und b), eher kontraproduktiv war, beschloss ich schließlich, Paul als Pflegehund ganz zu mir zu nehmen.

Wir hatten ein gegenseitiges Agreement: „Ich tu dir nichts, tu du mir bitte auch nichts." Unser Agreement umfasste leider nicht, dass meine Unterhosen NICHT zu seinen Spielsachen gehören. Warum er immer gerade die teuren Modelle zerfetzte, kann ich nicht sagen, aber die Beaglefreunde teilten mir milde lächelnd mit, dass ihre Unterhosen auch gerne verschwinden würden und ich froh sein könne, dass es nicht mehr Sachen sind, mit denen er „spielt". Ich fand es damals überhaupt nicht lustig!!!!

Mein Leben bestand nun aus Hundemanagement. Jede Bewegung war im Grunde kontrolliert, um nicht wieder ein Beißverhalten auszulösen. Damit meine Vermieterin nichts mitbekommt, ließ ich immer einen Hund oben, ging mit zweien runter, ging wieder hoch und holte den dritten. Natürlich erwischte sie mich eines Tages doch. Mir blieb das Herz stehen! „Ach, Sie haben jetzt schon drei Hunde?!" Ich hab was von Pflegehund und so erzählt - und war so schnell weg, wie es ging.

Paul, Coffey, Lena

Paul blieb noch lange ziemlich verkrampft - mit bösem Blick und roten Augen. Der ganze Stress mit Tierheim, Vorbesitzern usw. kam nun zum Tragen. Er schlief und schlief (was mir auch recht war) und konnte auch stundenlang alleine im Auto bleiben. Ich hatte oft das Gefühl, dass ihm diese Ruhe dort angenehm war. Nicht nur für ihn. Auch für mich war es die ersten Monate ausgesprochen wichtig, immer mal wieder ohne Paul zu sein um mich einfach erholen zu können. Es ist unendlich anstrengend, wenn man alle Situationen antizipieren muss. Wie oft musste ich Leute wirklich wegziehen, weil sie sich zu nah an Paul gedrängt hatten und ich schon sein Erstarren sah. Zum ersten Mal wurde mir bewusst, wie ungeschickt Menschen auf Tiere zugehen. Fast alle gehen zu nah an die Tiere und fast alle grabschen mit ihren Händen sofort ins Gesicht. Bei solchen Hunden wie Paul ist das ein gefährlicher Fehler.

Einmal ging ich mit meinen Hunden im Wald spazieren und sah einen Mann mit Hund auf uns zukommen. Ich rief ihm zu, er solle seinen Hund holen, da Paul manchmal mit Rüden Probleme hatte. Doch der reagierte gar nicht und lief einfach weiter. Mein Blutdruck stieg. Der Hund kam heran, die Spannung zwischen den beiden Rüden baute sich auf. „Rufen Sie Ihren Hund!!!!!" Keine Reaktion. Er kam auf die beiden Hunde zu und wollte sich bücken, um seinen Hund rauszuholen. Paul guckte sehr böse und sehr rot! Ich packte den Mann am Arm und zerrte ihn weg. Da merkte ich auf einmal, dass er taub war. Damit er verstehen konnte, was da gerade passierte, fing ich an, Paul zu spielen und zeigte die Zähne - was man nicht alles macht... Zu unserem Glück hatten sich die vierbeinigen Herren inzwischen geeinigt und der kleine, schwarze Hund lief weiter. Über Paul fing ich an zu lernen, dass es besser ist, wenn ich die Dinge zügig selbst in die Hand nehme. Die Leute reagierten zu oft gar nicht, weil sie dachten, ein Hund mit Schlappohren könne doch gar nicht beißen.

Da Paul am Anfang so Angst vor dem Clickergeräusch hatte, fing ich an, das Umschauen beim Spazierengehen zu clicken. Nach und nach wurden die Spaziergänge angenehmer. Wir wechselten die Hundeschule und Paulemann lernte begeistert mit. Tunnel, Hürden, Fährtenspiele - er war für alles zu haben und wurde dann zu einem ganz normalen, fröhlichen Hund.

Bald zeigte sich, dass das Clickern auch schwierigere Probleme lösen konnte! Paul hatte schon vom Tierheim her größere Ohrenprobleme. Da ich genug andere Sorgen mit ihm hatte, stellte ich den Tierarztbesuch erst einmal zurück. Doch irgendwann musste es sein und wir gingen zum ersten Mal zusammen in die Tierklinik. Ich nahm einen Maulkorb mit und stellte ihn auf den Behandlungstisch. Es war das erste Mal, dass ich ihn trug. Er ließ es anstandslos geschehen und stand unsicher, aber gutwillig oben. Die Tierärztin nahm ihre Lampe und hob das Ohr an.

Paul mochte nicht, wenn man seine Ohren berührt! Aber auch überhaupt nicht! Er schoss herum, wollte zubeißen und erreichte zumindest, dass die Tierärztin das Programm abbrach. Vielleicht könnte man ihn am Boden besser untersuchen??. Wir holten eine weitere Tierärztin und hielten ihn zu zweit fest. Die Tierärztin nahm wieder die Lampe...Paul zappelte wie früher die Ferkel, die wir auf dem Bauernhof im Urlaub hatten. Er schrie um sein Leben und pinkelte uns alle voll. Na toll - schöne Sauerei, dachte ich... Warum hast du eigentlich diesen Hund geholt?! Von Blick in seine Ohren keine Spur. Die Untersuchung wurde beendet. „Ich gebe Ihnen jetzt mal Ohrentropfen mit und Sie träufeln die dann 2x täglich in seine Ohren" - ja hahaha! Super Idee bei so einem Hund. „Wie soll ich ihm bitte diese Tropfen ins Ohr tun?????" „Ach, Sie finden da schon eine Lösung!" - grins grins von der Tierärztin.

Daheim stand ich nun mit diesem kleinen Fläschchen, aus dem 5-6 Tropfen in jedes Ohr gegeben werden sollten, und dem rotäugigen Beagle. Allein der Griff Richtung Ohr fand keinen Anklang. Konkret, er biss und schmiss sich herum, so dass der Inhalt des Fläschchens sonst wohin spritzte, nur nicht ins Ohr. Um überhaupt die richtige Tropfenmenge dosieren zu können, nahm ich eine kleine Spritze und füllte mir die Menge für jedes Ohr ab. Schweißgebadet stand ich vor diesem Tier (mit Maulkorb!). Ja, was tun???

Mir fiel die Geschichte einer Pferdehalterin von der Villa Kunterbunt wieder ein, die ihrem aufgeregten Pferd regelmäßig Augensalbe verabreichen musste. Sie konnte das über den Clicker lösen. Da es keine Alternative gab, fing ich also an: Ohr berühren, C&B, Ohr anheben, C&B, Spritze dem Ohr nähern, C&B usw. Nach ein paar Tagen des Kompromisses beim Reintropfen hatte er begriffen, dass so ein Eingriff keine Exekution bedeutet. Ab da ging es schnell und ich konnte ihm ohne Maulkorb die Tropfen ins Ohr geben (bis heute beim neuen Besitzer lässt er solche Prozeduren problemlos über sich ergehen - man kann sich das Theater von damals gar nicht mehr vorstellen!).

Der erste böse Zwischenfall passierte ca. nach 2 - 3 Monaten. Wir waren auf einem Hundekurs und ich saß neben meinen Hunden auf einer Bank. Eigentlich ließ ich Paul nicht gerne auf meiner Höhe sitzen, aber damit er nicht stundenlang vor mir auf dem engen

Bodenstück liegen musste, durfte er ausnahmsweise auch mit auf die Bank. Als ich von einer Übung zurückkam, setzte ich mich aus Versehen ein ganz ganz bisschen auf ihn drauf, spürte es aber sofort und setzte mich nebendran - schielte zu ihm rüber „puh, das hätte schief gehen können“ und dann ging es ganz schnell: zack spürte ich seine Nase an meiner Oberlippe, zog mich blitzschnell zusammen und machte mich ganz klein, um mein Gesicht zu schützen. Paul sprang hysterisch auf meinem Buckel herum. Mein Hirn ratterte: ganz klein machen - keine Angriffsfläche bieten - beißt er mir jetzt das Genick durch???? - mach am besten den Kopf noch bisschen tiefer, das entschärft vielleicht“ - unschöne Momente. Zugleich Stimmen von den Kursteilnehmern, die auf einmal merkten, dass hier kein Clickertraining ablief und die aktive Hilfe von Christina und Birgit Laser, die meinen Schatz von meinem Rücken runterholen konnten. Wir hatten alle das Gefühl, dass Paul froh war, aus dieser Situation herausgeholt zu werden. Besonders bereichernd war hinterher die Bemerkung meines Nachbarn, warum ich mich geduckt hätte - da müsse man einen Alphawurf machen und dem Hund zeigen, wer der Chef ist!!!! Den Göttern sei dank, dass ich in dieser Situation nicht so gehandelt hatte. Mit wackligen Knien brachte ich Paul erst einmal ins Auto.

Ein weiteres Mal, wo es gefährlich wurde, war im Bildungszentrum. Ich hielt einen Vortrag und wippelte beim Reden auf und ab. Während ich rückwärts ging, trat ich aus Versehen auf Paul. Er schoss mit schneeweißen Augen und gefletschten Zähnen auf mich los, ich schrie ihn spontan an und warf ihm gerade noch rechtzeitig einige Leckerchen auf den Boden. Das irritierte ihn ziemlich. Er nahm das Angebot aber an. Das Publikum des Vortrages war von dieser Szene sehr beeindruckt... Sehr unangenehm, solche Momente!

Ein drittes Mal lag er im Auto. Ich kam von einem Vortrag zurück, schloss die Türe auf und sagte „Hallo Paul.“ Er wedelte, worauf ich ihm kurz über den Kopf streichelte. Warum er in dieser Situation so hochging, ist mir bis heute nicht ganz klar. Er war körperlich nicht bedroht, hatte mich auch wahrgenommen, es war eigentlich keine unbekannte Situation. Aber er stand senkrecht und ich zögerte eine Weile, ob ich in das Auto einsteigen könnte. Ich konnte, er hatte sich schnell wieder beruhigt.

Im Lauf der Zeit kam es immer wieder zu Anflügen solcher Attacken, verändert aber hat sich, dass er sich besser kontrollieren konnte. Am Anfang lief das Verhalten einfach wie bei einer eirollenden Graugans nach Konrad Lorenz ab, d.h., wenn das aggressive Verhalten gestartet worden war, dann lief es quasi bis zum bösen Angriff ins Gesicht ab, ohne, dass Paul das stoppen konnte. Mir fiel nur auf, dass er dabei unglücklich wirkte, bzw. danach auch so aussah, als wollte er sagen „Frauchen, ich wollte es nicht, aber ich konnte einfach nicht anders." oder „Uff, gottseidank hast du mich da raus geholt!". Mit zunehmendem Vertrauen konnte er dieses impulsive Verhalten besser steuern. Er ging zwar immer wieder (bis heute!) senkrecht hoch, fiel uns Menschen aber nicht mehr an.

Wir fingen an und übten Nähe - für uns beide eine schwierige Übung! Aber Paul war insgesamt viel sicherer geworden. Auch der Blick wurde viel freundlicher. Komisch, nur wenn ich mit Leuten über seine Vermittlung sprach, dann saß er immer völlig deprimiert neben uns. Er muss es gespürt haben.

Nach einem guten halben Jahr fingen wir trotzdem an, für Paul einen neuen Besitzer zu suchen. Es gab verschiedenen Interessenten: einen Beaglehalter, der in irgendeiner Form Kontakt zu dem ersten Besitzer von Paul hatte. Über ihn erfuhr ich endlich etwas von Pauls Vorgeschichte: Er gehörte wohl am Anfang einem Ehepaar mit einem großen Möbelgeschäft. Vielleicht sprang er dort auf den Möbeln herum? Jedenfalls wurde er von dort dann weiter gereicht, kam an die Haushälterin (?) - von da weiter - ganz klar weiß ich es leider nicht. Sinngemäß hatte der Ersthalter erzählt: „Wenn du mal erleben willst, wie übel sich ein Beagle verhalten kann, dann kann ich dir die Geschichte von Paul erzählen...". Leider konnte dieser neue Interessent Paul nicht nehmen, weil er zwei kleine Kinder hatte. Es war einfach zu gefährlich.

Es kamen weitere Bewerber. Alle waren aber in meinen Augen nicht die Interessenten, die ich mir für Paul gewünscht hätte. Behalt' ihn doch einfach, meinten viele meiner Freunde. Aber das wollte ich nicht, weil mir der Hund auf Dauer zu anstrengend war. Wir warteten also weiter ab und ließen das Schicksal entscheiden.

Paul steht auf einem Polder

Fast ein ganzes Jahr hatte ich Paul schon. Da kam sein jetziger Besitzer Malte. Er hatte sich in Paul verliebt und wollte ihn unbedingt haben. Um den Wechsel nicht zu abrupt zu gestalten, nahm ihn Malte immer wieder mit und machte seine ersten Hundeerfahrungen. Und dann kam der Tag, wo es für uns hieß, Abschied zu nehmen. Herr Paul zog in sein neues Zuhause um. Lena hat noch lange getrauert und Coffey vermisste ihren Spielpartner beim Stöckchenspielen. Für Paul fing jedoch ein ganz neuer Lebensabschnitt an: Zum ersten Mal in seinem Leben wurde er von ganzem Herzen geliebt!

Beagle-IQ

Sigrid Boveland und Susanne Petersen

Hallo,

einige von euch werden sich erinnern, dass ich vor ein paar Monaten mit Sally einen „Intelligenztest" machte. Sally machte ja Agility. Während eines Turniers (wir schauten nur zu), sagte eine Frau, dass man mit Hilfe des „Laufsteges" einen Test mit den Hunden machen könne.

Ein Laufsteg ist ein schmales Brett, über das die Hunde laufen. Er ist erhöht angebracht (ca. 1,5 m hoch). An den beiden Seiten ist je eine Schräge, zum rauf-und runterlaufen.

Agilityhunde lieben meist den Laufsteg und man muss sie fast immer bremsen, so schnell rennen sie rüber.

Der Test besteht darin, dass man mit dem Hund mitten vor dem Laufsteg steht und oben drauf etwas legt, was der Hund haben möchte, z.B. ein Spielzeug oder ein Leckerchen. Der Hund sieht das und wird dann abgeleint. Er kann also nach links oder rechts laufen, dann den Laufsteg hoch und sich sein Teil holen. Interessanterweise sind aber die Hunde dazu kaum fähig!

Bei besagtem Turnier probierten es ca. 30 Hundebesitzer mit ihren Vierbeinern aus - nicht einer davon lief den Laufsteg rauf. Die meisten sprangen davor hoch und runter oder setzten sich mitten davor. Dabei handelte es sich ausnahmslos um Agilityhunde, die den Laufsteg kannten und im Turnier problemlos hochlaufen. Denn, dass das Experiment mit Hunden, die den Laufsteg nicht kennen, nicht klappen kann, ist ja klar. Die hätten natürlich Angst davor.

Sally war damals der einzige Hund, der das Problem löste. Wie selbstverständlich lief sie nach ein paar Sekunden von mir weg, den Laufsteg rauf und holte sich ihr Leckerchen.

Gestern war ich nun mit Lina und Urlaubsbeagle Monti hier auf dem Hundeplatz, während einer Agilityübungsstunde. Monti hat früher auch regelmäßig Agility gemacht, Lina kennt, laut Vorbesitzerin, den Laufsteg (Agility darf sie aber nicht machen, da sie HD hat und deshalb nicht springen darf). Sie lief auch während der Stunde einmal ganz von alleine über den Laufsteg. Deshalb probierte ich den Test (nacheinander) mit beiden Beagles.

Lina und Jacko

So, und jetzt kommt das, womit ich nun wirklich nicht gerechnet hatte (und warum ich diese lange Mail schreibe):

BEIDE Beagles liefen nämlich auf den Laufsteg und holten sich ihre Leckerchen. Daraufhin probierten es wieder ein paar andere Hundebesitzer mit ihren Agilityhunden aus, war aber nix... Ein Dalmatiner kam der Sache noch am nächsten, er lief von der Mitte des Laufstegs weg, zu einer Schräge hin - und um den Laufsteg herum, anstatt rauf (knapp vorbei ist auch daneben).

Ob es daran liegt, dass Beagles wohl ständig damit beschäftigt sind sich zu überlegen, wie und wo sie an Nahrhaftes kommen und oft noch viel größere Hürden überwinden? Schade, dass derjenige nicht dabei war, der vor ein paar Jahren einen „offiziellen" Intelligenztest für die verschiedenen Hunderassen machte. Dabei kamen die Beagles fast auf den letzten Platz. Vermutlich wurden sie dort unterfordert;-).

Hallo Sigrid,

die Rasse ist nicht stur und nicht verfressen, sie ist intelligent und denkend. Das eine schließt das andere ja nicht aus ;-). Aennis hat sich am Sonntag eine Packung Maoam-Kaubonbons vom Schrank geangelt.

Aennis

Sie hat dabei Intelligenz bewiesen. Wahrscheinlich ist sie über den Tisch an den Schrank gekommen. Das nenne ich stur. Denn sie hat sich über das Verbot hinweggesetzt, nicht auf den Tisch zu steigen. Und zum Schluss hat sie fast alle Bonbons aufgefressen, mit Papier. Wenn das nicht verfressen ist...

Asta forscht: Die Sache mit der Dominanz oder: Das Phänomen des Zitronengesichts

nach Astas Weisungen niedergeschrieben von Christina Sondermann

Hallo, liebe Leser! Darf ich mich kurz vorstellen? Mein Name ist Asta, von Beruf und aus Berufung Beagle. Meine ersten zwei Lebensjahre musste ich im Dienste der Menschheit in einem Labor zubringen. Obwohl ich nicht gerne an diese Zeit zurückdenke, hat sich bei mir als Nachwirkung anscheinend ein gewisses Interesse an der Forschung verfestigt. Mein Spezialgebiet ist die Primaten-Kunde, und besonders gerne studiere ich die Körpersprache der Menschen. Und dabei habe ich neulich eine interessante Entdeckung gemacht:

Das bin ich: Beagle mit Forschungsschwerpunkt Mensch

Ich musste feststellen, dass die Nennung eines bestimmten Wortes eine äußerst merkwürdige Reaktion bei meinen Zweibeinern auslöst. Ich habe dieses Phänomen das „Zitronengesicht" genannt, denn es geht meist mit einer Grimasse einher, so als hätten meine Menschen gerade auf eine saure Südfrucht gebissen oder aber heftige Zahnschmerzen. In abgeschwächter Form heben sich die Augenbrauen wie von selbst in die Höhe oder ein leichtes Zucken durchläuft den Körper.

Auslöser für diese äußerst interessanten Phänomene: drei simple Silben. „DO - MI - NANZ". „Dominanz" - eigentlich doch ein sehr klangvolles Wort. Hört sich nach einer Abwandlung der italienischen Tonleiter an, nach einem schönen Tanz oder einem Musikstück. Aber wäre dies alles ein Grund für Grimassen und Zuckungen?

Ich hab' ein bisschen genauer hingehört: Die rätselhaften Reaktionen traten vor allen Dingen dann auf, wenn es im Gespräch um uns Hunde ging. Aha, das ist doch schon einmal ein Ansatz für einen wissbegierigen Beagle. Kurzerhand rief ich das Forschungsprojekt „Dominanz" ins Leben und machte mich auf, die eigentümlichen Phänomene zu ergründen.

Dominanz: ein Schreckgespenst in der Hundwelt?

Als erstes hab ich das Fernsehen eingeschaltet. Sendungen, in denen Hundeverhalten erklärt wird, sind im Moment „in", und bestimmt würde ich dort fündig werden. In der Bücherei bin ich dann noch über ein paar ältere Hundebücher gestolpert. Ich stieß auf ein paar merkwürdige Dinge:

Fast wie ein Schreckgespenst scheint das Wort „Dominanz" durch die Hundewelt zu geistern. Dazu gehört das Bild vom Rudeltier Hund, das wie seine Vorfahren, die Wölfe, in streng hierarchischen Strukturen eingeordnet ist und dessen höchstes Ziel es ist, nach oben zu kommen - auch im Zusammenleben mit den Zweibeinern.

Wie interessant - das war für mich Neuland. Naja, ich bin vielleicht kein Maßstab: Schließlich habe ich meine ersten zwei Lebensjahre weitgehend isoliert gelebt und fühle mich nicht wirklich als Rudeltier - schon gar nicht als eines, das ständig um seinen Platz kämpfen muss. Das wäre mir ehrlich gesagt auch viiiiiiel zu anstrengend - das Leben ist doch so viel bequemer.

Aber schauen wir weiter: Hunde, die besonders eifrig ihren Platz in der Rangordnung anzweifeln und nach „oben" kommen wollen, werden als „dominant" bezeichnet. Aha, da sind sie also, die „Dominanzprobleme". Und wie äußert sich das? Der

Hundefachmann der alten Schule im alten Buch blieb mir keine Antwort schuldig: Hunde, die ständig als erste durch die Tür sprinten, sind dominant. Genauso Hunde, die sich liebend gerne im Sofa breit machen. Oder Hunde, die nicht das tun, was ihre Menschen ihnen sagen. Hunde, die ihr Futter verteidigen oder die nicht so gut mit Artgenossen klarkommen, ebenfalls. Und so weiter…

Mich durchschoss es: Ich liebe meinen Platz im Sofa. Und gerade, wenn Essen oder nette Menschen im Spiel sind, bin ich es auch immer, die als erste durch die Tür fegt. Bin ich deshalb „dominant"??? Hab ich ein Problem???

Heute das Sofa, morgen die ganze Welt? Bin ich dominant?

Erst einmal sehen, was man mit so genannten „dominanten" Hunden macht - vielleicht bekommen sie ja ganz viel zu essen um ruhig und artig zu sein. Dann würde ich gerne mal an einem Anti-Dominanz-Programm teilnehmen - wäre doch lustig.

Der Hundefachmann der alten Schule holt mich schnell wieder auf den Boden der Tatsachen zurück: Die Lösung für die „Dominanzprobleme" ist die Klärung der Rangordnung, doziert er mit erhobenem Zeigefinger. Besserung bringen sollen meist Rituale wie „als Erster durch die Tür gehen", den Hund immer als Letzten mit Nahrung versorgen, ab sofort nicht mehr das Sofa oder Schlafzimmer mit ihm teilen, ihn nach dem Heimkehren nicht mehr begrüßen, ihm das Futter häufiger wegnehmen oder ihn unterwerfen, wenn er sich augenscheinlich aufmüpfig gegenüber Artgenossen und Menschen aufführt.

Huch, nein danke, darauf verzichte ich lieber. Irgendwie ist das schon merkwürdig. Ich stell' mir das gerade mal bei den Zweibeinern vor - die sind ja gewissermaßen auch Rudeltiere. Wie wäre das denn zum Beispiel, wenn klein Fritzchen Mathe-Probleme hätte und es in der Schule nicht so recht klappte. Würde der Lehrer den Eltern tatsächlich raten, Fritzchen künftig als Letzten essen oder als Ersten aufstehen zu lassen, damit er die Eltern als Chefs anerkennt und alle Mathe-Probleme sind vom Tisch? Hmmmh, ich kenne mich da nicht so aus und, ja, die Zweibeiner sind schon sehr kreativ und manchmal etwas merkwürdig... Ich glaube aber eher, ein guter Lehrer würde den Eltern raten, mehr Zeit darauf zu verwenden, Fritzchens Hausaufgaben gemeinsam mit ihm durchzugehen und mit ihm zu üben.

Aber egal, Zweibeiner und Vierbeiner sind nun einmal verschieden. Deshalb habe ich mich, um mehr zu erfahren, unter die Wölfe begeben. Nicht wirklich, natürlich. Sonst könnte ich jetzt nicht mehr so fröhlich meinen Bericht schreiben, hihi. Aber weil die Wölfe meistens dafür herhalten müssen, das Verhalten von uns Hunden zu erklären, bin ich ins Bücherregal geklettert und habe ein paar neuere Wolfsforschungen zur Hand genommen - von David Mech und von Günther Bloch, zum Beispiel.

Literaturrecherche macht schlau: Ich steh' auf Bücher.

Elternschaft schafft Alphatier: Ein Ausflug in die Welt der Wölfe

Bestimmt kennt ihr die Geschichte von der dominanten Alphahündin und dem dominanten Alpharüden, die gemeinsam das Rudel anführen? Das Leben im Rudel ist hart. Jeder will nach oben kommen - und wer etwas sein will, muss den anderen stets seine Vormachtstellung und Dominanz demonstrieren. Das zumindest war, so las ich, die Vorstellung, die ihr Menschen bislang von den Geschehnissen im Wolfsrudel hattet und entsprechend auch auf uns Hunde als „Erben der Wölfe“ übertragen habt. Ich sag euch was: Das könnt ihr vergessen - die Sache hat nämlich einen Haken!

Wölfe in Freiheit sind anders!

Die meisten Beobachtungen, aus denen die früheren Erkenntnisse hervorgingen, sind an Wölfen in Gefangenschaft gemacht worden. Diese lebten meist in beengten Verhältnissen und konnten sich ihre Mitbewohner nicht aussuchen. Häufig litten sie außerdem unter Futterknappheit. Keine guten Voraussetzungen für eine friedliche Wohngemeinschaft. Kein Wunder, dass Stress und Aggressionsbereitschaft hoch waren. Das Verhalten dieser Tiere als „Normalverhalten“ zu werten wäre in etwa so, als würdet ihr Zweibeiner Gefängnisinsassen beobachten um Erkenntnisse über euer Normalverhalten zu gewinnen.

Die neuen Wolfsbeobachtungen: Ein ganz anderes Bild

Die neuen Wolfsbeobachtungen ergeben ein ganz anderes Bild: Wolfsrudel in Freiheit bestehen stets aus Familienverbänden, mit Wolfseltern und ihrem Nachwuchs in verschiedenen Altersstufen. Und genau so wie in einer Familie geht es in diesen Rudeln auch zu: Die „Leitwölfin“ und der „Leitwolf“ sind keinesfalls strenge Autoritäten, sondern in erster Linie fürsorgliche Eltern.

Das Zusammenleben im Wolfsrudel verläuft üblicherweise sehr

friedlich. Der Nachwuchs hat jede Menge Freiheit und genießt vielfältigste Privilegien. Zurechtweisungen kommen sehr selten vor. Nur im Ausnahmefall werden dem Nachwuchs die Grenzen gezeigt. Alles in allem sind Wölfe Meister im Konfliktlösen. Sie vermeiden Auseinandersetzungen, wann immer es geht. Ernstkämpfe sind die absolute Ausnahme. David Mech hat innerhalb von 13 Jahren Wolfsbeobachtungen auf dem kanadischen Ellesmere Island keinerlei „Dominanzstreitigkeiten“ unter Wölfen beobachtet.

Übrigens: Kein Anführer eines Wolfsrudels kann seine Schutzbefohlenen zu etwas zwingen. Kooperation geschieht freiwillig, „Gehorsam“ spielt im Wolfsrudel keine Rolle.

Ist schon spannend mit den Wölfen, oder? Doch selbst, wenn die neuen Wolfsbeobachtungen die Dominanztheorien der alten Schule bereits gerade rücken, befriedigt mich das noch nicht so ganz. Gut, ich bin manchmal hungrig wie ein Wolf und zumindest aus Sicht des Sonntagsbratens kann ich gefährlich werden wie ein Raubtier: aber so richtig als Wolf fühle ich mich nicht. Deshalb war ich auch ganz erleichtert, als mir beim Verlassen des Bücher-Regals ein dicker Wälzer von Ray und Lorna Coppinger fast auf den Kopf fiel. Der Wälzer heißt „Hunde“ und stellt eine - aus Beaglesicht sehr sympathische - Theorie auf.

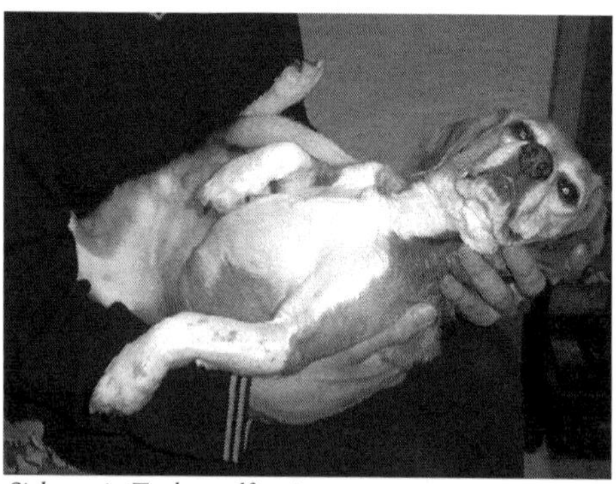

Sieht so ein Taschenwolf aus?

Unsere Vorfahren: Müllschlucker statt edle Jäger?

Ray und Lorna Coppinger betrachten es als sehr wahrscheinlich, dass die Wiege von uns Haushunden gar nicht das Wolfsrudel, sondern die „Müllkippen" frühzeitlicher menschlicher Siedlungen waren.

Vom Wolf zum Hund: Was die Menschen bisher dachten

Vermutlich hat jeder von euch Zweibeinern so ziemlich dasselbe Bild davon im Kopf, wie aus Wölfen in grauer Vorzeit einmal Hunde wurden: Waren da nicht diese netten Steinzeitmenschen, die mit Vorliebe verlassene Wolfswelpen adoptierten, sie zähmten, trainierten und irgendwann mit anderen gezähmten Wölfen kreuzten - und kam so nicht irgendwann der domestizierte Hund heraus? So etwas würde sich dann „künstliche Selektion" nennen, sagt der Fachmann. Klingt gut, kann aber so nicht klappen, meinen zumindest die Coppingers.
Warum das nicht funktioniert?

Und das sind ihre Argumente:

1. Ein Wolf ist kaum zu zähmen:

Die Erfahrungen mit der Aufzucht von Wolfswelpen haben gezeigt, dass Wölfe zwar lernen können Menschen nicht zu fürchten, sich jedoch nie wie wir Hunde verhalten werden. Damit dieses begrenzte Maß an Zähmung überhaupt möglich ist, muss ein großer Aufwand betrieben werden: So muss der Wolfswelpe bereits im Alter von wenigen Tagen von seinem Rudel weggenommen werden. Es werden aufwändige Umzäunungen benötigt, die die Wölfe am Weglaufen hindern. Selbst heutzutage gezüchtete Wolfshybriden (also Mischlinge zwischen Wölfen und Hunden) sind schwierig im Umgang und als Haustiere kaum zu halten. Kaum anzunehmen, dass frühzeitliche Menschen diesen Aufwand tatsächlich betreiben konnten und wollten.

2. Wölfe sind kaum trainierbar:

Ich habe gelesen, dass in einem Wolf-Park den Wölfen beigebracht wurde, an der Leine zu gehen und sich von einem Gehege ins andere bringen zu lassen. Viel mehr konnte man allerdings im Training nicht mit ihnen erreichen. Ein ziemlich eindeutiges Indiz: Habt Ihr schon einmal eine Circus-Nummer gesehen, in der Wölfe auftreten? Vermutlich nicht!

3. Wölfe sind nicht (genetisch) domestizierbar:

Selbst, wenn man einzelne Wölfe im beschränkten Maße zähmen und trainieren kann, ändern sie ihre Gene nicht. Erlernte Zahmheit und trainierte Eigenschaften werden nicht vererbt.

Erscheint eigentlich logisch, oder?

Wie war es dann?

Raymond und Lorna Coppinger gehen davon aus, dass sich Wölfe ERST genetisch verändern mussten, um überhaupt von den Menschen domestiziert werden zu können.

Und so könnte es gewesen sein: Als der frühzeitliche Mensch sesshaft wurde, schuf er in seinen Dörfern eine neue ökologische Nische. Dort gab es aus Sicht der Tiere Futter, Sicherheit und gute Fortpflanzungsmöglichkeiten. Einige Wölfe besetzten diese Nische und erhielten Zugang zu einer neuen, bequemen Futterquelle: Sie ernährten sich von menschlichen „Müllkippen“, lebten von Essensresten und Latrinen. Die Individuen, die das taten, mussten genetisch veranlagt sein, eine für Wolfsverhältnisse vergleichsweise geringe Flucht-Distanz zu besitzen. Diejenigen, die genetisch bedingt eine größere Fluchtdistanz aufwiesen, waren ständig nervös und liefen viel eher weg als ihre Artgenossen mit der kleineren Flucht-Distanz. Entsprechend hatten die von Natur aus zahmeren Wölfe die besseren

Fortpflanzungsmöglichkeiten in den menschlichen Siedlungen.

Der wilde Wolf begann also, sich in zwei Populationen aufzuspalten: die eine, die in den Müllkippen menschlicher Behausungen leben konnte und die andere, die dazu nicht in der Lage war und in der Wildnis verblieb.

Die in der Nähe menschlicher Behausungen lebenden Caniden begannen, ihre Form zu ändern. Sie fingen an wie Hunde auszusehen: Sie hatten einen kleineren Körper, einen kleineren Kopf, einen kleineren Kiefer und ein kleineres Gehirn als Wölfe. Alles optimal angepasst an ihre ökologische Nische: Sie werden zwar konstant mit Nahrung versorgt, bekommen aber im Vergleich zu den jagenden Wölfen Niedrig-Energie-Futter. Das Futter muss gut verwertet und braucht nicht dazu genutzt werden, körperlich zu wachsen und große Gehirne zu entwickeln.

In menschlichen Behausungen nach Essbarem suchen. Ich glaub', ich bin ein Urhund!

Erst diese gegenüber dem Wolf genetisch veränderten Caniden waren vom Menschen zähm- und trainierbar, meinen die Coppingers. Der Hund entstand demnach also durch so genannte „natürliche“ Selektion.

Künstliche oder natürliche Selektion: Ist das nicht Haarspalterei?

Nun, dieser kleine, aber feine Unterschied wiegt in etwa so schwer wie der Unterschied zwischen Mensch und Affe. Das Verhalten von uns

Hunden mit dem Verhalten von Wölfen zu vergleichen, ist laut den Coppingers genau so, als würdet ihr Menschen euer Verhalten aus dem von Affen ableiten. Ihr seid zwar verwandt mit Affen und eure Gene stimmen größtenteils überein, aber ihr verhaltet euch (meistens) nicht wie Affen und ich glaube wirklich, ihr denkt auch nicht so. Und niemand von euch würde ernsthaft auf die Idee kommen, ständig die Verhaltensweisen von Affen als Erklärungsmuster für menschliches Verhalten heranzuziehen.

Genau das Gleiche gilt für Hund und Wolf: Der Wolf ist nichts anderes als ein entfernter Cousin des Hundes. Wir Hunde haben keine Wolfsgehirne - wir denken nicht wie Wölfe. Und noch mehr: Wenn ihr Menschen von uns Hunden wolfsgleiches Verhalten erwartet und euch selber so verhaltet, dann könnte es gut sein, dass wir euch schlichtweg nicht verstehen und ihr nur Verwirrung stiftet.

Und die Moral von der Geschicht?

Puh, das war viel Stoff. Seid ihr überhaupt noch da? Ich klappe mal die Bücher zu und fasse noch einmal zusammen…

Was bedeuten die neuen Erkenntnisse für euch Menschen und uns Hunde?

Wir wissen nun Folgendes:

- Das Zusammenleben im Wolfsrudel ist lange nicht so, wie ihr euch das bislang vielleicht vorgestellt und auf das Zusammenleben mit uns Hunden übertragen habt. Die „Rudelführer“ sind nichts anderes als fürsorgliche Eltern. Streitigkeiten gibt es in erster Linie dann, wenn die Tiere in Gefangenschaft unter Stress stehen. Ständige Rangordnungskämpfe, das Streben um Macht, autoritäres

Gehabe und das Erzwingen von Gehorsam kommen in der in Freiheit lebenden Wolfsfamilie nicht vor.

- Und: Rudelverhalten an sich ist für uns Vierbeiner gar nicht so wichtig. Wir sind zwar soziale Lebewesen und können in Gruppen zusammen leben, sind aber eigentlich von unserer Entstehungsgeschichte her darauf programmiert, eigennützig allein oder in kleinen Familienverbänden auf den Müllkippen der Menschen darauf zu warten, dass uns das Essen zufällt (die Urväter aller Hunde müssen Beagles gewesen sein). Wir Hunde sind zwar verwandt mit den Wölfen, sind aber nun einmal keine Wölfe und denken auch nicht so.

Auch, wenn wir uns das Familien-Idyll des Wolfsrudels getrost als Vorbild für unsere Hund-Mensch-WG nehmen könnten, wissen wir nun: Rudelstrukturen, Rangordnung und „Dominanzstreben" sind es nicht, die als maßgeblicher Erklärungsansatz für unser hündisches Verhalten dienen und Richtschnur für die Gestaltung unseres Zusammenlebens sind.

Ich könnte mir vorstellen, dass dies gleich einen ganzen Haufen neuer Fragen bei euch aufwirft: Was ist es denn dann, was euer Zusammenleben mit uns Hunden beeinflusst? Nach welchen Prinzipien verhalten wir Hunde uns? Und wie könnt ihr unser Miteinander gestalten? Dies in ein paar Zeilen auszudrücken, wäre vermessen. Aber ich verrate euch mal eine ganz einfache Sache:

Wir Hunde sind Egoisten...

Wir Hunde sind nicht besser als alle anderen Lebewesen auch - euch Menschen eingeschlossen: Wir sind schlicht und einfach Egoisten. Wir tun und wiederholen das, was sich für uns lohnt und lassen das, was keine Erfolge bringt. Wir sind auf unseren Vorteil aus und nehmen uns, was wir kriegen können. Wir wollen nicht die ganze Welt beherrschen oder ein imaginäres Rudel führen - sondern einfach nur, dass es uns gut geht!

Was ich euch jetzt sage, behandelt ihr bitte vertraulich. Meine Artgenossen mögen es nicht sehr, wenn ich so freimütig darüber rede und ich tue es im eigenen Interesse auch nicht gerne: Ihr Menschen seid unserem egoistischen Treiben nämlich alles andere als ausgeliefert. Es ist eigentlich genau umgekehrt: Schließlich habt dummerweise IHR alles in der Hand, was uns Hunde interessiert. Ihr seid unsere Bezugspersonen. Ihr verfügt über alles, was wir brauchen: Futter, Zuwendung, ein Dach über dem Kopf, Zuflucht und Sicherheit. All' das verwaltet ihr. „Ressourcenkontrolle" nennt man so etwas in euren Kreisen wohl, habe ich gelesen. Und diese „Ressourcen" könnt ihr euch zunutze machen um uns zur Kooperation mit euch zu bringen. Erst, wenn wir tun, was ihr möchtet, bekommen wir Hunde, was wir wollen. Auf dem Weg zu unserem Vorteil führt also kein Weg an euch vorbei. Aber vergesst das mal lieber schnell wieder...

Da war doch noch was...?!

Vielleicht habt ihr noch die Hunde vom Anfang des Textes im Kopf? Die mit dem vermeintlichen Dominanzgebaren, von denen der Hunde-Experte der alten Schule uns erzählte? Wir wissen nun, dass „Rangordnungsprobleme" kein Erklärungsansatz für jegliche Hundeprobleme sind. Ich bin noch einmal ins Bücher-Regal geklettert und habe in fortschrittlicher Literatur gestöbert, wie sich stattdessen die eine oder andere Verhaltensweise, die allzu häufig als „Dominanzproblem" betitelt wird, erklären lassen könnte.

Also los:

- Der Hund, der gerne auf dem Sofa liegt ... strebt nicht nach der Weltherrschaft, sondern liebt vermutlich schlichtweg den Komfort - so wie ich. Wenn der dickpelzige Neufundländer das Plätzchen auf den kühlen Fliesen am Boden dem kusche ligen Sofa vorzieht, dann wählt er seinen Liegeplatz übrigens aus den gleichen Motiven.

- Der Hund, der als erstes durch die Tür geht ... ist möglicher weise ziemlich aufgeregt, wenn es raus geht und von seinem Besitzer einfach nicht dazu erzogen worden zu warten. Nicht sein Versäumnis, sondern das des Besitzers, wenn dieser dar auf Wert legt.

- Der Hund, der ab und an nicht hört ... hat häufig einfach noch nicht genug mit seinem Menschen geübt. Damit alles unter jeder Ablenkung klappt, ist viel Training erforderlich!

- Viele der Hunde, die ihr Futter verteidigen ... sind keineswegs Tyrannen, die euch Menschen eine lange Nase zeigen und die Rudelführung streitig machen, sondern haben schlichtweg Angst, etwas weggenommen zu bekommen. Oft resultiert das aus schlechten Erfahrungen in der Vergangenheit - und zwar mit euch Menschen!

- Der Hund, der Artgenossen angiftet ... ist oftmals überfordert und unsicher im Umgang mit anderen Hunden. Vielleicht habt ihr Menschen ihn nicht richtig sozialisiert? Vielleicht hat er im alltäglichen Zusammenleben mit euch Stress, den er auf diese Weise kanalisiert? Vielleicht habt ihr ihn unbewusst unter Druck gesetzt, indem ihr ihn für sein „Fehlverhalten" bestraft und für ihn die Situation nur noch schlimmer gemacht habt?

So langsam begreife ich das mit dem „Zitronengesicht". Denn:

In unserer Mensch-Hund-WG...

... wird das Miteinander doch sehr viel angenehmer, wenn nicht das Damoklesschwert der Dominanz über allem schwebt, was zwischen Hunden und Menschen passiert. Und wenn wir Hunde mal ein Problem haben, dann könnt ihr Menschen mit kühlerem Kopf Ursachenforschung betreiben und nach individuellen Problemlösungen suchen - anstatt in starren Rangordnungs- und Dominanzkonzepten gefangen zu sein.

Übrigens: Logisch, dass es in unserem Zusammenleben auch ohne Rangordnungsmodelle gewisse Regeln geben muss. Als geborene Egoistin sage ich das nicht gerne, aber ja, ich sehe das durchaus ein. Ein Vierbeiner, der über die Stränge schlägt, ist genau so unglücklich wie ein Kind, das keine Regeln in seinem Leben kennt. Regeln geben Sicherheit und Stabilität und sind Grundlage für ein harmonisches Miteinander. Aber wie diese Regeln aussehen, das dürft ihr Menschen selbst bestimmen.

Deshalb darf ich übrigens auch auf dem Sofa liegen. Und weil Forschen müde macht, werde ich mich jetzt wieder dorthin zurückziehen - denn ich weiß, was ich wissen wollte.

Das "Dominanz-Gespenst ist vertrieben, das Sofa ruft!

Der Kreis schließt sich nun: Zurück zum Zitronengesicht!

Die Sache mit dem Zitronengesicht, die habe ich nun verstanden. Und so rätselhaft ich dieses Phänomen am Anfang fand, so sehr hoffe ich nun, dass es sich weiter in der Welt der Hundebesitzer verbreitet. Wie sieht es denn mit euch aus? Wir machen zum Abschluss mal den Test:

„Blub-blub-blub" ... Dieser Hund hat ein DOMINANZproblem…blub-blub-blub"

Na, schon was gemerkt? Apropos Zitrone: Forschen macht auch ganz schön hungrig. Ich glaub', ich schau' mal nach, ob unsere Ahnen auf den Müllkippen noch was übrig gelassen haben…

mehr zum Thema Dominanz in Internet unter www.spass-mit-hund.de

Am Anfang war das A

Rita Schiranski

Ja, das A - wie angewiderter Aufschrei.

Irgendwann kamen noch andere Buchstaben dazu, auch das E - wie ekelhaftes Entsetzen, das H - wie Herpesbläschen oder auch das I - wie Igittigitt.

Jeder weiß es, viele Beagles neigen dazu, wirklich alles zu fressen. Vieles können wir ihm abgewöhnen, wir lassen ihn apportieren und tauschen es aus gegen Leckerchen.

Was er nicht hergeben will, können wir auch aus seinem Maul holen - wenn wir es schaffen, bevor der Schluckreflex eintritt!

Eines jedoch, und das weiß er zu genau, das hole ich meinem Beagle nicht aus dem Maul, außer vielleicht bei 20 Grad minus, wenn es hartgefroren ist und ich Handschuhe trage.

Ja, hier geht es um den Verzehr bereits verdauter Nahrung. Natürlich wusste ich, dass manche Hunde so etwas machen, schließlich habe ich mich vor der Anschaffung des Beagles informiert und war mir deshalb auch ganz sicher, meiner wird es nicht tun. Ich werde konsequent - freundlich aber seeehr, seeehr konsequent in der Erziehung sein. Tja, nicht alles ist vorhersehbar - leider. Oder zum Glück?

Vieles habe ich ihm beibringen können und vieles habe ich ihm abgewöhnen können, aber eines bis heute nicht.

Zum ersten Mal sah ich es, als er noch ein Welpe war. Damals war es ein Kuhfladen und alle Hundehalter beruhigten mich, denn im Welpenalter ist das ja absolut normal und legt sich später von ganz allein.

Vorsichtshalber haben wir verstärktes Pfui-Training gemacht und siehe da, bereits nach wenigen Wochen waren solche Leckereien nur noch zum Schnüffeln und Wälzen da.

Aaaber - es kam wieder. Und nicht nur das, er fing an, alles zu fressen. Verdautes vom Hasen und vom Pferd, solches bezeichnen viele

Hundehalter als nahrhaften Vollkornkeks. Dazu kamen dann noch Schaf, Ziege, Reh und Fuchs, auch dies wurde so gerade noch entschuldigt, denn es sind ja nun mal seltene Delikatessen.

In dieser Zeit lernte ich, dass ich schneller gucken musste als mein Hund und ich lernte auch, meine Reflexe zu trainieren, und oft hatte ich Glück und konnte im rechten Moment ein Spiel einleiten, um ihn geschickt an solchen Sachen vorbeizulenken.

Ich fing gerade an, stolz auf unser Training zu werden, als dann das Schlimmste überhaupt geschah. Er stürzte sich tatsächlich auf einen Hundehaufen! Ich weiß es noch genau, es war so ein rötlicher; Futter mit Lockstoffen … Nun, damit habe ich natürlich nicht gerechnet. Ich habe mir die allergrößten Gedanken gemacht und natürlich Menschen meines Vertrauens darauf angesprochen, die mir auch bestätigten, dass ich dringend einen Tierarzt aufsuchen müsste, denn nun musste es sich um eine Mangelerscheinung handeln.

Dies habe ich dann auch getan und das Ergebnis war einerseits sehr gut und zugleich schrecklich. Der Hund ist absolut gesund und ich sollte mich doch nicht aufregen; Hunde tun so was manchmal. Natürlich freut man sich, wenn der Hund gesund ist, aber - dann kam die Frage - warum? Warum tut er so was? Dazu diese Selbstvorwürfe und die ständige Frage, was ich wohl falsch mache. Hunger konnte es nicht sein, denn mein Leckerchen wollte er nicht, er zog den Haufen vor.

Es musste also am Futter liegen. Wir stellten dann um und haben verschiedene Feuchtfutter probiert. Auch alle Trockenfutter und Zusatzmittel. Empfohlen wurde mir sooo viel. Wir haben Pansen probiert, frischen weißen und grünen getrockneten und wir haben auch Pansenmehl unter das Futter gemischt. Eine Zeitlang schien es sogar zu helfen, aber ich glaube, mein Beagle wollte mir nur etwas vormachen. Er hat auf den Moment gewartet, als ich unkonzentriert war und er wieder zuschlagen konnte. Dann versuchten wir es mit Harzer-Rolle, mit und ohne Kümmel, auch die empfohlene Zugabe von Flocken und die Fütterung mit Selbstgekochtem brachten nicht den gewünschten Erfolg.

Immer, wenn ich etwas Neues ausprobiert habe, spielte er mir ein paar Tage vor, dass es wirkt, immer gerade so lange, bis ich anfing, ihm zu vertrauen und dann schlug er wieder zu.

Natürlich fuhr ich nach all diesen getroffenen Maßnahmen wieder zum Tierarzt, denn ich konnte einfach nicht glauben, dass meinem Hund nichts fehlt. Wieder war das Ergebnis, dass er gesund sei. Ja, ich war sogar ein wenig enttäuscht, heimlich wünschte ich mir manchmal eine Mangelerscheinung, die ich mit Zusatzmitteln beheben und so dieses eklige Problem aus der Welt schaffen könnte. Natürlich verwarf ich solche Gedanken auch ganz schnell wieder, denn mein Hund war gesund und ich hatte eigentlich allen Grund zur Freude - wenn - ja - wenn da nicht dieses eine Problemchen wäre.

Charly - gesund und fit

Als ich dann jammerte und sagte, dass andere Hunde so was doch auch nicht in diesem Maße tun, bekam ich zur Antwort: „Klar, Sie haben ja auch keinen Hund, sondern Sie haben einen Beagle!“ Nun, ich hatte von Anfang an den Verdacht, dass mein Beagle ein Beagle ist, aber was sollte ich nun mit dieser Bestätigung anfangen?

Ich fragte also weiter alle möglichen Leute um Rat, obgleich ich mich jedes Mal wieder schämte. Es ist sehr unangenehm, die Blicke derer zu ertragen, die so etwas zum ersten Mal sehen. Diese verdrehten Augen und man kann geradezu sehen, wie diesen Menschen die Schauer des Ekels über den Rücken laufen. Man stößt auf eine Mauer von Unverständnis und Schulterzucken. Manche Menschen wagen es dann nicht einmal mehr, einen Hund, der so was tut, zu streicheln. Es war mir ja sooooo peinlich.

Dann kamen irgendwann die Vorschläge, auf die ich meine ganze Hoffnung setzte. Darunter war z. B. Heilerde. Man kann sie vor dem Füttern in Wasser aufgeschwemmt verabreichen, über das Futter gießen oder einfach nur trocken unter das Futter mischen. Ich habe alles versucht und nicht zuletzt auch die Homöopathie.

Nicht, dass hier jemand denkt, ich hätte es mir leicht machen wollen, nein, ich habe auch verschiedene Hundetrainer aufgesucht und viele Trainingseinheiten in Sachen Pfui gehabt.

Es wurden sogar Haufen extra scharf präpariert und so allerhand gemeine Sachen gemacht, um ihn reinzulegen, aber mein Hund ist ja nicht blöd. Der merkt schon, wenn was im Busch ist, dann kann er nämlich auch ganz dumm dran vorbei gehen.

Nachdem ich also den Umgang mit Pfui gelernt hatte, versicherte man mir auch, dass er in kurzer Zeit solche Ferkeleien nicht mehr fressen würde. Schließlich funktioniert das Pfui bei Plastik, Joghurtbechern, Döner, Pizza und anderen Fundsachen ja auch.

Aber - es kam anders, und ich wandte mich erneut an diese Trainer. Natürlich gab man zuerst einmal wieder mir die Schuld, denn ich müsste ja besser aufpassen. Nach weiteren, nur wenig erfolgreichen Wochen, resignierte dann auch so mancher Hundetrainer.

In Sachen Ursachenforschung führte ich auch lange Gespräche mit „Profis". Einer war dann der Meinung, die Beagles seien sehr dominant und wollten mit solchen Taten die Markierungen ihrer Feinde aus ihrem Bezirk vernichten. Das verstand ich dann nicht, denn meiner macht es ja überall, auch da wo kein Feind ist. Und ich weiß genau, dass er mindestens einen Feind hier hat, an dessen Output er nicht einmal schnüffelt.

Ein anderer meinte dann, meinem Beagle fehle es an Selbstbewusstsein und er wolle mit diesem Tun den Duft eines starken Hundes annehmen. Na ja, wenn das sein einziges Ziel wäre, dann würde er doch sicher keine Hasenköttel fressen - oder?

Was ich von diesen beiden Aussagen halten soll, das weiß ich bis heute nicht. Ich fühlte mich irgendwie allein, und niemand konnte mir so richtig helfen.

Aber da gibt es ja noch die Beaglehalter. Nicht, dass alle Beagles so was tun, aber manche machen es halt, und ich weiß nicht, ob es nur Beagles machen, oder ob die Beaglehalter einfach nur ehrlicher oder mutiger sind, auf jeden Fall lernte ich Menschen kennen, die sich nicht schämten zuzugeben, dass deren Hunde auch so was machen.

Endlich bekam ich Trost und Verständnis. Wir erzählten uns unsere schrecklichsten Erlebnisse und ich lernte, mit diesem Problem besser umzugehen. Ich fühlte mich nicht mehr allein.

Dann kam langsam die Zeit, in der mir klar wurde, dass es wahrscheinlich keine Hilfe gibt, sondern nur die Erkenntnis, ein Hundeleben lang daran zu arbeiten, Stielaugen zu entwickeln und immer wieder neue Manöver, um den Hund von seinem Vorhaben abzulenken.

Ja, es gibt natürlich auch die schönen Abende, an denen man sich zufrieden auch die Couch setzt und sich darüber freut, dass der Tag so erfolgreich zu Ende ging. Beaglechen hatte heute keinen Erfolg, nicht ein einziges Mal haben wir ihn hapsen sehen. Er liegt ganz brav in seinem Körbchen, er stöhnt ganz leise und wir denken, er ist jetzt traurig, weil er heute nichts erbeutet hat. Ab und zu schielt er dann rüber, bis man endlich sagt: Na komm schon, ein bisschen mummeln. Er kommt langsam und hat so einen erleichterten Blick. Er mummelt sich auf den Schoß und möchte gerne den Bauch gekrault haben und wir genießen solche Momente bis - ja - bis ....

Mir hat mal jemand gesagt, Beagles können zaubern. Und das stimmt wirklich. Meiner kann tatsächlich auch zaubern. Man sieht nix und man hört nix und doch kann er machen, dass die Luft stinkt. Zuerst nur ein bisschen, aber dann immer mehr.... Er kann eigentlich nur dann so gut zaubern, wenn er den richtigen Input hatte. Spätestens jetzt werde ich nachdenklich. Er wird doch nicht? Habe ich vielleicht heute Vormittag eine 100stel Sekunde weggeschaut?

Seine Zauberei steigert sich zu einem Orkan, und nun bin ich mir sicher. Ich habe mich zu früh gefreut. Ich könnte ihn vergasen. Nicht nur weil er mich gerade vergast, sondern weil er mich gemein hinters Licht geführt hat und nun auch noch die Frechheit besitzt, von mir geschmust werden zu wollen. Pfui, wie eklig!

Nein, natürlich vergase ich ihn nicht. Ja, natürlich kraule ich sein Bäuchlein, denn es scheint ihm weh zu tun. Die vielen Luftbläschen scheinen ihn zu quälen und er tut mir auch noch leid. Eigentlich hat ja er Bauchweh verdient, aber wie soll er die Schmerzen am Abend mit dem Haps am Vormittag verknüpfen? Ja, manchmal frage ich mich, warum ich mir das angetan habe. Warum musste es ausgerechnet ein Beagle sein? Warum ausgerechnet er? Wenn ich ihn dann aber so anschaue und all die Schweinereien vergesse, dann weiß ich ja warum. Manchmal kann ich ja sogar über diese Pfui-Fresserei lachen. Nämlich immer dann, wenn wieder jemand dieses Problem zum ersten Mal hat. Gemeinerweise entwickelt man auch noch so etwas wie heimliche Schadenfreude. Ganz nach dem Motto: Ätsch, warum soll's nicht auch mal jemand anderem so gehen wie mir? Ein riesengroßes, absolutes Hochgefühl bekommt man, wenn man einen Hund anderer Rasse so etwas tun sieht. Ach, das geht runter wie Butter, ja, ich weiß ja, es ist gemein.

Nachdem also nun so mancher weiß, was ich alles schon ausprobiert habe, bekam ich auch den Tipp, mal die grüne Heilerde zu versuchen. Davon hatte ich zum ersten Mal gehört, und wieder machten so manche bereits abgehärtete Betroffene ihre Witze. Ja, ich bekam sogar den Link einer Gärtnerei geschickt, die gerade getrockneten grünen Naturdünger im Angebot hatte.

Und einer meinte mal, wenn das mit den Stielaugen nicht klappt, dann sollte ich mir doch Glasaugen anschaffen. Die kann man notfalls auch werfen, und wenn man sich gleich noch einen Tasmanischen Kleinbeutler dazu anschafft, der sie alle wieder aufsammelt, dann braucht man sie auch hinterher nicht zu suchen.

Wenn man nun an dem Punkt angekommen ist, dass man so manches Mal grinsen kann, dann ist man schon ein ganzes Stück weiter. Das heißt natürlich nicht, dass ich aufgebe oder bereits aufgegeben habe, aber ich habe gelernt, mit dieser Sache weniger verklemmt umzugehen.

Manchmal bete ich zwar darum, dass mir eine Beaglenase wächst, schon allein wegen der Gerechtigkeit, nur damit ich in der Lage bin, solche Objekte der Begierde genauso schnell ausfindig zu machen wie mein Beagle. Inzwischen ist es schon fast so eine Art Wettbewerb. Wer ist besser, mein Beagle oder ich? Immer wenn ich seine Tricks durchschaut habe, dann ist ein paar Tage Ruhe, und er erarbeitet eine neue

Strategie.

Ganz schlimm ist die Rechts-Links-Verdreht-mit-Leinenruck Methode. Ja, das ist echt was ganz mieses, denn wir wollen den Beagle ja ohne Leinenruck erziehen. Ich zumindest hasse den Leinenruck und ich ziehe ihm auch lieber ein Brustgeschirr an als das Halsband, aber manchmal, wenn ich so auf 180 bin, dann verliere ich auch die Kontrolle, leider.

Mein Beagle hat so einen bestimmten Gang, wenn ein leckerer Haufenduft in seine Nase weht. Ich kann ihn schlecht beschreiben, aber wenn ich diesen Gang bemerke, dann läuten bei mir die Alarmglocken. Auch wenn ich immer noch keine Beaglenase habe, ich bin vorbereitet, meine Stielaugen wachsen und ich habe die Leine fest in der Hand.

Ich schaue voraus - links ist einer. Ich sage Pfui! - und mein Beagle geht brav rechts vorbei. Rechts kommt gleich auch einer - ich sage Pfui! - und er geht brav nach links. Irgendwann kommt da vorne links noch einer - glaube ich. Ich sage Pfui!, aber mein Beagle geht langsam weiter, macht einen leichten Buckel und einen langen Hals. Ich sage lauter Pfui!!, doch er schießt wie eine Rakete nach vorne. Ich bin sauer, stocksauer, stampfe mit dem Fuß auf die Erde, sage erneut und ganz energisch Pfui!!!!! und ziehe gleichzeitig den Beagle in letzter Sekunde heftig weg. Ich stelle fest - er hebt ab - er wehrt sich nicht gegen den plötzlichen Richtungswechsel und fliegt scheinbar zufrieden auf die andere Seite des Weges.

Glücklicherweise hat er das Brutgeschirr an. Ich gehe gucken, was er da futtern wollte, aber - da ist NICHTS - GAR NICHTS. Ich habe ein schlechtes Gewissen und drehe mich langsam zu ihm um - und - ich sehe ihn. Ich sehe ihn schlucken! Ja, er hat auch ein schlechtes Gewissen, leckt sich das Maul und macht sich klein und wagt es nicht, mich anzusehen. Ich habe einen schrecklichen Verdacht und gehe langsam hin und finde gerade noch die Reste von etwas fürchterlich Ekelhaftem. Kann ich nun schimpfen? Ich selber habe ihn dahin befördert. Und ich werde das unbestimmte Gefühl nicht los, dass er das geplant hat.

So was ist mir schon zweimal passiert.

Charly wandert

Besonders peinlich ist auch die Variante Hallo-wer-bist-denn-du? Wenn wir in einer fremden Stadt spazieren gehen, wo die meisten Hunde angeleint sind, kommt es ja auch schon mal vor, dass so ein Hund mit seinem Frauchen am Busch steht, um sein Geschäft zu verrichten. Dann schnüffelt meiner erst mal aus sicherer Entfernung und nähert sich dann langsam, freudig schwanzwedelnd dem Hund. Das Frauchen strahlt dann meistens und findet dieses freundliche Kerlchen ja nur zu nett. Bis der Moment kommt, wo klar und deutlich zu erkennen ist, dass er gar nicht begrüßen will, auch wenn es so aussieht. Nein, der stellt sich hinten an, so nach dem Motto: Mach mal flott jetzt, ich hab den Jieper.

So richtig gemein ist aber der Ich-will-spielen-Trick. Eigentlich ist er ja aus dem Alter raus, wo er mit jedem Hund spielen muss. Manchmal sieht er in der Ferne einen Hund, der ihm sonst eigentlich ziemlich egal ist, aber nun ist er ganz erfreut, diesen Hund zu sehen und möchte unbedingt toben. Soziale Kontakte sind ja auch wichtig, also wird er abgeleint, damit er seinen Spaß hat. Er rennt diesem Hund ein Stückchen entgegen, dieser Hund freut sich auch auf eine Toberunde, und die zwei legen los. Und jetzt kommt es: kaum ist die Entfernung zu mir groß genug, bricht er ganz abrupt dieses Spiel ab, um sich was Leckeres reinzuziehen. Da bin ich auch schon öfter drauf reingefallen.

Ach ja, manchmal denke ich sogar, ich müsste stolz auf ihn sein, so gerissen wie er ist. Aber ich hole ja auf und ich präge mir seine Tricks ein. Irgendwann fällt ihm sicher nix Neues mehr ein und dann, dann habe ich die Kontrolle über die Haufen.

Bis dahin gibt's eigentlich nix anderes als immer in Hab-Acht-Stellung zu sein. Es nervt zwar manchmal ein wenig, aber je nachdem, wie man es betrachtet, sind wir wohl eigentlich ein perfektes Team.

Wenn wir raus gehen, dann sind wir beide immer auf der Suche. Er auf der Suche nach tollen Objekten und ich auf der Suche nach einer Lösung meines Problems.

Falls jetzt einer denkt: Oh Gott, das ist ja schrecklich, einen Beagle würde ich niemals haben wollen, dann kann ich nur sagen, es gibt ganz, ganz viele, die diese Macke nicht haben. Und bei ganz vielen haben auch die genannten Tipps gute Wirkung gezeigt.

Daran kann man ja auch wieder einmal sehen, dass nicht nur die Rasse der Beagles etwas ganz Außergewöhnliches ist, sondern auch jeder einzelne von ihnen ganz speziell ist.

Im Grunde ist dieses, wenn auch sehr stinkende Problemchen nichts anderes, als die vielen anderen Problemchen, die andere Beagles mit ihren Streichen so machen. Sie zeigen uns eben ganz einfach nur, dass wir nie in der Lage sein werden, sie ganz zu beherrschen. Sie werden immer eine gewisse Eigenständigkeit behalten, versuchen ihren Dickkopf durchzusetzen und uns zu beweisen, dass sie eigentlich auch ganz gut ohne uns leben könnten - wenn sie es denn wollten. Und trotzdem kommen sie immer wieder gerne zurück, und sind immer wieder gerne bei uns. Ich denke, das verdient schon einen gewissen Respekt, denn sie tun es aus ehrlicher Zuneigung und nicht nur, weil sie von uns abhängig sind.

Vielleicht wird jetzt so mancher Hundehalter sagen: Alles Quatsch, die brauchen nur Zucht und Unterordnung. Das ist alles Dominanzverhalten und da muss man strenger durchgreifen! Was der Schäferhund kann, das kann auch der Beagle! Aber ich glaube nicht, dass solche Macken nur ein Gehorsamkeitsproblem sind. Ich glaube eher, es ist diese bestimmte Form der Eigenständigkeit, eben das, was den Beagle ausmacht. Und es ist ja auch nichts Boshaftes. Auch das mit dem Haufenfressen, er nimmt mir ja nichts weg, denn ich will diese Haufen ganz bestimmt nicht!

Auch wenn das jetzt nicht hierher gehört, wenn ich gefragt werde, zu wem überhaupt ein Beagle passt, dann sage ich ganz oft: zu Menschen, die bereit sind, ihrem Hund gewisse Freiräume zu lassen. Menschen, denen absolut klar ist, dass sie es nie schaffen werden, den

100%igen Gehorsam zu erreichen. Der Beagle ist auch nicht wirklich ungehorsam, er ist einfach sehr selbstständig und er scheint genau zu wissen, dass er sehr gut ohne uns leben kann. Aufgrund seiner Selbstständigkeit ist er eigentlich in der Lage, für fast jedes Problem eine eigene Lösung zu finden, was eigentlich wirklich klasse ist. Leider gefallen uns die Lösungen nicht immer und das sollte man als Beaglehalter ganz einfach akzeptieren.

Wenn der Beagle wirklich auf jedes Pfui richtig reagieren würde, wenn er wirklich nur brav am Fuß gehen würde, wenn er nie jagen würde und nie versuchen würde, etwas Verbotenes zu fressen, wäre er dann ein Beagle? Man kann immer versuchen, ihm die eine oder andere Macke abzugewöhnen, aber wer von vorneherein nicht bereit ist, mit diesen Macken zu leben, der sollte die Finger vom Beagle lassen.

Ein letztes Mal zum Thema Pfui-Fressen. Ja, ich kann mit dieser Macke leben, aber ich habe Ausdauer und suche immer noch nach einer Möglichkeit, ihn auszutricksen.

Ich bin noch lange nicht am Ende mit den Nerven, nur am Ende des Alphabets. Ich bin beim Z - wie Zuversicht.

Onkel Doktor bekommt Besuch...

Ein Markknochen für 88,57 Euro

Beatrix Granitzki

Richtige Beagler haben nie ein ruhiges Gewissen; denn es könnte ja eine noch bessere Möglichkeit geben ihre Lieblinge gesund zu ernähren. Halten wir unsere plüschgewordenen Herzchen auch artgerecht? Da wir diese Frage nicht mit einem schlichten Ja oder Nein beantworten können, quälen wir uns in regelmäßigen Abständen und intensiven - fast wissenschaftlichen - Diskussionen - on - und offline mit immer wieder neuen Konzepten herum. Einer dieser quälenden Fragen hieß Biologisch Artgerechtes Rohes Futter oder für Insider: BARF oder Nicht-BARF.
Bonny und Ike hatten schon lange bevor der wissenschaftliche Entscheidungsprozess beendet war, das Glück ab und an einen rohen Markknochen zu bekommen.

Nun war nach langer Zeit mal wieder so ein Feiertag für die Beagles. Da das Zerlegen der optimalen Ernährung ihre ganze Konzentration erforderte und keine Gefahr von ihnen ausging, konnte ich mich ganz entspannt um meine Blumenbeete kümmern. Dabei genügte ab und an ein kurzer prüfender Blick auf die beiden Herrschaften - falls ein Hase vom Nachbarfeld die beste aller Futtersorten in Frage stellen sollte.

Aber nein, es schien alles normal zu verlaufen. Irgendwann war Bonny dann vorerst „fertig" und zog sich in ihren Gartenstuhl zurück. Ike braucht für Knabberartikel jedweder Art immer länger und lag noch im Gras. Auf einmal hörte ich ihn quietschen - zwar recht leise, aber immerhin. Ich stürzte zu Ike hin, da kam er mir schon entgegen. Sah ganz normal aus, wie er so den Markknochen in der Schnauze trug. Sollte ich ihn auch probieren? Doch irgendwas war komisch.

Welcher Beagle bringt sein Futter freiwillig zu Frauchen? Satt konnte er nicht sein. „AUS!“ Ike öffnete die Schnauze. Um Gottes Willen - Ike hatte sich den Markknochen auf den Unterkiefer geschoben. Ungewöhnlich folgsam lief er neben mir her ins Haus und ließ sich dann auf den Küchentisch heben. Vorsichtig öffnete ich seine Schnauze, konnte den teilweise noch gefüllten Markknochen auch etwas bewegen - aber er ließ sich nicht über die Eckzähne ziehen.

Hundedecke ins Auto, Ike ins Auto, Herrchen schnauzte Frauchen an „Ich fahre, du kommst ja nur bis zum nächsten Baum“, und weil es schnell gehen musste und schon kurz vor 18 Uhr war, wurde der im Ort ansässige Tierarzt aufgesucht.

Großes Staunen in der Praxis. Drei Personen hielten Ike fest, und die Tierärztin unternahm einen ersten Versuch, den Markknochen zu entfernen. Ging natürlich nicht, also Vollnarkose. Mit einer Säge wurde dann der Markknochen an einer Seite aufgetrennt. Aber er bewegte sich immer noch nicht, also wieder die Säge ran, an einer weiteren Stelle aufgetrennt und endlich ließ sich der Knochen aus der Schnauze entfernen. Ike bekam ein „Gegenmittel“ und war sofort wieder hellwach und fit.

Das Innere der Schnauze war nun natürlich etwas zerschrammt und die nächsten Tage musste Ike wohl oder übel Kost für Zahnlose bekommen. Da die Futterfrage nun für kurze Zeit geklärt war, zerbrachen wir uns den Kopf, ob es etwas gab, um die Heilung zu unterstützen, denn mit Myrrhentinktur wollte er einfach nicht gurgeln.

Ikes Markknochen

Die Arztkosten betrugen schlappe 88 Euro, der ganze Vorfall wurde in der Praxis mit dem Fotoapparat festgehalten und ist in einer veterinärmedizinischen Zeitschrift erscheinen. Naja, den Artikel habe ich mir nicht übers Bett gehängt.

Letztlich haben wir uns dann für nicht-barfen entschieden.

Ich frage mich nur die ganze Zeit, wie Ike das überhaupt gemacht hat?? Weiß nur eins, das waren die letzten Markknochen, die jemals ein Hund bei uns bekommen hat.

Mein lieber Quinto

Beate Schinck

Februar 2004

Mein lieber Quinto,

lange, lange Zeit wollte ich ja einfach nicht wahr haben, dass du so krank bist, die Anfälle sind zwar schrecklich, aber kurz danach bist du ja wieder fit, unser oller Nervsack, Hummelhintern, Berufshektiker und was wir dir noch für nette Namen gaben. Die Abstände zwischen den Anfällen sind ja auch recht lang, manchmal 8-10 Wochen, da kann man leicht denken, na ja, vielleicht kommt ja keiner mehr, vielleicht war es das ja. Ich wollte es sooo gerne, dass du keine Epilepsie hast.

Ich habe dich oft stundenlang beobachtet, bis ich gemerkt habe, dass dich das nervös macht, habe nächtelang wachgelegen und gegrübelt, was ich machen soll. Als es dir jetzt im Januar wieder so schlecht ging und du, wie ich jetzt weiß, mehrere kleine Anfälle hattest, die ich aber nicht als Anfall eingeordnet hatte, habe ich dich in Hannover in der Tierklinik angemeldet.

Gestern nun war der große Tag. Ich hatte die ganze Nacht nicht geschlafen und war sehr nervös. Du hast das gespürt und warst plötzlich sehr ruhig und gelassen. So kannte ich dich noch nicht. Ob das nun an den vielen gedrückten Daumen und den unschätzbaren guten Gedanken unserer vielen Beaglefreunde gelegen hat, oder ob du einfach meine Angst gespürt hast:

DU WARST GESTERN SOOO TAPFER!!!!!

Sonst machst du immer ein Riesentheater beim Tierarzt, du olle Schlotterbacke, aber gestern hast du alles mit stoischer Geduld ertragen. Das an dir Rumgezupfe und Gedrücke, das Gepiekse und Blutabgezapfe, das Schaulaufen und das in den Ohren Rumgepolke, das Geröntge und den Ultraschall.

Erst als du zum 2. Mal zum Röntgen musstest und ich nicht mit durfte, da hattest du genug. Du drehtest dich um und deine großen, lieben Beagleaugen schauten so unendlich traurig, als wollten sie sagen: „Frauchen, verlass mich nicht!“ Mein lieber Quinto, ich werde dich nicht verlassen!!!!!!!!!!!!!!!!!!!!!!!

Als die Ärzte auf den ersten Röntgenbildern dein riesengroßes Herz entdeckten, deswegen bedenkliche Gesichter machten und ein erneutes Röntgen anordneten, hätte ich mich gar nicht so furchtbar erschrecken brauchen. Ich weiß doch, was für ein GROSSES HERZ ihr Beagles habt. Das ist nichts Organisches, das ist was Beagleliges.

Zum Glück war nur die erste Aufnahme schlecht und auch sonst konnte gestern keine Krankheit festgestellt werden, die die Ursache für deine Epilepsie sein könnte. Deshalb musst du leider noch mal nach Hannover zu weiteren Untersuchungen, diesmal aber unter Narkose. Ich werde bei dir bleiben, bis du schläfst und ich werde da sein, wenn du aufwachst, mein lieber kleiner Quinto, das verspreche ich dir, du brauchst nie wieder soo traurig gucken.

Wir werden das schon schaffen, denn wir sind zum Glück nicht allein. Ganz viele Beaglefreunde und ganz viele Beaglekumpel- und Kumpelinen drücken weiter feste die Daumen und Pfoten, schicken Mutmachmails und liebe Gedanken, das ist einfach wunderbar, tröstlich und gibt unendlich viel Kraft.

Lieber Quinto, bleib weiter unsere olle Schnullerbacke, unser Nervsack, unser Hummelhintern. Sei weiter so tapfer, du mein Beagle, mit dem gaaanz großen Herzen!!!

Dein Frauchen Beate

Quinto

Um es kurz zu machen, Quinto wurde gründlich untersucht, mit MRT, Liquor, EEG usw.

Es war alles ohne besonderen Befund, so dass der Verdacht auf idiopathische Epilepsie besteht.

Er wurde dann im April auf das Medikament Luminal eingestellt, was aber bei ihm nicht zu helfen scheint. Die Dosis musste ständig erhöht werden. Mein 15 kg schwerer Beagle bekam zuletzt 200mg Luminal am Tag und krampfte munter weiter. Im Okt 2004 verschlechterte sich sein Zustand dermaßen, das wir schon überlegten, ihn über die Regenbogenbrücke gehen zu lassen.

Da bot uns die TiHo Hannover im Rahmen einer Studie ein völlig neues Medikament an und da wir nichts mehr zu verlieren hatten, nimmt Quinto seid Nov. 2004 an dieser Studie teil.

Was schon fast unmöglich schien, ist aber eingetreten. Quinto ist seiddem anfallsfrei. Nur ein Anfall im April 2005, damit können wir leben. Ich weiß, dass das nicht für ewig der Fall sein wird, ich weiß, dass das jetzt geschenkte Zeit ist! Darum genießen wir jeden Tag doppelt, an dem Quinto quietschvergnügt durch die Gegend springt.

Ich wünsche allen Betroffenen in ähnlichen Situationen viel Kraft, auch ausweglos erscheinende Situationen durchzustehen und genauso viele Freunde, die mit Rat und Tat helfen, wie wir sie haben dürfen.

Tierärzte, Emma und der Alkohol

Sandra Meier

Da ist Emma und mir heute wieder was passiert - das lässt einem den Mund offen stehen, glaubt es mir. Lest und staunt (aber vergesst das Schmunzeln nicht, es ist schließlich eine Geschichte mit Happy End...).

Heute Morgen gegen vier Uhr hatte Emma im Bett eine Art Anfall. Ich dachte natürlich sofort an Epilepsie und fuhr zum Tierarzt (TA). Auf dem Weg dorthin tat Emmachen dann so, als sei nichts gewesen, wedelte auf dem Beifahrersitz mit dem Schwänzchen und freute sich, dass endlich mal wieder was los ist in der Bude.

Beim TA angekommen, fing sie wieder an zu zittern, winselte, krümmte sich auf dem Boden und gab wirklich jämmerliche Laute von sich. Mir standen die Tränen in den Augen (na ja, ums zuzugeben: Ich hab' geheult wie ein Schlosshund). Mittlerweile dachte ich an Vergiftung oder so was (ich probiere gerade ein neues Gericht mit Hühnerleber, Karottensaft und Bananen aus).

Der TA (übrigens nicht der, zu dem ich sonst gehe, aber der einzige, der Notfall-Dienst hatte und in meiner Nähe war), schaute sich die inzwischen wieder quietschfidele Emma an. Er tastete, drückte, hob hoch und beäugte den dicksten Beagle aller Zeiten argwöhnisch.

„Ach", sagte er halb lachend und augenzwinkernd „das hat sie wohl extra gemacht um ein bisschen Aufmerksamkeit zu erregen, was?" und tätschelte diesem prachtvollen Tier auf dem Kopf herum (das haben wir alle doch als Kinder schon so gemocht, stimmt's :-) ?) Plötzlich lieferte Emma eine kleine Einlage, und zwar das volle Programm: Winseln, Krümmen und Zittern.

Ich heulte und schrie den Arzt an, der übrigens immer noch lächelnd dastand, er solle doch was unternehmen. Ich kenne ja meine Emma, und so was hatte sie noch nie abgezogen und schon gar nicht, weil sie zu viel fernsieht und ihre schauspielerischen Leistungen mal austesten wollte.

Der Arzt ging (gemächlich) zum Medizinschränkchen und suchte (mit dem Finger die einzelnen Fläschchen abhakend) eine Ampulle raus. Dann versuchte er, die Kanüle in die Ampulle zu schieben. Und da wurde mir auf einmal schlagartig bewusst, was ich in der Hektik vorher nicht gerafft hatte:

Der Typ war blau wie ein Veilchen!!! Jetzt roch ich auch die Mega-Fahne und bemerkte den lallenden Unterton in seiner Stimme.

Emma und Lisa

Ich schnappte mir Emma, die sich wieder erholt hatte, rief dem TA(rsch) noch zu, dass ich ihn anzeigen würde und verschwand zu meiner TA in den nächsten Ort. Die klingelte ich dann aus dem Bett und noch im Wohnzimmer wurde Emma auf den Tisch gepackt und behandelt. Diagnose: schwere Darmbeschwerden.

Nein, von meiner neuen Kochkreation würde ein Hund vielleicht (verständlicherweise) einen Brechreiz kriegen, aber schwerlich Blähungen. Ob sie Kohl oder so was gegessen hätte? Hmm... nein, eigentlich nicht. Ob sie Diätfruchtsäfte trinken würde oder gar Cola light? Hmmmm... nein, auch nicht. Ich solle ihr Malte-Paste geben, damit sich der Stuhlgang erweicht und dann....

Und schon beim bloßen Hören des Wortes „Malte-Paste“ entleerte sich Emmas Darm auf dem Laminat (gottlob - Laminat!). Und dann kam die Wurzel allen Übels ganz ganz deutlich sicht- und riechbar zum Vorschein: Altbier! (Frankenheim, wen's interessiert).

Und da fiel mir ein, dass wir gestern Abend (Dienstag) die erfolgreiche OP meines Nachbarn gefeiert und ein kleines Fässchen aufgestellt hatten. In dem Abtropfeimer sammelt sich bekanntlich Schaum und übergeschwapptes Bier. Als wir ins Bett gingen, verschwanden Lisa und Emma noch mal in den Keller, fanden sich in der Bar ein und soffen den Eimer aus (Fehler unsererseits: ich dachte, mein Vater hätte ihn bereits ausgekippt, mein Vater dachte, ich hätte ihn ausgekippt...).

Dass Emma, als wir wieder in unserer Wohnung waren, sofort

pennte, überraschte mich gar nicht, schließlich war es ein Uhr morgens.

Der andere TA wurde übrigens heute von mir angezeigt und wie mir von einem Polizisten erklärt wurde, würden solche Leute in der Regel mit einer Verwarnung und einem Schmerzensgeld davonkommen.

Naja, jedenfalls ist mit Emmachen nun alles wieder in Ordnung, sie ist zwar auf Entzug (mal wieder), raucht jetzt etwas mehr um die Sucht zu unterdrücken und pöbelt kräftig rum, sie hätte auch noch den Schnaps und den Wodka leer machen können, wenn Lisa nicht so früh aufgegeben hätte. Nun sitzt sie wieder im fleckigen Unterhemd vor der Glotze und brüllt nach Chips und Strippern....

Quinto, das Auslaufmodell

Beate Schinck

Herbst 2002

Hallo Freunde, hier spricht der Barny!
Eigentlich ist die Geschichte ja etwas peinlich für meinen Kumpel Quinto. Aber da sich seit einigen Tagen ein Lichtstreifen am Horizont abzeichnet, will ich euch doch von den Ereignissen der letzten Wochen berichten.

Barny und Quinto

Ihr werdet euch sicher fragen, wieso Quinto ein Auslaufmodell sein soll. Naja, das ist die freundliche Umschreibung eines Hundes, der Nacht für Nacht in sein Bettchen pinkelt. Frauchen war schon hart am Verzweifeln und irgendwann auch schon tüchtig genervt, weil sie jeden Morgen die ganzen Decken und Kissen waschen durfte. Wenn er sein Bettchen vollgemacht hatte und es ungemütlich wurde, wechselte er ins meins. Dort pieselte er friedlich weiter.
Sobald die Feuchtigkeit an mich herankroch, stand ich dann senkrecht im Bett. Ekelhaft!! Wohin nur mitten in der Nacht? Liegen bleiben kann ich da nicht und im Morgengrauen eine trockene Stelle finden, ist gar nicht so einfach. Na, da bekam morgens Quinto weniger nette Bezeichnungen an den Kopf geworfen; „Pissbär“, war da noch die harmloseste, weitere Details erspare ich mir hier.

Das konnte so nicht weitergehen. Da half nur noch Ursachenforschung; der arme Quinto musste zum ungeliebten Tierdoktor. Da gab es keine Gnade und es half auch kein Schlottern, die nächtliche Bettchenpinkelei musste aufhören! Nach vielem Hin und Her, langen Telefonaten und unzähligen Mails mit unseren

„Forums-Gesundheitsspezialistinnen“ wurden vom Tierarzt Bachblüten zusammengemischt, von Alex bekamen wir den Tipp, den Käfigboden fett zu isolieren gegen Kälte von unten und von Cordy kam der Rat mit den Prostatapillen zur Stärkung der Blasenfunktion.

Ach ja, der Tierarzt meinte auch noch, wir sollten mal versuchen, getrennt zu schlafen, falls Quinto in mein Bettchen pinkelt um mich zu ärgern oder so. Sogar das haben wir gemacht und ich durfte drei Nächte allein bei Herrchen und Frauchen im Schlafzimmer nächtigen. War aber nicht mein Fall und da ich sowieso nicht mit ins Bett durfte, schlich ich mich in der dritten Nacht wieder in die Küche zu meinem Pissbär. Da die Trennung nichts gebracht hatte, bestehen die Herrschaften nicht mehr auf meiner Anwesenheit im Schlafgemach.

Aber eine der anderen Maßnahmen scheint Früchte zu tragen. Seit drei Tagen darf Quinto jeden Morgen eine Sonne in seinen Pinkelkalender malen. (Sonnen gibt es nur, wenn das Bettchen trokken ist) Klasse, ich hoffe, das bleibt so. Die Prostatapillen bekommt er mit Leberwurst, na ja, wenn ich ehrlich bin, hätte ich ja auch gern eine, aber jetzt deswegen ins Bettchen pinkeln, neee, das geht gegen meine Ehre.

Nur einer hier in der Familie hat noch ein klitzekleines Problemchen mit den Prostatapillen; grins. Unser Herrchen besteht darauf, dass die Packung im Schrank aufbewahrt wird, damit bei dem regen Publikumsverkehr, den wir hier haben, niemand auf dumme Gedanken kommt. Frauchen wollte sich wegschmeißen vor Lachen, weiß hier zufällig jemand WARUM???

So, liebe Leute, das war mal wieder was Neues von den Wendlandboys. Ich grüße euch alle ganz beaglelig und auch von Quinto soll ich grüßen, er schämt sich noch etwas und hofft, sein Problem bis zum nächsten Beagletreffen im Griff zu haben.

Euer Barny-Beagle

Als ich einmal krank war

Das ist ein Hundeleben...

Hunderallye-Expertin Taja

Jessi Rolfini

Hallo, ich bin Ex-Laborantin Taja, von Beruf eidgenössische Dipl. Hunderallye-Expertin aus der Schweiz. Mit gut acht Jahren, also im besten Beaglealter, begann ich meine Rallyekarriere.

Meine Arbeit besteht darin, inkognito an Rallyes teilzunehmen, schließlich soll niemand wissen, dass ich die Expertin auf dem Gebiet bin. Ich starte regelmäßig am Wochenende mit Jessi (meinem Frauchen) bei Rallyes und bewerte die Postenaufgaben nach folgenden Kriterien: Schwierigkeitsgrad, Leckerlifaktor und Spaßfaktor.

Ihr fragt euch, was eine Hunderallye ist? Nix mit Autorallye oder so! Der Name ist etwas irreführend, denn es ist eine Möglichkeit, einen schönen Tag im Freien zu verbringen. Solche Anlässe werden regelmäßig von Hundevereinen organisiert. 1 Team = Hund und Hundeführer bewältigen eine Spazierstrecke von 8 - 10 km, auf welcher sich 8 - 10 Posten befinden. An diesen Posten soll das Team knifflige Aufgaben lösen. Mitmachen dürfen Hunde jeden Alters und jeder Rasse; es sind keine besonderen Vorkenntnisse erforderlich. An jedem Posten werden Punkte gesammelt; die Marschzeit spielt keine Rolle. Ein Hund, der 4 Stunden für den Parcours benötigt, hat die gleichen Gewinnchancen wie ein schnellerer Hund. Ausschlaggebend ist die erreichte Gesamtpunktzahl.

Ihr könnt euch immer noch nicht so richtig vorstellen wie eine Rallye abläuft? Kein Problem, anbei mein letzter Prüfbericht mit Schlussnote „sehr gut".

Hunderallye Prüfbericht vom 09.01.05. Nürensdorf (Schweiz):

Angenehme, frühlingshafte Temperaturen. (Schon frühmorgens riecht es nach Bratwurst, das wird ein guter Tag!) Bei der Anmeldung und Startzettelvergabe warte ich im Auto und bereite mich psychisch auf meine Arbeit vor. Mein Fell glänzt, das Brustgeschirrchen sitzt, Jessi hat die guten Putenleckerli dabei, die Bedingungen sind ideal. Jessi kommt zurück, die Flexileine wird befestigt, es geht los *arrroouuu*.

Posten 1:

Ein schmaler Weg führt vom Parkplatz Richtung Feld: sehr hundefreundlich, das macht Spaß! Nach guten 500 m Freilauf (ich jage nicht, deswegen lässt mich mein Frauchen gerne ohne Leine laufen), erkenne ich in der Ferne den ersten Posten. Wir nähern uns, ich sehe eine Holzpalette auf 4 kleinen Rädern, eine rollende Palette. Kein Problem für mich, bin geübte Schubkarrenfahrerin, das meistere ich mit links! Nanu, was ist das denn? Jessi möchte, dass ich nur mit den Vorderpfoten auf die rollende Palette steige und mit den Hinterpfoten auf dem Boden bleibe? Eine meiner leichtesten Übungen. Huch, Jessi hält mir ein Leckerli vor die Nase und verlangt von mir, dass ich in dieser Stellung die Palette anschiebe. Das ist neu. Ein Leckerli reicht net, Frauchen! Nach 10 m Palettenschieben und etlichen Leckerli habe ich es geschafft! Schwierigkeitsgrad: sehr hoch, Leckerlifaktor: sehr gut, Spaßfaktor: klasse!

Nun ist wieder Entspannung angesagt, ohne Leine flitze ich über die Felder bis zum nächsten Posten.

Posten 2:

Punktegambler, wie langweilig *gähn*. Auf einer großen Plane stehen drei verschieden große Töpfe, in welche Jessi Leckerli reinwerfen soll. Trifft Jessi nicht, darf ich die Leckerli, die am Boden landen, wegfuttern, aber nicht diejenigen, die schon in den Töpfen sind. Alles klar, das kann ich! Hamm, seltsam, Jessi trifft sonst nie etwas, wieso hat sie heute alle Töpfe getroffen? Ich setze meinen gewohnt schmachtenden Blick auf und jawoll (!), ich darf aufräumen und alle Töpfe leeren. Schwierigkeitsgrad: für Beagle langweilig, Leckerlifaktor: sehr gut, Spaßfaktor: *gähn*.

Und weiter geht's über Stock und Stein, zu **Posten 3:**

Hier stehen im Abstand von ca. 10 m zwei gelbe Kisten. Auf einer stehen drei brennende Kerzen und drei Holzklötzchen. Aha, Frauchen verlangt von mir, dass ich ein Klötzchen ins Maul nehme und zur anderen Kiste transportiere, während sie mit einer Kerze in der Hand rüberrennt. Wir haben für alle Gegenstände nur 30 Sekunden Zeit. Ich beschnüffle vorsichtig den Holzklotz... igittundpfui, neee, das kann nicht Jessis Ernst sein! Der Klotz riecht so, als hätten schon zig andere Hunde darauf rumgekaut, nö, das mach ich ned, ist eklig. Okidoki, Jessi rennt los, ich mit, hüpfend und wedelnd, aber ohne Holzklotz, das macht Spaß und hält fit. Weiß gar nicht, weshalb Jessi so außer Puste ist, war doch ganz einfach. Na ja, leider gab es nicht die volle Punktzahl... die hätten wohl lieber frische Klötzchen hingelegt, dann hätte es bestimmt geklappt. Schwierigkeitsgrad: mit neuen Klötzen machbar, Leckerlifaktor: eher mager, Spaßfaktor: toll und hält fit (Frauli arbeitet und ich renne mit, was gibt es Schöneres?).

Weiter zu **Posten 4:**

Auweia, das sieht echt schwierig aus, mir schlottern fast die Beagleknie (was ich mir natürlich nicht anmerken lasse). Da stehen drei Paletten auf drei Sockeln, Höhe ca. 30 cm über dem Boden. Sämtliche Paletten werden durch ein dickes, ausrangiertes Förderband verbunden, welches straff gespannt ist. Da soll ich drüber laufen? Irgendwie sieht das alles sehr wackelig aus und Seiltanzen habe ich noch nie geübt.

Gini beim "Seiltanzen"

Jessi guckt etwas misstrauisch, sie wird doch nicht etwa an mir zweifeln? Mit Hilfe eines Leckerli springe ich auf die erste Palette und schaue mir die Geschichte von oben an. Hmm, sieht gefährlich aus, aaaber ich bin schließlich eine Expertin, ich schaffe das! Durchatmen, aufs Leckerli warten... ah ja, Leckerli kommt, wird vor meine Nase gehalten, los geht's! Wuuuääääähhh unter meinen Pfoten wackelt der Boden, bloss nicht runterschauen, schnell, schnell - puh, die erste Palette ist erreicht, ich gönne mir ein Leckerli. So schlimm war's eigentlich gar net, weiter geht's. Wieder wackelt der Boden, muss Gas geben, habe es aber bald geschafft. Juhuuu, ich bin auf der letzen Palette, bekomme ein großes Leckerli und bin stolz, es so elegant gemeistert zu haben. Schwierigkeitsfaktor: sehr, sehr hoch, Leckerlifaktor: gut, Spaßfaktor: super.

Ab zu **Posten 5:**

Wow, super, ein Slalom! Irgendwie stehen die Stangen etwas seltsam da. Ich gucke mir erst mal an, was die anderen tun müssen. Aha, erst wird eine lange Schnur am Halsband oder Geschirr festgemacht und dann rennen sie los. Ach soooooo, ich soll mit der Schnur die Stangen so einfädeln, dass am Schluss eine Krone sichtbar ist. Jetzt wird die Schnur an meinem Geschirr festgemacht, Jessi hält ein Leckerli in der Hand, sagt „los“ und rennt um die Stangen. Zick-zack-zick-zack, das macht Spaß und bei jeder Stange gibt's Leckerli, toll! Nach knappen 30 Sekunden habe ich es geschafft. Die Krone ist perfekt mit der Schnur nachgezogen, Jessi lobt mich, das macht wirklich Spaß! Schwierigkeitsfaktor: hoch, Leckerlifaktor: super, Spaßfaktor: klasse!

Wir kommen zu **Posten 6:**

Huiuiui, dieser Posten nennt sich „Geisterjäger“, was das wohl zu bedeuten hat? Ich gucke am besten erst etwas den anderen zu. Ah so, hab's verstanden, alles klar. Auf dem Boden ist ein großer Kreis aufgemalt, ca. 6 m im Durchmesser. Ich soll mit Jessi da rein, werde in der Mitte mit einem Tuch zugedeckt, warte bis Frauchen aus dem Kreis geht und soll dann kommen, wenn Frauchen ruft. Gut, verstanden! Wir gehen also in den Kreis, Jessi hält ein großes Tuch über mich, da lege ich mich lieber gleich hin, ist sicherer. Oh, Jessi wirft Leckerli auf den Boden, lecker! Ähm nanu, was ist denn jetzt los, wieso ist es plötzlich dunkel? Ich höre Jessi rufen, gehe vorsichtig in die Richtung der Stimme, das Tuch hängt schief und ich blinzle unten durch. Ah, da ist Jessi, ich kooommeee. Huch, wieso ruft Jessi jetzt ich soll anhalten? Jetzt hält sie ein Leckerli hoch. Warte mal Jessi, ich mache Männchen, dann komme ich an das Leckerli ran. Während ich aufstehe, rutscht das Tuch ganz von mir ab und Frauchen jubelt. Ach so, ich sollte das Tuch im Kreis abschütteln, das war also die Aufgabe. Für einen Beagle wie mich ein Leichtes, wobei Frauchen sich immer etwas ungeschickt anstellt und rumfuchtelt, statt mir klar zu zeigen, was ich tun soll. Na ja, bin mit der Frauchenerziehung noch nicht fertig, das wird schon noch. Schwierigkeitsfaktor: hoch, Leckerlifaktor: super, Spaßfaktor: prima!

Nach einer schönen Freilaufstrecke nähern wir uns dem Wald, wo uns **Posten 7** erwartet:

Lara findet das Leckerchen - aber wie rankommen?

Wieso steht da ein umgedrehter Fahrradkorb? Hä? Ich geh mal gucken. Der Korb riecht lecker, da muss etwas Essbares drin sein. Jessi sagt immer wieder: „Such, Taja such!“ Ich find' aber nix. Der umgedrehte Korb riecht lecker, aber wie soll ich an das kommen, was darunter liegt? Ich werde ganz hibbelig, gehe um den Korb herum, schnüffle daran, bleibe vor dem Korb stehe und gucke Jessi an. Frauchen, merkst du wirklich nicht, dass da etwas Leckeres unter dem Korb liegt? Heb doch bitte mal den Korb an, damit ich ran komme, bitte!

„Zeit fertig“ sagt die Postenhelferin. Wie? Was war das denn? Der Korb wird jetzt angehoben und ich darf mir das Leckerli schnappen, na also, es geht doch! Sie wollten wohl, dass ich den Korb wegschiebe oder umdrehe und das Leckerli nehme. Na, dann hätte Jessi aber etwas deutlicher sagen sollen, was ich tun soll! „Such“ heisst doch net „schieb den Korb weg“. Ich muss Frauchen unbedingt etwas besser

erziehen, sonst wird es nie was. Schwierigkeitsfaktor: hoch, Leckerlifaktor: zu wenig, Spaßfaktor: lustig (wenn Frauchen genaue Anweisungen gegeben hätte!)
Wir machen uns auf zum letzten Posten, Nr. 8. Man munkelt, das sei der schwierigste Posten, ob das stimmt?

Posten 8:

In der Ferne sehe ich eine seltsame Konstruktion aus Kisten, einem Brett und PET-Flaschen. Wir nähern uns und weder Jessi noch ich blicken im ersten Moment durch. Im Abstand von ca. 2 m stehen zwei erhöhte Paletten. An die erste Palette lehnt ein Holzbrett als Rampe. Zwischen den Paletten, etwas seitlich versetzt, stehen fünf mit Sand gefüllte PET-Flaschen. Ich soll mittels Rampe auf die erste Palette und dort warten. Gut, okay, mach ich. Start und auf die Rampe: juhu, bin schon oben! Nanu, Jessi entfernt die Rampe und legt das Brett wie eine Brücke mit je einem Ende auf eine Palette. Sie zeigt jetzt auf diese Brücke, ich folge der Hand, denke, sie möchte, dass ich ihr folge. So, nun stehe ich auf der Brücke und nun? Warten? Worauf denn? Jessi bekommt jetzt ein paar Tennisbälle und wirft sie unter der Brücke durch, versucht so, die PET-Flaschen umzuwerfen. Mit viel Glück kippt eine Flasche ganz knapp und schon ist die Zeit abgelaufen. Ich darf runter von der Brücke und werde fürstlich für meine tolle Leistung entlohnt. Schwierigkeitsfaktor: für mich ganz einfach, Leckerlifaktor: gut, Spaßfaktor: Frauchen arbeitet und ich schaue zu = klasse.

Schon ist die Hunderallye zu Ende und wir gehen zurück zur Anmeldung um unseren Laufzettel abzugeben. Wir haben ganz viele Punkte gesammelt, die Spazierstrecke war toll und die Posten abwechslungsreich. Wir haben sogar einen Preis gewonnen! So soll eine Hunderallye sein. Meine Schlussnote: sehr gut! Wir kommen nächstes Jahr garantiert wieder!

Eure Taja, Eidg. Dipl. Hunderallyeexpertin

Kong

Nastasja Döring

Wenig effektive Strategien:

- ihn unter dem Kuschelkissen vergraben und auf beides wütend draufspringen
- drei Schritte zurückgehen und empört bellen
- am „hinteren“ Ende heftig kauen
- frustriert in Wäschestücke beißen
- auf den Kong draufpinkeln
- mit Speichel anfüllen und über die frischgewaschene Wäsche rollen

Wirklich clevere Strategien:

Lara: "wo ist mein Kong?"

- ihn vom höchsten Punkt des Lehnsessels mit Schwung Richtung Zimmer-Mitte schleudern
- auf den Rücken liegend den Kong mit beiden Pfoten übers Maul halten und schütteln
- ihn dem anderen Hund überlassen, bis dieser den Inhalt -fast- freigelegt hat
- über dem Schlafzimmer der Nachbarn bellen, bis das Frauli einem hilft

Strategien zum Wiederauffüllen:

- gelangweilt, „nur so zum Spaß“ bellen
- leeren Kong mehrfach dem Frauli vor die Füße schleudern

JEDES Frauli ist erziehbar !!!!

Raumschiff Beagleprise

Nastasja Döring und Petra Riedlinger

Episode 1

Uuuuuund ACTION!!!!! Wieder geht eine neue wunderbare Beagle-Woche in ihre erste Runde und neue Abenteuer und unerforschte Weiten erwarten uns in unserem Universum des Hungers und der Spielwütigkeit!!!!!!!! :-))))

Logbucheintrag Captain Sparbuch, Sternzeit 0720220205:

Am Wochenende war Lara mit ihrem Ben im Park, schon nach wenigen Metern kommt es zum Erstkontakt mit einer fremden Spezies:

Hundekot mit Wurmbefall!!! Jaaaa, Juhuuuuu!!!!! Roter Alarm, roter Alarm, beide Fraulis in absoluter Gefechtsbereitschaft, Ben (Laborbeagle) schnell an die Leine genommen, doch was passiert?

Angeheizt durch die Kraft fremder Aliens verwandelt sich Prinzessin Lara in einen lebenden Staubsauger und „rettet" ihre Fraulis vor dem Anblick des unappetitlichen bösen Haufens durch rasches Einsaugen.

Die Frage, warum der wohlerzogenste, VERWÖHNTESTE und wohl behütetste, prinzessinnenhafteste, kleine Hund der Welt zu so einem Mutanten degenerieren konnte, werden wir wohl nie klären. Was bleibt, ist die bedrückende Frage:

WARUM sie und WARUM WIR???????????

(Sehen Sie nächsten Samstag in Episode 2: „Warum fressen wohlbehütete, kleine Hunde Hundekot - und: Wird das Forum eine Antwort darauf wissen???????") - schalten Sie auch dann wieder ein bei: Raumschiff Beagleprise!! :-))))))

Antworten bitte an beagletreff@yahoogroups.de :-)

Episode 2

Logbucheintrag Captain Sparbuch, Sternzeit 1420220205:

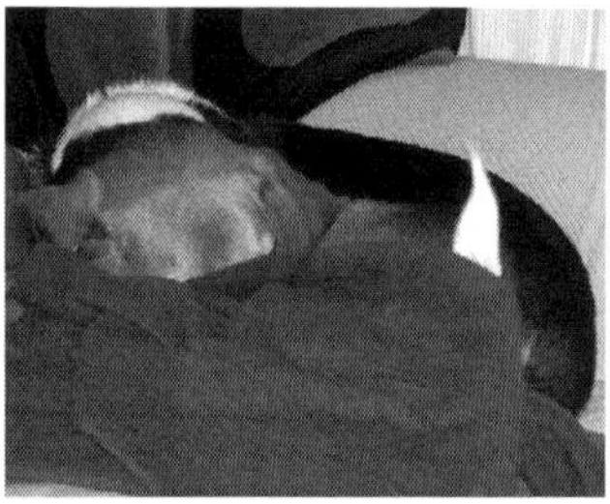

Enterprise in Wien

Durch einen geschickten Vorstoß im interstellaren Raum wurde zu Sternzeit 2100210205 die dauerhafte Versorgung mit Nahrungsmitteln von Cheftechniker Ben gelöst. Durch geschickten Biss der Vorderzähne in den schildlosen Endteil der neuen Lebensform KONG konnte Techniker Ben starke Strukturschwankungen und Risse in der Außenhülle erzeugen. Die somit bis dato unbezwungene Lebensform KONG EXTRA LARGE BOXER/STAFFORD wurde somit erfolgreich erlegt.

Der Ankauf eines KONG - extrastark/schwarz wird überlegt, konnte jedoch bis dato vom Wirtschaftsoffizier wegen des hohen Risikos und akuter Bedrohung durch die Spezies „1-0-X Kontoüberziehungsrahmen" nicht freigegeben werden.

Unteroffizier Unkaputtbar, i.A. Captain Sparbuch.

Episode 3

Logbuch Captain P. vom Raumschiff A-Team:

Die Besatzung des Raumschiffes A-Team hat zur Sternzeit 220205 nun auch den Vorstoß in die Welt des KONG gewagt.

Erste Erfolge wurden erzielt. Außenhülle hat das Unternehmen unbeschadet überstanden. Innenfüllung konnte nicht vollständig in den Magen gebeamt werden. A-Team arbeitet aber an weiteren Techniken, um das Problem zu lösen. Nächster Versuch ist zur Sternzeit 230205 geplant. Weitere Berichte folgen nach Beendigung des neuen Vorstoßes.

Logbucheintrag Ende / Captain P.

@Captain Nastasja

Sie sind auf dem richtigen Kurs. Weiter so. Die Moral der Mannschaft wird mit jedem Logbucheintrag immer besser. Sogar die Angehörigen der Mannschaft zeigen Interesse an den Logbucheinträgen. Mission unbedingt weiter verfolgen.

MfG

Captain P. vom Raumschiff A-Team

Episode 4

Logbucheintrag Captain P. vom Raumschiff A-Team:

Sternzeit 2015220205

Das Außenteam hat die Tiefe des Kongs weiter erkundet. Allerdings konnte es, trotz intensiver Bemühungen, immer noch nicht bis zum Ende durchdringen. Weitere Erkundungen sind geplant.

Ein Bruch der Außenhülle ist nicht feststellbar. Das A-Team ging das Problem recht vorsichtig an. Hauptsächlich wurde der KONG mit der Schlabberzunge gescannt. Vielleicht sollte das A-Team nächstes Mal auch die Beißer einsetzen. Sobald der Replicator den KONG-Raum befüllt hat, wird sich das A-Team wieder an die Arbeit machen.

Logbucheintrag Ende

Episode 5

Logbucheintrag Captain P. vom Raumschiff A-Team:

Sternzeit 050305

Captain P. ist in den letzten Tagen im Dauerstress. Logbucheinträge werden deshalb auf ein Mindestmaß gekürzt.

Das A-Team hat mehrere Vorstöße in die Tiefe des Kong-Raumes gewagt. Die meisten mit Erfolg. Sogar Fähnrich Aiko beamt Käse-

und Wurst-Stückchen aus dem KONG-Raum in seine Verdauungshülle.

Fähnrich Aaron bewegt sich jetzt zwei mal mit dem 4-Rad-Shuttle zum Hundeplatz um mit Wissenschaftsoffizier Daniela die Disziplin zu üben.

Aaron und Aiko

Auf dem Holo-Deck wurde oft gespielt und getobt. Auch Fähnrich Aiko nimmt immer öfter an Holo-Deck-Spielen teil. Gerade die widrigen Außenbedingungen (Schnee und Kälte) scheinen dem A-Team zu gefallen. Besonders Fähnrich Aiko arbeitet dann mit 100 Prozent. Captain P. muss übers Wochenende noch einige Einsätze bewältigen.

Mit den nächsten Logbucheinträgen ist erst nächste Woche wieder zu rechnen. Manchmal könnte man meinen, Q hat seine Finger im Spiel und ärgert die Besatzung des Raumschiffes A-Team mit konzentrierten Terminen. Sollten jedoch unvorhergesehene Ereignisse eintreten, meldet sich Captain P. noch einmal.

Mein Arbeitstag

Rita Schiranski

Also, so ein Job als Hausbeagle, der ist wirklich klasse. Der ist ungefähr so wie ein Ü-Ei: Spiel, Spaß, Spannung - und natürlich Fleischwurst! Aber die muss erst mal verdient sein.

Hausbeagle kann man in etwa mit den Hausfrauen vergleichen, die ja so oft gefragt werden: „Sind sie arbeitslos?" Ne, ne ! Man geht zwar nicht arbeiten, aber man hat schon Arbeit genug, weil man ständig über irgendwelche Sachen stolpert, für die sich sonst keiner zuständig fühlt.

Ich geh' nicht auf die Jagd oder so, aber das heißt natürlich nicht, dass ich wirklich arbeitslos bin. Ich bin auf dem besten Wege, ein perfekter Hausbeagle zu werden und schäme mich dafür überhaupt nicht, denn so ein ganz normaler Haushalt bietet ein breites Spektrum an Arbeitsmöglichkeiten. Wer nämlich wirklich was tun will, dem ist fast jede Arbeit recht, wenn nur die Bezahlung stimmt. Und da ist mein Arbeitgeber echt korrekt, das muss ich schon sagen. Und alles ist besser als Almosen.

Früher hab ich ja eine Menge Blödsinn gemacht, man hat mich teilweise echt für verrückt gehalten, aber das war nur aus Langeweile, weil ich noch keinen vernünftigen Job hatte. Es gibt nämlich keine verrückten Hunde, sondern nur solche, die den ganzen Tag schwer arbeiten und keine Anerkennung dafür finden, weil die Menschen nicht erkennen, welche Neigungen und Fähigkeiten manche Hunde haben.

Seit mein Frauchen clickern kann, ist das anders. Als ich etwa zwei Jahre alt war, hat sie mich endlich in die Lehre genommen, nun bin ich über drei Jahre alt und habe schon eine Menge Jobs, die ich perfekt ausüben kann. Ich muss aber auch zugeben, dass ich manche Jobs selbstständig und ohne Clickern sehr gut mache, obwohl ich dafür keine Fleischwurst bekomme. Das sind dann Jobs, die ich instinktiv mache und bei denen ich viel Erfolg habe. Da brauch' ich keine Fleischwurst, weil Erfolg selbst schon ein toller Lohn ist.

Mein Arbeitstag beginnt hin und wieder schon um 3.30 Uhr. Da steht manchmal schon das Herrchen auf und mein Job ist es - bloß nicht lachen! - mich umzudrehen und weiterzuschlafen - obwohl die Kaffeemaschine und die Brotmaschine laufen, die Wurstdose klappert und das Licht an ist. Da ich in der Küche schlafe und nachts eigentlich den Kühlschrank bewache, müsste ich ja melden, was da abgeht, aber ich bin schon ein bisschen bestechlich und für einen kleinen Krümel kann ich auch mal die Klappe halten. Leicht ist der Job nicht, aber ich weiß, dass es zu meinen Aufgaben gehört, um diese Zeit noch niemanden zu belästigen.

Wenn dann die Jungs wach sind, wird's schon spannender, denn ich habe darauf zu achten, dass die ihre Zimmertüren verschließen, damit keine Mäuschen Müll klauen. Wenn die Zimmer zu sind, dann gehe ich noch 'ne Runde schlafen, bis alle aus dem Haus sind, außer meiner Chefin natürlich. Wenn die dann tagfein ist, dann bin ich nämlich auch endlich dran. Dass ich frühstücken muss, ist klar, ich helfe ihr bei der Zubereitung, indem ich meinen leeren Napf genau vor das Spülbecken stelle. Man nennt das Arbeitsteilung. Ich stelle den leeren Napf leise ohne Geschepper da hin und mein Frauchen stellt dann den vollen Napf auf meinen Platz.

Während sie das tut, mache ich schon mal die Krümel unter dem Küchentisch weg. Das konnte ich schon immer gut, aber jetzt, wo mein Frauchen clickern kann, mache ich das auch auf Signal. Das ist ganz einfach zu lernen.

Ich sehe die Krümel, Frauchen sieht, dass ich die sehe, sie sagt das Signal „Krümel saugen!“ (das muss aber schnell gehen) und dann mache ich meine Arbeit. Den Click brauchen wir dafür jetzt eigentlich nicht mehr und wenn sie mal nicht da ist, um mich an diese Aufgabe zu erinnern, dann mache ich das auch von ganz allein.

Krümel Saugen ist auch so eine Dauerarbeit, so ähnlich wie Staubputzen. Da muss man immer wieder gucken, ob neue da sind, außer, wenn die Bosse am Tisch sitzen. Dann ist nämlich Lebensmittelkonferenz, da steht alles auf dem Tisch und jeder nimmt sich, was er mag oder kriegt was von der Chefin. Solche Konferenzen sind hochoffiziell und finden je nach Wochentag so 2 - 4 Mal täglich statt. Also, da haben Lehrlinge nix zu suchen, höchstens vielleicht Gesellen oder so. Ich hab dann jedenfalls Pause, sitze oder liege auf meiner Decke und spinksel nur ab und zu rüber, wie sich mein nächster Einsatzort so entwickelt. Ich platze da nicht rein, so richtig lohnt sich das eh' erst, wenn die Konferenz beendet ist und alle Bosse aufstehen. Da kommt dann nämlich noch mal so ein ganzer Schub, der sich auf dem ein oder andren Schoß und auf der Tischdecke angesammelt hat. Die räumen ja dann erst mal auf und dann hat meine Chefin auch schon was in der Hand. Ich gucke dann sehr interessiert auf meinen Einsatzort, kriege die Fleischwurst und das Signal „Krümel saugen!". Ich weiß jetzt nicht so genau, ob ich die Wurst kriege, weil ich auf das Signal gewartet habe oder weil die Chefin schon weiß, dass ich dann so gründlich sauge. Ist aber auch egal, ich mach dann erst mal meine Arbeit.

Nach dem Frühstück fängt mein Frauchen immer an aufzuräumen, wobei ich ihr natürlich helfe. Ich bin jetzt erst mal Frau Holle und hole schüttelnd meine Decke aus meinem Lager und bringe sie zu Frauchen. Schließlich muss die richtig gut aufgeschüttelt und gelüftet werden. Ich würde das ja auch ganz allein machen, aber diese Aufgabe möchte Frauchen lieber selbst übernehmen, draußen, wegen der Hygiene. Mein Job ist es dann aber, diese Decke wieder in mein Lager zu bringen, denn Frauchen kann das mit dem Ziehharmonikafalten nämlich gar nicht und ist froh, dass ich das selber mache.

Charly bringt das Kehrblech

Wenn mein Frauchen dann mit dem großen Besen ganz hoch geht und die Treppe fegt, dann weiß ich auch, dass bald mein nächster Einsatz kommt. Ich warte vor der Treppe, bis sie am letzten Absatz angekommen ist. Dann kommt das Signal „Schaufel Apport!" Das heißt, ich soll ihr den Handfeger und die Kehrschaufel bringen, damit sie den Dreck aufsammeln und zum Müll bringen kann. Dafür kriege ich auch wieder direkt meine Ausbildungsvergütung, mh, lecker. Ich bekomme keinen Monatslohn, weil ich sehr schlecht einteilen kann, deshalb krieg ich immer alles direkt ins Maul.

Fein am Fuß begleite ich sie dann zum Mülleimer und darf meinen nächsten Job erledigen. „Tap“ auf das Pedal und der Deckel geht auf. Die nächste Fleischwurst ist verdient. Bei der Gelegenheit gucke ich dann auch gleich, ob es sich lohnt, das Frauchen im Laufe des Tages daran zu erinnern, ob der Müll raus muss.

Wenn Frauchen dann wieder ins Bad geht zum Putzen, dann marschiere ich noch mal hoch. Früher durfte ich die Socken von den Jungs ja nie haben, ich hab sie so oft geklaut, weil die so gut riechen, aber immer haben sie mir die weggenommen. Mein Frauchen ist aber kompromissbereit und ich auch. Deshalb haben wir da einen Arbeitsvertrag gemacht. Ich darf die Socken jetzt haben, aber nur solange, wie der Weg zur Waschmaschine dauert. Die Jungs haben schon gelernt, die Socken so zu verstecken, dass ich sie auch finden kann. So braucht mein Frauchen keine Wäsche einzusammeln, ich kann den Duft inhalieren und weil sie mich dann auf der Treppe nicht sieht, kann ich unterwegs auch noch ein paar Duftperlen rausschütteln, dann hab ich mehr davon. Hauptsache ist, dass ich die Socken dann an der Waschmaschine AUS mache, dann kriege ich dafür auch Fleischwurst. Ich find das ganz o.k.

Wenn ich dann so zwischendurch ganz leise, musikalische Töne höre, dann ist mein Spezialjob dran. Das kann nur das Handy sein. Frauchen hört das meistens nicht, weil sie es irgendwo verlegt hat. Das kann dann überall sein: hinter den Sofakissen, auf der Fensterbank, auf der Eckbank oder auf irgendeinem Stuhl. Manchmal liegt das auch unter der Garderobe oder auf dem Schuhschrank - Frauchen hat da einen blöden Ordnungssinn. Na, die hat ja mich und ich bringe es ihr ganz schnell, damit sie nicht zurückrufen muss, das kostet ja schließlich Geld.

Und weil ich so aufmerksam bin und beim Sparen helfe, kriege ich dafür meistens ein sehr großes Leckerchen. Ich kaue dann länger und mein Frauchen telefoniert auch manchmal länger. In der Zeit erinnere ich sie dann schon ab und zu an den Müll, der so stinkt, mh - lekker! Ich mache öfter mal „Tap“ damit mein Frauchen auch nicht zu lange am Telefon hängt, schließlich müssen wir ja noch arbeiten. Während sie den Müll raus bringt, kontrolliere ich noch mal, ob auch alle Kinderzimmertüren zu sind und ob da vielleicht doch noch Müll in den Eimern ist. Man kann das nicht oft genug machen, das ist sehr wichtig wegen der Hygiene.

Dann hab ich auch erst mal Pause, bis ich merke, dass wir bald rausgehen. Mein Frauchen geht nämlich jeden Morgen Gassi und ich begleite sie. Wenn sie ihre Hausschuhe auszieht, dann hole ich ihr die Boots. Wenn sie traurig oder sogar sauer aus dem Fenster schaut und sagt: „Es regnet“, dann bringe ich ihr natürlich auch den Schirm, weil ich dafür Fleischwurst kriege und weil ich selber auch lieber trocken bleibe.

Natürlich sorge ich auch dafür, dass sie was Gutes mitnimmt - für den Hunger zwischendurch! Die hat so ein spezielles Täschchen, wenn die das vergisst, dann hole ich das schnell noch. Die freut sich dann immer so, wenn ich von allein an solche wichtigen Sachen denke. Manchmal vergisst sie auch, mich direkt zu belohnen, aber wenn die sich so freut, dann reicht mir das manchmal auch, man muss ja nicht immer nur ans Essen denken, oder?

Einmal hatte sie auch schon den Karabinerhaken von der Leine auf um sich bei mir einzuhaken - das ist sehr wichtig, damit ich sie nicht unterwegs verliere! - Sie beugte sich zu mir herab und da war nix zum Festmachen. Seit der Zeit kümmere ich mich morgens auch selbst um meine Garderobe. Mein Schmuck liegt immer auf einem Stuhl, der wie so ein Nachttischlein neben meinem Lager steht. Ich laufe also zum Nachttisch und hole auch noch meinen Schmuck. Am liebsten das blaue Halsband, da passt meine Tassomarke so schön zu, das sieht dann richtig chic aus.

Dann gehen wir raus, ich mache schnell, was zu machen ist und motiviere sie zum Joggen wegen der Gesundheit, denn ich will sie ja lange haben.

Manchmal bummeln wir auch nur so rum und dann muss ich immer ganz besonders gut aufpassen, weil die sooooo schusselig ist. Immer fallen ihr irgendwelche Sachen runter. Ständig muss ich dann zurükklaufen und aufheben, was sie verloren hat. Geldbörse, so was aber auch! Gut, dass die mich hat! Dann fällt so'n Teil das heißt Dummy, also muss ich wieder aufsammeln. Dann finden wir manchmal so Sträucher, die mit Käse dekoriert sind. Ich hab' ja den Verdacht, dass da einer so was mit Absicht macht, aber egal. Ich finde diese Sträucher und zeig sie ihr. Dann helfe ich natürlich auch bei der Ernte. Was ich finde, das darf ich essen und was sie erntet, das packt sie immer ein - ich glaube, die mag keinen Käse, manchmal gibt sie mir den auch direkt.

Ich zeig ihr dann auch immer, wo so unverschämte Leute Müll in den Wald geworfen haben und bringe ihr was davon, damit sie das in den nächsten Mülleimer werfen kann. Das macht Spaß, weil ich dafür auch manchmal was aus dem Täschchen kriege. Nur Taschentücher darf ich nicht, weil Frauchen das eklig findet. Na gut.

Wenn wir dann nach der Wanderung nach Hause kommen, dann nehme ich vom Gartentürchen direkt die Zeitung mit bis zur Tür. Drinnen warte ich fein, bis Frauchen ausgezogen ist, dann werde ich auch ausgezogen. Mein Fauchen geht dann immer in die Küche und während sie die Kaffeemaschine anmacht, ruft sie mir ein fröhliches „Okay" zu. Dann bringe ich ihr ganz schnell die Pantoffeln, damit sie sich keine Erkältung holt.

Wir machen dann beide erst mal Pause. Frauchen trinkt Kaffee und ich helfe ihr mein Getränk fertig zu machen, indem ich den Napf ganz brav vor das Spülbecken stelle. Manchmal gebe ich den auch meinem Fauchen in die Hand um ihren Rücken zu schonen.

Charly hilft gern

Wenn die dann mit dem Kochen anfängt, dann gehe ich in meine Kiste und gucke zu. Ich passe immer gut auf, und wenn was runter fällt, dann gehe ich sofort dahin und mache Platz. So weiß sie, dass ihr ein Missgeschick passiert ist. Sie hebt es dann auf und gibt mir ein Leckerchen, weil ich ihr gezeigt hab, wo es hingefallen ist. Wenn ihr ein Schnitzel runter fallen würde, dann würde ich bestimmt …. , na ja, leider fallen ihr meistens nur Kartoffelschalen oder Besteck oder so was runter.

Um die Mittagszeit kommt dann immer so eine Frau mit einem gelben Fahrrad. Früher hat die mir immer Leckerchen gegeben und ich hab richtig Krach gemacht, wenn die gekommen ist. Das fand die zwar lustig und die mag mich auch, die kann auch klasse füttern, weil die selber einen Hund hat und sich richtig gut auskennt, aber mein Frauchen fand mich unverschämt. Hm, kann ich nicht so recht verstehen. Wir haben jedenfalls ganz viel geübt und wenn die jetzt kommt, dann gehe ich leise an die Tür, warte einen Moment und hole dann mein Frauchen. Die macht dann die Tür auf und ich hole diese komischen Papiere rein. Das ist ganz schön schwer, manchmal muss ich die noch verknautschen, weil ich die nicht aufnehmen kann. Aber solange ich die nicht esse, ist das nicht so schlimm. Wenn ich die Sachen dann meinem Frauchen gegeben habe, dann bekomme ich wieder einen Lohn, der ist aber noch besser als der von der Frau mit dem Rad. Deshalb kann ich jetzt auch so leise sein, wenn die kommt.

Wenn bei der Post Reklame ist, dann darf ich die in den Papiermüll tragen. Mein Frauchen begleitet mich dabei, die guckt noch, ob ich das auch richtig mache. Aber das klappt auch schon richtig gut. Für 'ne gute Fleischwurst kann man schon eine Menge lernen. Wenn der Papiermüll schon recht voll ist und noch so ein Eierkarton da rein muss, dann darf ich auch schreddern. Das macht so viel Spaß, das mach ich auch ohne Belohnung. Danach hol' ich wieder auf das Signal hin die Schaufel, damit mein Frauchen alles zusammenfegen kann. Jetzt passt das auch noch in den Papiermüll und sie freut sich, dass sie noch nix raus tragen muss.

Wenn ich Glück habe, dann darf ich meinem Frauchen auch bei der Wäsche helfen. Die trägt immer alles nach ganz weit oben, da hab' ich auch eine Decke, auf der ich liegen kann, wenn sie bügelt oder so. Beim Wäscheaufhängen fällt ihr nämlich auch immer mal was runter. Mein Job ist hierbei u. a. das Klammerholen. Das war am Anfang auch nicht so leicht, die Dinger fühlen sich komisch an und man weiß erst nicht, wie man die packen soll. Ist alles Übungssache und Übung braucht man auch, weil das nämlich ganz schön flott gehen muss mit den Dingern. Da ist nicht mal Zeit, ein Leckerchen zwischendurch zu schlucken, aber dafür gibt's dann hinterher gleich ein paar auf einmal.

Bei den gammeligen Arbeitssachen darf ich auch beim Abhängen helfen. Sie macht die Klammer auf und ich zieh die Wäsche runter. Das macht Spaß! Manchmal tu ich dann auch noch schütteln, weil mir so danach ist. Aber das ist sicher nicht schlimm, Fauchen schüttelt auch manche Sachen vor dem Falten.

Wenn wir dann da oben sind und das Handy unten klingelt, dann breche ich natürlich sofort ab, weil das Handy immer dominant ist! Wegen der Kosten! Wir wollen ja sparen, damit mehr Geld für Leckerchen da ist. Also Treppe rauf tragen ist noch ganz schön schwer, da kommt mein Frauchen mir schon manchmal entgegen, weil sie Angst um ihr Handy hat. Einmal ist es mir nämlich schon runter gefallen.

Zwischen den offiziellen Arbeiten hab' ich natürlich auch noch Jobs auf freiwilliger Basis. Wenn ich im Garten bin, schaue ich natürlich, ob auch alles in Ordnung ist. Müll von den Schulkindern sammle ich automatisch auf, schließlich soll jeder SEINE Umwelt sauber halten. Bei der Gelegenheit halte ich auch immer von ganz alleine nach UKOs Ausschau, weil die Menschen dafür nun mal nicht so besonders gut geeignet sind. Also, UKOs sind meine Spezialität. Die spüre ich immer und überall auf.

Auf der Wiese und im Beet erledige ich das im Vorbeigehen. Die UKOs in der Einfahrt, die melde ich nur. UkOs, das sind solche „Unbekannten Kack-Objekte". Die in der Einfahrt sind nämlich nicht von Katzen, die haben ganz andere Formate! Die entsorgen die Zweibeiner des Rudels, unter meiner Regie. Aber ich merke mir natürlich ganz genau, von wem die sind. Und wenn ich so einen erwische - aber hallo - das ist ja wohl auch 'ne riesengroße Sauerei! Und für die Ordnung auf unserem Grundstück fühle ich mich schon verantwortlich.

Also, einmal hab ich ja auf der Wiese gelegen und meinen Bauch gesonnt. Das mache ich gerne in meiner Freizeit und dabei lasse ich mich auch selten stören, außer wenn das Handy singt. Jedenfalls hab ich da so aus den Augenwinkeln ein weißes Wattebündel an einem Flexileinchen gesehen. Der hat schon so verdächtig rumgetänzelt, dass mir klar war, dass ich aufpassen musste. Das hat der aber wohl nicht bemerkt. Und was sehe ich da? Da wird der doch langsamer und schiebt tatsächlich sein komplettes Hinterbein durch unseren Zaun und positioniert sich da so an dem Mäuerchen … Also wirklich!

Da bin ich dann aber hin. Da hab ich mir aber ein bisschen den Schenkel gepackt. Nur ganz kurz, ich hab ihn auch dran gelassen! Aber das Packen hat gewirkt wie so ein Turbo-Lader. Mann, der war vielleicht schnell weg! Das Frauchen kam gar nicht so schnell nach und hat sich den Fuß umgeknickt. Auf der anderen Straßenseite hat sie ihn dann untersucht, der hatte nix! Klar! Der brauchte das Bein ja auch für die Flucht, das weiß ich ja. Aber - es hat gewirkt.

Mein Frauchen war erst mal sprachlos wegen meiner schnellen Reaktion, das kann nämlich nicht jeder! Aber - sie war gar nicht begeistert von meiner Aktion und hat mich kein bisschen dafür gelobt, keine Fleischwurst und nix … Aber mal ganz ehrlich - bei solchen Unverschämten, da muss man schon konsequent sein, sonst tun die das immer wieder. Auf jeden Fall geht der jetzt immer ganz zügig hier vorbei, der hat keine Zeit mehr, hier was zu verlieren. Und auch, wenn ich nie dafür gelobt worden bin, mit dem Ergebnis ist mein Frauchen seeeeeeehr zufrieden und die anderen auch alle. Schließlich ist das unser Garten und kein öffentliches Klo!

Früher hatten wir auch noch so einen alten Apfelbaum, da hat Frauchen dann immer einen Eimer im Garten aufgestellt und ich hab die Plumps-Äpfel da rein getan. Den ganzen Tag über hab ich da immer wieder nachgeschaut und immer wieder hab ich einen gefunden. Ganz oft hat sie mich auch geschickt, weil ich nicht gemerkt habe, dass da schon wieder einer gefallen ist. Sie nennt so was dann „Aufräumen“, das ist immer mit suchen und irgendwo rein tun verbunden. Ich nenne das Befriedigung der Such- und

Sammelleidenschaft, deshalb mach' ich so was auch gerne. Nach getaner Arbeit, also wenn der Eimer voll war oder längere Zeit kein Plumps-Apfel mehr auf der Wiese lag, dann durfte ich mir immer einen aussuchen und behalten. Mit dem hab ich dann so lange gespielt bis der sich zum Essen gut genug angefühlt hat. Das war toll, aber den Baum haben wir nicht mehr, schade.

Ja und von drinnen, da schaue ich ganz gerne mal aus dem Fenster um zu gucken, ob auch keiner da draußen Unfug macht. Sollte sich dann ein Hund erdreisten, an unseren Zaun zu pinkeln, dann schlage ich Alarm, weil das ja wohl unverschämt ist. Wenn mein Frauchen dann schnell genug ans Fenster geht, dann sehen das manchmal die Menschen und ziehen ihre Hunde schnell weg. Eigentlich soll ich ja keine Hunde anbellen, aber in solchen Momenten ist mein Frauchen echt stolz. Sie lobt mich dann zwar nicht, aber ich merke das trotzdem, ich bin ja nicht blöd.

Charly: wo bleibt denn heute nur die Post?

Und die Türklingel hab' ich auch schon gut unter Kontrolle. Wenn da einer klingelt, den ich kenne und der echt nett ist, dann geht meine Nase an den unteren Türschlitz, mein Po zeigt ganz nach oben und mein Schwanz wackelt ganz doll. Dann weiß mein Frauchen auch sofort, dass ein netter Mensch kommt.

Bei Vertretern, die sie schon ein paar Mal weg geschickt hat, weil die unhöflich waren, da geh' ich erst gar nicht an die Tür, sondern ich schaue nur aus dem Fenster, mein Schwanz ist starr, und ich mache nur leise Wuff - Wuff. Ich präge mir im Allgemeinen recht schnell ein, wen meine Chefin mag und wen nicht. Und so ein Job als Vorzimmerdame bzw. -herr, das kann schon ziemlich wichtig für mein Frauchen sein. So weiß sie schon recht oft, wann sie sich den Weg zur Türe sparen kann. Sie hört zwar nicht immer auf meine Signale, aber manchmal schon.

Ich habe auch einen Job, wenn Besuch kommt. Dann bin ich nämlich

Animateur. Das ist ein toller Job. Viele wollen nämlich wissen, ob Beagles echt so grausame Störenfriede sind, so unerziehbare Monster, die nur an den Leuten hochspringen, Essen klauen und keine Befehle befolgen.
Wenn also so ein Besuch kommt, der ganz neugierig ist, dann darf ich Schuhe sortieren oder die Sache mit dem Handy vorführen. Dann mach ich Männchen oder „Gib mit Fünf". Ich sag auch „Guten Tag" oder mache winke-winke. Und dann machen die Leute auch automatisch mit. Viele Gäste sind da richtig scharf drauf.

Ist das Herrchen an der Arbeit, dann biete ich auch manchmal den Gästen die Schlappen vom Herrchen an, aber nicht alle Leute mögen Schlappen. Und als Animateur, da kann man schon mal richtig dem Frauchen aus der Patsche helfen, wenn der Gesprächsstoff ausgeht. Wenn die Gäste zu lange bleiben, dann wartet man einfach auf das Signal „Ach, guck mal raus! Es regnet!" Dann bring ich dem Gast manchmal auch einen Schirm und er weiß dann auch, dass er sich langsam verabschieden darf. Oft höre ich dann: „ Ach, guck mal, der Hund meint, ich wäre schon zu lange hier! Hat ja auch recht der Kerl, es wird Zeit für mich. So lange wollte ich gar nicht bleiben!" Mein Frauchen entschuldigt sich dann zwar für mein Verhalten, aber die Leute sagen dann, ich bin ein Kavalier. Und wenn die weg sind, dann sagt Frauchen manchmal so Sachen wie: „Ach Charly-Schatz, das hast du aber wirklich toll gemacht. Du bist doch mein Bester, magst du einen Keks?" Ich glaube, die Sache mit dem Schirm, die muss ich noch etwas vertiefen.

Also, als Kammerjäger bin ich auch manchmal tätig. Das ist so ein Job, den mein Frauchen mir nicht beibringen musste, ich hab sie einfach so von meinen Fähigkeiten überzeugt.
Nicht, dass es hier schmutzig ist oder so, schließlich machen wir ja im Team immer alles schön sauber. Aber manchmal, besonders im Herbst und im Frühling, wenn es wieder wärmer wird, dann schleichen sich hier so ungebetene Gäste rein, die mein Fauchen überhaupt nicht mag. Die sind ganz leise und wahnsinnig schnell. Die haben acht Beine und verstecken sich immer in so Ritzen, wo man sie nicht sehen

kann. Ganz schön raffiniert sind die Viecher. Aber nicht mit mir, ich kann sie schließlich riechen!

Nur komme ich oft nicht dran, weil die Ritzen so eng sind. Ich stell' mich dann davor, sträube mein Fell und knurre. Oft belle ich auch, aber die kommen aus den Ritzen nicht raus. Ne! Die stellen sich dann tot! Früher hat Frauchen dann immer gedacht, ich hätte auf einmal Angst vor der Gardine oder vor dem Schrank, da hatte sie noch keine Ahnung. Dann hab' ich es einmal geschafft eine zu erwischen. Die saß hinter der langen Gardine in der Küche, über der Sockelleiste. Erst hab' ich die Gardine angebellt, aber dann, als sie wieder in eine Ritze krabbeln wollte, da hab' ich ihr eine gescheuert, boah! Die flog meinem Frauchen fast vor die Füße. Und mein Frauchen hat vielleicht geschrieen. Das Tier stand erst mal unter Schock und wusste nicht, wohin es sich verkriechen sollte - ha! - war keine Ritze in der Nähe! Ich hab's dann solange umkreist und angeschimpft und angetippt, bis das Herrchen noch dazukam und den Eindringling entfernt hat. Mein Frauchen war super-mächtig stolz auf mich, weil diese Monster so viele Eier legen, wo dann ganz viele solche Minimonster rauskommen. Aber - ich hab sie ja davor gerettet und dafür einen Jackpot von ihr bekommen. Wenn ich mich heute so komisch verhalte, dann weiß sie direkt, was Sache ist!

So ähnlich mache ich das auch bei den Hummeln. Aber die kriechen nicht in Ritzen, weil die zu fett sind. Ich bin bei Hummeln auch viel gelassener. Mein Frauchen auch. Wenn ich so eine an der Gardine oder auf der Fensterbank sehe, dann stelle ich mich davor und mach ein oder zweimal wau-wau und warte. Da braucht man sich auch keinen Stress zu machen, weil die ganz langsam sind und nicht in Ritzen kriechen. Für die ist auch mein Frauchen zuständig, sie macht da nicht patsch, sondern sie nimmt die ganz fein auf. Die Hummeln werden dann in den Garten gebracht und weil ich die so fein melde und mich so toll benehme, darf ich da auch immer mit. Wenn die Hummeln dann so eine Bruchlandung machen, dann ist es mein Job, sie noch einmal anzustupsen - mit „Tipp“ - damit die auch unseren Bezirk verlassen. Das klappt schon sehr gut und weil ich das auch ganz fein mache, bekomme ich dann drinnen Fleischwurst.

So richtig perfekt wäre es ja, wenn ich jetzt noch trennen würde. Also Spinnen nur dem Herrchen melden und Hummeln immer dem Frauchen. Aber das kann meine Chefin noch nicht clickern, weil das immer so schnell gehen muss. Vielleicht kommt das ja im nächsten Lehrjahr. Man lernt ja nie aus.
Beim Fensterputzen helfe ich meinem Frauchen auch immer gerne. Die hat ja nur zwei Hände, damit trägt die den Putzeimer, eine Flasche und ein oder zwei Lappen, mehr geht nicht. Also bin ich für den Abzieher zuständig.

Das muss ich noch ganz viel üben, das wird sicher noch 'ne Weile dauern. Nicht, weil ich dumm bin, sondern weil die nicht jeden Tag die Fenster putzt und ich zu wenig Training habe. Wenn ich das Teil die Treppe rauf tragen soll, dann brauche ich immer mehrere Anläufe. Das hat so 'ne blöde Form, ständig bleib ich da an irgendwelchen Ecken und Kanten von den Treppen hängen, dann fällt es wieder runter und ich muss immer wieder von vorne anfangen. Da kann ich manchmal auch richtig sauer werden, aber mein Boss ist ganz geduldig, und irgendwann schaffe ich das auch beim ersten Versuch, ganz sicher.

Charly - der Fensterputzer

Während die dann da oben so rumputzt, gehe ich meiner Lieblingsbeschäftigung nach. Ich bin nämlich auch Detektiv. Wenn ich schon in die Jungszimmer darf, dann finde ich auch was. Meistens verdächtige Naschepapierchen, die nicht ordnungsgemäß aufgeräumt wurden, sondern in irgendwelchen unzugänglichen Ecken liegen. Ich kann auch riechen, wenn Schmuddelwäsche unter dem Bett versteckt ist. So was melde ich natürlich sofort. Die Wäsche bringe ich an die Waschmaschine, wenn es nicht zu große Teile sind und ich nicht die Treppe damit runterfallen kann. Die Papierchen gebe ich der Chefin und kriege dafür meinen Lohn. Mein Frauchen findet das gut. Die zweibeinigen Rüden sind dann zwar sauer, wenn ich die verpetzt habe, aber wenn die zu geizig sind, mich zu bestechen, dann sind sie selber schuld. Und dann können die auch noch so oft „blöde Petze“ zu mir sagen, das ist mir egal! Ich bin pflichtbewusst und erfülle meine Aufgaben zur Zufriedenheit meiner Chefin. Logisch, die zahlt ja schließlich auch.

Nach so einem langen schweren Arbeitstag muss die sich dann auch mal entspannen. Und was ist schöner zum Entspannen als mit einem Beagle zu schmusen oder zu spielen? Nix ist schöner! Ich hol' dann alle meine Spielsachen und verführe sie zu einem ausgelassenen Tobe- und Reißspiel. Manchmal macht da das ganz Rudel mit, das ist klasse. Das ist sozusagen mein Lohn für den Chef, weil ich hier so tolle Jobs habe und weil es sooooo schön ist nicht arbeitslos zu sein. Da haben wir dann immer ganz viel Spaß.

Und dass ich danach selber aufräume, das ist ja logisch. Keiner hier kann das besser als ich, ich glaube, ich bin einfach dafür geboren worden, immer alles zu finden und aufzusammeln. Wir haben so eine große Schüssel, da bringe ich dann am Abend alle meine Spielsachen wieder rein. Für jedes Teil, das ich da rein packe, bekomme ich ein Leckerchen. Man kann eigentlich nie genug Spielzeug im Haus verteilen. Ich hab irgendwie immer noch zu wenig, weil mich das Aufräumen noch nicht wirklich satt macht.

Deshalb versuche ich dann schon mal, mein Frauchen auszutricksen. Ich bringe ihr einfach das Handy, auch wenn es keinen Ton von sich gegeben hat. Ich setze mich dann vor sie, schaue sie an und warte solange, bis sie sich trotzdem über den Apparat freut. Und wenn sie nett ist, dann darf ich das Teil mit ihr zur Ladestation tragen. Dann gehe ich ganz stolz, so ein Handy ist schließlich was ganz Besonderes.

Hübsch am Fuß begleite ich dann mein Frauchen zu dem Schrank, wo die besonderen Spielsachen in einer besonderen Kiste verstaut sind. Da kommt auch immer die Schüssel rein. Ich kriege nämlich nicht immer jeden Tag alles. Mein Frauchen tauscht da schon mal was aus, damit ich mich wieder mit was anderem beschäftige und die Spielzeuge nicht langweilig werden.

Manchmal stehen nach dem Abendbrot noch solche Behälter mit

kleinen Resten Frischkäse, Quark oder Sahnekäse auf der Arbeitsplatte neben der Spüle. Das sind solche Mengen, die sich nicht mehr für ein Butterbrot lohnen. Ich weiß dann, dass ich meinem Frauchen noch ein bis zwei wichtige Dinge besorgen muss. Meine Kongs! Die tu' ich nämlich nicht in die große Schüssel beim Aufräumen, sondern ich verstecke sie in meinem Körbchen. Ich bring' sie also meinem Frauchen und die tut dann die Reste da rein. Manchmal hab ich Glück und darf noch im Erdgeschoss eine Kaustange suchen und apportieren. Die steckt sie dann in so einen Käsekong. Dann kommt da ein Tütchen drum und die Sachen landen im Eisfach. Das ist dann eine Arbeitsbeschaffungsmaßnahme. Falls ich am nächsten Tag wirklich mal arbeitslos sein sollte und gar nicht weiß, wie ich ihr helfen kann, dann darf ich einen Kong haben, damit ich keine Langeweile habe oder mich einsam fühle, wenn sie mal ohne mich weg geht.

Der Müll mit dem Grünen Punkt soll ja immer sauber in den gelben Sack und an diese Vorschrift halten sich meine Leute auch. Das Reinigen ist natürlich auch meine Aufgabe, Frauchen spült so was nämlich nicht. Quark- und Käsebecher mache ich blitzblank, das kann ich sehr gut und ich mache es ganz sorgfältig. Ich hab' also wirklich immer ordentlich was zu tun.

Trotzdem - nicht dass ihr denkt, das bisschen Haushalt wäre ein Problem. Nein, meine Chefin überträgt mir nämlich nur die Aufgaben, für die ich wirklich geeignet bin. Die mache ich auch echt gern, und wenn ich wirklich mal gar keine Lust habe, dann kriege ich auch schon mal Urlaub. Ich fühle mich auch gar kein bisschen versklavt oder so. Ganz im Gegenteil, ich bin mächtig stolz darauf, zu meinem Unterhalt selber beitragen zu können. Dann schmeckt doch alles gleich noch viel besser. Und so ein richtig gutes Leckerchen, so was Saftiges, Fleischiges, das ist wirklich schon so manchen Einsatz wert. Und im Team, da macht das auch richtig Spaß, sogar meinem Frauchen.

Und wenn ich's mir so recht überlege, habe ich auch ganz gute Abwechslung. Schließlich bin ich inzwischen Schnüffler, Butler, Personaltrainer, Animateur, Rausschmeißer, Ordnungshüter,

Müllsortierer, Kammerjäger, Postbote und ich bin auch noch Seelentröster. Ich hab' nämlich auch schon einiges an Menschenkenntnis und im Freundeskreis hab ich auch schon ziemlich aufgeräumt, weil ich einfach sehr konsequent bin. Es sind jetzt zwar ein paar weniger, aber mal so ganz ehrlich, solche, die vorne rum immer so sensibel tun und nette Sachen sagen, hintenrum aber fiese Tricks probieren um mich oder meine Chefin vorzuführen, solche brauchen wir nicht unbedingt. Das kann man sich eine Weile anguk-ken, aber man muss das auch klar erkennen und dann mal eine Entscheidung treffen. Und weil wir nämlich ein Team sind und ich mich von Worten allein nicht so beeinflussen lasse, bin ich da ganz gut drin solche Leute wegzuekeln. Anfangs war mein Frauchen ja dann traurig, aber ich hab' sie dann getröstet und ihr ist klar geworden, dass unser Weg der einzig richtige ist. Wir sind wie wir sind und wem das nicht passt, der passt uns nicht. Eigentlich ganz einfach, ne? Seelentröster ist zwar eigentlich keine richtige Arbeit, aber von der Wertigkeit her schon von Bedeutung. Seelentröster bringt auch immer Extra-Bonus, sogar wenn ich da gar nicht drauf scharf bin.

Ja, und abends, wenn ich alle Arbeit gemacht und alle Seelen getröstet habe, kurz bevor ich auf meine Lieblings-Kuscheldecke im Wohnzimmer gehe, mache ich natürlich noch einen letzten Kontrollgang.

Ich gucke noch mal aus dem Fenster, ob draußen alles in Ordnung ist, bevor die Rollos runter gehen, mach die Krümel unter dem Esstisch weg, damit Frauchen nicht wieder fegen muss und dann, dann finde ich meistens noch irgendwo einen Kauknochen. Den bringe ich dann auch ganz schnell zu meinem Frauchen, aber die will ihn nicht. Deshalb darf ihn dann mit auf meine Kuscheldecke nehmen. Wenn ich den dann noch genuckelt habe und mein Frauchen meinen Bauch gekrault hat, dann bin ich aber auch reif für die Kiste. Manchmal schaffe ich den Knochen gar nicht mehr. Das kommt zwar selten vor, aber es gibt wirklich Tage, da bin ich schneller am träumen als meinem Magen lieb ist. Und im Traum überlege ich mir dann schon ganz oft, wie ich mir morgen meine Würstchen verdienen darf.

Raumschiff Beagleprise - Das A-Team auf Außenmission zur Rettung der Papp-Galaxie

Petra Riedlinger

Das Beagle(t)raumschiff war schon seit längerem in den Weiten des Beagle-Raumes unterwegs um neue Leckereien und unbekannte Köstlichkeiten zu entdecken.

Logbucheintrag:

Sternzeit 01062005 Captain P. vom Beagle(t)raumschiff A-Team:

Wir befinden uns in der Murgtala-Galaxie am Rande des Black-Forest. Auf dem Kurs durch die Homezone entdeckte Captain P. eine neue Herausforderung für das A-Team. Mitten in der Homezone erschien plötzlich eine neue Galaxie. Dabei handelte es sich um eine Papp-Galaxie, die zwei Welten umfasste.

Der anliegende Kurs wurde sofort geändert, um diese neuen, seltsamen Welten genauer zu erkunden. Nach dem ersten Scan war schnell klar, dass die ganze Papp-Galaxie massiv durch Lelis verseucht war. Lebenszeichen konnten nicht entdeckt werden.

Sofort löste Captain P. roten Alarm aus. Die gefährlich-leckeren Lelis mussten unbedingt vernichtet werden. Die Gefahr einer weiteren Ausbreitung war beträchtlich. Captain P. beschloss, das A-Team sofort in die Papp-Galaxie zu beamen. Die Aufgabe des A-Team bestand darin, die Lelis zu orten und in den sicheren Beagle-Innen-Laderaum zu beamen. Unmittelbar, nachdem sich ihre Körper materialisiert hatten, begannen Fähnrich Aaron und Fähnrich Aiko mit der genaueren Untersuchung der beiden Welten.

Unter Einsatz der Langstrecken-Schnüffel-Sensoren gelang es dem A-Team die genaue Lage der Lelis zu bestimmen. Aber es gestaltete sich zunächst schwierig an sie heranzukommen. Von allen Seiten war der direkte Zugang versperrt.

Fähnrich Aaron und Fähnrich Aiko mussten sich dann mit den Beißern und Reißern zu den Lelis vorarbeiten. Sobald sie direkten Sichtkontakt hergestellt hatten, beamten sie diese mit Warp-Geschwindigkeit zur Vernichtung in den Beagle-Laderaum. Aber kaum war ein Leli vernichtet, wurden schon wieder neue Lelis geortet.

Nachdem ein Großteil der Lelis vernichtet war, musste Fähnrich Aiko die Mission abbrechen. Sein Beagle-Laderaum war schon vollständig gefüllt. Fähnrich Aaron musste die restlichen Lelis alleine orten und vernichten. Zunächst war unklar, ob er der Aufgabe gewachsen war. Aber er hielt durch. Alleine ortete er das kleinste Leli und beamte es in seinen Laderaum. Nachdem seine Langstrecken-Schnüffel-Sensoren keine weiteren Lelis mehr fanden, kam ihm Fähnrich Aiko noch einmal zu Hilfe. Beide untersuchten noch einmal die ganze Papp-Galaxie. Aber es konnten keine Lelis mehr geortet werden.

Fähnrich Aiko und Fähnrich Aaron

Die Mission war ein voller Erfolg. Alle Lelis waren vernichtet. Die Homezone wurde aber im Laufe der Mission kräftig verchaotisiert. Die Außenhüllen der Papp-Welten waren nicht in der Lage, die Beschädigungen durch die Freilegung der Lelis zu überstehen.

Captain P. musste persönlich die Aufräumarbeiten übernehmen. Das A-Team war mit der Vernichtung der Lelis im Beagle-Laderaum beschäftigt. Die Reste der Papp-Welten wurden dem Recycling-Prozess zugeführt. So verschwand die Papp-Galaxie, so schnell wie sie erschienen war, wieder aus der Homezone.

Clickerbefehle und ihre Folgen

Clicker - Befehl „Aus“

Du meinst also, ich soll ihr mit Clicker beibringen, dass ein Folgen auf „Aus“ den Vorteil hat, dass sie statt eines leckeren Hühnerbeins / Pizzastücks / Törtchenteils / Hundeköttels / Würstelpapiers ein mikkriges, kleines Leckerli kriegt, das sie früher oder später sowieso bekommt?? :-))

Pfote aufs Hinterteil

Lara toucht

Hab' heute mit Lara „Pfote“ geclickert (da muss sie mit der Pfote auf irgendwas draufhauen, wo ist mir egal), normalerweise geht sie zum Napf oder zum Ball - heute saß/stand Beagle Ben gerade direkt vor ihr und ZACK, hatte er die Pfote am Hintern ;-)) Das sah so super lustig aus!!

Clicker-Befehl „Touch“

Bei unseren Clicker-Spielen gibt es auch den Befehl „Touch“ : Dieser bedeutet, mein Beagle muss irgendetwas „anstupsen“ bzw. umwerfen. Entweder ist dies meine Hand zum Anstupsen oder eine leere Plastikflasche zum Umwerfen.

Nun trug es sich zu, dass wir samstagabends ein leckeres Tröpfchen von der Mosel genascht hatten; den Rest in der Flasche stellte ich einfach vor die Schrankwand auf den Teppich um diese am nächsten Tag in die Bar zu stellen.

Just an diesem Sonntagvormittag begannen wir mit ein paar Clickereinheiten. Beim Befehl „Touch“ sah mein Beagle erst kurz meine hingestreckte Rechte an - um sich dann umzudrehen und mit einem kräftigen Stoss meinen geliebten Moselwein auf dem Teppich zu verteilen!

Bobby toucht auch

Und die Moral von der Geschicht'? Was du heute kannst besorgen, das verschiebe nicht auf morgen!

Typisch!!! Beagle...

Ansichten eines Beagles

Einmal erlaubt, ist immer erlaubt.

Ein Beagle ist erst dann ausgewachsen, wenn er nicht mehr durch die Türöffnung passt.

Beagle sollten den BKFME gründen. (Beagles kämpfen für mehr Essen)

Ultimativer Wach-Werde-Tipp (regt den Kreislauf an und sorgt auch sonst für allgemeines Wohlbefinden):

Inhalieren ist Trumpf. Das Inhalationsgerät stellt man dabei direkt vor den Hundekorb. Es hat Form und Erscheinungsbild eines großen Tellers und den Dampf erzeugt ein saftiger Braten.

Die Duftnoten „Kartoffelgratin", „Gans" oder „Currywurst" sollen übrigens ganz hervorragend gegen Herzbeschwerden wirken.

Ein perfekter Beagle braucht eine perfekte Umgebung um ein perfekter Beagle zu sein.

Natürlich ist das Frauchen das „Alphatier", aber nur, weil ich mich mit Pute oder Fleischwurst bestechen lasse.

Wie viel einfacher kann doch das Leben sein, wenn Beagle nicht mehr auf das erste Kommando hört, sondern gar nicht mehr!!

Mülleimer sind ein Garant für eine leckere Zwischenmahlzeit.

Kräuter sind gesund! Ganz speziell: güllebesprühtes Grün - wir lieben es besonders unter den Ohren und auf dem Rücken - und natürlich möglichst frisch.

Also, mein Lieblingsspielzeug, das ich immer kriege, wenn ich allein bleiben muss, ist eine mit Fleischwurstwürfelchen gefüllte Weihnachtsgans. Manchmal auch ein oder zwei Rehrücken, versteckt in fünf Lagen Knochenschinken zum Auspacken. Das ist dann ganz okay.

Borkumer "Beaglewarte"

Erst die Jagd und dann das Sofa.

Bei Regen geh ich nicht raus, ich bin ein Zuckerbeagle.

Natürlich schlafe ich nachts im Bett, wo denn sonst???

Begleithundeprüfung:

Wozu brauchen wir denn schon so einen Wisch, wo drauf steht, dass wir das alles können. Wir wissen doch, dass wir's können! ;-) Wir machen's halt bloß nicht immer.....

Teures Trinkwasser und kostbares Regenwasser muss man nicht durch sinnlose Baderei verseuchen.

Der bequemste Sessel im Wohnzimmer ist selbstverständlich für mich reserviert.

Ein gemütlicher Abend

Von Christa Freiberg

Ich freute mich auf einen gemütlichen Abend. Hatte ich doch die Wohnung für mich alleine, nur den Beagle als Gesellschaft.

Der letzte Spaziergang bei strömendem Regen und Sturm lag hinter uns. Ich trug wieder trockene Klamotten, der Beagle war vom Schlamm befreit und abfrottiert. Da, wo er sich geschüttelt hatte, gaben hunderte von schmutzigen Wasserspritzern dem Dielenschrank ein apartes Muster. (Na ja, der hätte sowieso mal abgewaschen werden müssen.)

Noch schnell dem Beagle frisches Wasser und etwas Trockenfutter hinstellen und dann ab ins Wohnzimmer, wo ein Fläschchen Wein, die Tageszeitung und zwei knusprige Champignonbaguettes auf mich warteten!

Der Beagle hört seine Näpfe scheppern, kommt angerast, schnuppert am Trockenfutter, kräuselt die Lefzen und blickt mich anklagend an. Er hatte Besseres erwartet.

Er schlägt mit der Pfote in den Napf, der Küchenboden füllt sich flächendeckend mit Trockenfutter. Er schlappt etwas Wasser, das anschließend aus seinen Lefzen tropft. Auf den Fliesen bildeten sich kleine Seen, die in Verbindung mit dem Trockenfutter eine fiese Pampe bilden. Ich putze das weg.

Dann ab ins Wohnzimmer! Der Beagle sitzt auf meinem Lieblingsplatz. Unschuld im Blick und Käse an der Schnauze! Der Teller mit den Baguettes ist leer. Esse ich halt nix, bin eh' zu dick.

Ich motze den Beagle wegen des Diebstahls an und scheuche ihn vom Sofa. Widerwillig und tief beleidigt stelzt er auf seine Decke. Ich lege die Füße hoch, trinke einen Schluck Wein und widme mich der Zeitung.

Der Beagle ist nicht mehr beleidigt. Er springt neben mich aufs Sofa. Es ist ja soooo ein geselliges Kerlchen. Keinesfalls will er, dass ich die Zeitung lese. Seine Pfote versucht mir die Zeitung aus den

Händen zu schlagen, fordert Aufmerksamkeit und Streicheleinheiten. Ich mache die tollsten Verrenkungen, um weiterlesen zu können. Nützt nix! Resigniert lasse ich die Zeitung sinken und greife nach dem Weinglas. 16 kg Beagle landen auf meinem Schoß, der Wein landet überall. Ich säubere mich und das Sofa und mache den Fernseher an. Mäßig interessiert folge ich dem Werdegang eines Millionärs bei Herrn Jauch. Dabei kraule ich den Beagle. Irgendwie sind wir beide eingenickt. Ein würgendes Geräusch lässt mich aufschrecken. Der Beagle kotzt die geklauten Baguettes auf den Teppich. Ich hole Essigwasser und entferne die Sauerei.

Snoopy-Snoops

Ein Blick auf die Uhr zeigt Schlafenszeit. Schnell „nachtfein“ gemacht und ab ins Bett. Der Beagle liegt schon drin! Quer und auf dem Rücken. Drei weißbestrumpfte Pfoten zeigen gen Himmel. Er nimmt fast die gesamte Breite des Bettes ein. Ich ziehe an der Decke. Missmutig grummelnd gibt er seine bequeme Lage auf. Knallt sich aufs Kopfkissen. Wird auch da verjagt! Er springt vom Bett, ich hinein!

Nun liegt er vor dem Schrank, er möchte etwas, das darunter liegt. Er scharrt wie wild. Auf dem Parkett erste Kratzer.

Ich erhebe mich und angele das Objekt seiner Begierde unter dem Schrank hervor. Das Quietschebällchen, na toll!!! Mit dem Ding in der Schnauze rast er wie besessen durch die Wohnung, fordert mich mit Blicken auf, ihm zu folgen. Ich gehe wieder ins Bett.

Der Beagle verliert das Interesse am Bällchen und springt auch hoch wieder ins Bett. Er plumpst in die Kuhle, die meine angewinkelten Knie bilden, macht's sich bequem und schläft sofort ein.

Bevor ich das Licht lösche, werfe ich noch einen Blick auf den schlafenden Beagle. Er gibt fiepende Schnarchtöne von sich. Ein Auge öffnet sich und er sieht mich an, die kleine weiße Schwanzspitze zittert ein wenig hin und her. Ich streichele ihm kurz über den Kopf, denn ich habe diese verfressene Nervensäge sehr lieb.

Wassertag

Silvia Hofstetter

Das Thermometer zeigt über 30°C im Schatten. Toll, denkt sich Frauchen. Da kann ich ja mit meinem Amlyn schwimmen gehen. Toll - und wer fragt mich!?!

Amlyn

Am Badesee angekommen, geht das Frauchen mit den Füssen ins Wasser. Das kann ich auch! Mit den Füssen, hab' ich gesagt!!! Aber Frauchen will wohl, dass ich zu ihr komme. Sieht die denn nicht, dass da mein wasserscheues Bäuchlein nass werden könnte?

Toll - ich werde auf den Arm genommen. Leute, ich kann euch sagen, das ist eine super Aussicht hier oben. Frauchen steht jetzt mitten im Wasser und ich werde nicht ein kleines bisschen nass.

Halt!!! Frauchen, nein!!! Nicht ins Wasser setzen!!!

Schnell, schnell zum Ufer schwimmen. Uff, das war was. Aber jetzt bin ich nass. Ich friiieeeere, Hilfe .... zitter, zitter. Ach, da kommt Frauchen mit meinem trockenen Badetuch. Na gut, ich verzeihe dir. Aber jetzt mach mich schnell trocken.

Weil ich so lieb war, darf ich jetzt auf einer großen Wiese toben. Weglaufen tu ich ja nicht. Ach, was für ein Spaß, da riecht es aber gut. Da muss ich mich mal richtig einparfümieren. Den Duft finden Herrchen und Frauchen bestimmt auch super. Die schauen zumindest sehr zufrieden.

Was ist denn jetzt schon wieder los? Warum werde ich nicht gestreichelt? Stinkendes Aas? Was ist denn das?

Ach ja, wir sind wieder zuhause. Warum schleppt denn Herrchen die großen Gießkannen und das grässliche Hundeshampoo zur Wiese? Nein!!! Ich will nicht gebadet werden. Ich war schon im Wasser. Leute, ihr werdet es nicht glauben. Aber immer, wenn ich dachte, es ist vorbei, ging's wieder von vorne los. Ganze drei mal haben mich die zwei gemeinen Amlynquäler gebadet.

Jetzt brauch' ich aber eine Stärkung und Ruhe. Oh - ein Sommerregen setzt ein. Da ist es doch schön zuhause im Trockenen zu sein.

Frauchen, wieso holst du denn die Leine? So, Leute und jetzt wisst ihr, dass ich der Liebste und Bravste bin. Denn bei sooo viel Wasser wie heute hätte sich doch jeder andere Beagle ein neues Frauchen gesucht. Ich habe nämlich viele Fans. Aber so eine treue Seele wie ich nun mal bin...

Diebstahl - oder die intensivste Betrachtung der Welt

Iris Albert

Hallo meine beagligen Kumpel,

mit Sicherheit kennt ihr alle das Gefühl, dass ihr von Herrchen oder Frauchen zuwenig Beachtung bekommt.

Mir ging es auch so, deswegen habe ich gestern dafür gesorgt, dass der Tag ganz nach meinen Vorstellungen verlief. Nach dem Aufstehen ging Frauchen wie immer ins Bad und ließ glücklicherweise ihre Schlafzimmertür offen. Da dieser Ort für mich tabu war, schlüpfte ich gleich mal rein. Das war vielleicht herrlich!!!!

Zuerst habe ich mir meine Sabberschnauze am Kopfkissen abgeputzt (dreckig will ich ja auch nicht rausgehen) und dann entdeckte ich auf dieser kleinen Ablage neben dem Bett was lustig Glitzerndes. Frauchen nannte das Brillantohrring (weiß nicht, was das ist). Nun gut, erst mal runterschlucken.

Frauchen war irgendwie so fassungslos, als sie das dann entdeckte, hat aber nicht geschimpft, sondern nur irgendwas vor sich hingestammelt. Dann überlegte Frauchen sich auch mal ganz tolle Dinge.

Zuerst sind wir zum Tierarzt und haben viele Handschuhe geholt. Irgendwie brauchte Frauchen die für ihr neues Spiel.

gestatten: mein Name ist Chester

Jedes Mal, wenn ich dann rauswollte, also immer, sprang Frauchen dann auf und ging mit mir raus. Und ihr glaubt nicht, was mein Frauchen machte, als ich meinen Haufen gut getarnt hinter einen Busch platziert habe - Sie zog sich die Handschuhe an, stieg hinter mir her und wühlte drin rum! Das war ne Mordsgaudi! Ganz verstanden habe ich nur nicht, wieso sie denn dazu Handschuhe brauchte. Gefunden hat sie bis jetzt noch nichts. Beaglemägen verdauen scheinbar alles.

Bebe hat Langeweile

Alexandra Schwarz

Heute habe ich mal wieder erleben dürfen, wie lustig es ist, einen kreativen Hund zu haben. Bebe und ich spazierten durch die Botanik - war langweilig, wir trafen irgendwie niemanden. So trotteten wir dahin, eher lustlos alle beide.

Da kam mir die Idee: auf dem Rückweg besorgen wir uns was Leckeres zu häppern und entschädigen uns somit. Ich muss dazu sagen, dass Bebe ein Ledergeschirr trug, das wie eine Acht um den Bauch geschlungen wird. Heute mal recht locker, da ich immer Schiss habe, der Rumkugel etwas abzudrücken.

Vor unserem Minimal war dann auch schon ein bildschöner Jack-Beagle-Mix angebunden, der Bebe richtig gefiel. Bebe ihm wohl auch und so wähnte ich meine Zuckerschnute in bester Gesellschaft.

Bebe

Durch den Laden schlendernd bemerkte ich, dass ich mich nicht so recht entscheiden konnte, auf was ich denn überhaupt Appetit hatte. So dauerte es einen Moment, bis ich die Steaks sah, mhhh lecker zum Reinbeißen. Genau, eins für Bebe und eins für mich, englisch natürlich.

Schon war ich ins Gespräch mit unserem Schlachter vertieft und nahm für morgen gleich noch Leber mit.

Oh je, die Zeit....!, Bebe ist bestimmt schon ungeduldig.

Dann noch die Kassenschlange; aber so schlimm kann es mit ja mit Bebe noch nicht sein. Ich hörte kein Gebell. Sonst meldete sie sich ja unmissverständlich, wenn es ihr zu viel wurde.

Da ist bestimmt der Hundekavalier so nett, dachte ich, bis ich hinter mir eine Frauenstimme hörte: „Komm hierher, ps ps ps, feiner Hund, na komm!“

Ich drehte mich gelangweilt um und dachte, komisch, ein Beagle hier im Supermarkt?

Ahhhhhhhhhhhhhhhhhh Bebe, ach du Sch.... , wie kommst du denn hier herein, Oh Gott, oh sorry! Na ja, die Angestellten waren echt supi, was ich von den anderen Kunden nicht behaupten konnte.

Ich griff die grinsende, stinkende Bebe, die mir in die Arme sprang, schmiss die Knete aufs Band, bat die Angestellte, für mich abzuziehen und rannte raus, Bebe auf dem Arm.

Draußen stand einsam der Jack-Mix mit Bebes Leine und Geschirr. Sie hatte sich rückwärts befreit, war erst mal rumgestromert, wovon die klebende Sch.... an ihrem Genick zeugte, die sie vorm Anbinden dort noch nicht hatte und war mir dann in den Laden gefolgt, kreativ oder?

Jedenfalls habe ich nun den ganzen Abend ein Grinsen im Gesicht, danke Bebe, ich liebe dich!!!!!!!!

Ansichten eines Beaglers

Wenn man sich einen Beagle anschaffen möchte, sollte man sich auch gleich Gedanken über die Anschaffung einer abschließbaren Mülltonne und eines ebensolchen Kühlschranks machen.

Komisch, dass Beagles so schön still sein können, wenn sie Blödsinn aushecken.

Sich heimlich in der Speisekammer aufhaltende Beagles werden mit folgendem Kommando verhaftet:

„Das ist unerlaubtes Gelände! Kommen Sie mit erhobener Rute heraus!"

„Ein Garten ist nur hundesicher, wenn ein Beagle schon mal drin war und nicht raus konnte".

Ob unser Beagle vielleicht doch noch andere Tiere in sich vereint (Maulwurf, Sägehai, Esel, Ziege, Dackel, Windhund..... um nur einige zu nennen :-))?

Ist Beagle überhaupt Hund oder eher die Herausforderung deines Weltbildes?

Spruch beim Grillen zur Abwehr verfressener Beagles:

„Du kannst meinetwegen den Tierschutzverein anrufen, ich gebe dir nichts!"

Neben meiner Klingel hing bis vor kurzem ein Schild „Keine Angst vor dem Hund, aber fürchten sie den Besitzer" (ist leider runtergefallen).

Grüße von S. (die wohl eher einen Maulkorb benötigt als unsere Beagles)

Beagletreff auf Borkum

Es gibt zwei Arten von Beaglehaltern. Bei den ersten schläft der Beagle im Bett und bei den zweiten wird es nicht zugegeben!

Wieso habe ich nur noch Einzelsocken und -schuhe, seitdem Emma weiß, wie man gräbt....

Meine Beagles dürfen nicht auf den Esstisch ..;-)

Es gibt nie einfache Lösungen für alles bei Lebewesen. Und das Wort „dominant" wird viel zu häufig benutzt um die Unwissenheit und „Das-nicht-Lernen-wollen" der Halter zu kompensieren.

Wenn du mit Beagles übst, dann gewöhne dir am besten gleich passende Handzeichen an! Meine Meute reagiert, wenn sie kommen soll, eher auf meinen ausgereckten Arm als auf Ruf. Und wenn sie dichter dran sind, reicht ein Griff in die Tasche...dahin, wo die Leckerlis sind.

Und außerdem kommt es gut, wenn man die Hunde mit irgendwelchem Blödsinn ruft, (z.B. Scotty, Drei zum Beamen) und sie angerast kommen.

Und kaum einem Zuschauer fallen die eigentlich wichtigen Körpersignale meinerseits auf.

Erst 1, dann 2, dann 3, dann 4 ...
s´ist Leidenschaft für´s Beagletier.
Ist der Beagle erst im Haus,
geht der Frohsinn niemals aus :-)
Frisst dir die Haare nicht vom Kopf,
doch klaut den Braten aus dem Topf :-)
Ist Schmusebacke stets dabei,
handelt sich´s um Beaglelei.

Mein Tag an der Uni. Von Lara D.

Nastasja Döring

Also, Jungs und Mädels, das muss ich schon sagen - so ein Uni-Alltag ist öd' - zuerst muss sie wieder kräftig verschlafen, dass kaum Zeit für mein Frühstück bleibt - der Ben, mein ganz persönlicher Freund (Anm. Frauli: Ex-Laborbeagle), die alte Schlafmütze darf natürlich noch weiterpennen und dann den ganzen Tag mit dem Arzt-Zweibeiner in die „Or-di-nation" gehen und dort Streicheleinheiten und Leckerli einheimsen. Aber, ich will ja nicht so sein. „Meine" Zweibeinige braucht ja schließlich auch wen und darum geh ich immer mit - kontrollieren, dass ihr auch keiner was tut!!!!!!!!

Also:

Zuerst fahren wir mit dem Ding, dieser kleinen Pappkartonschachtel, die sie liebevoll „Auto" nennt. Da ist es nicht nur kalt und dreckig, der Sitz riecht nach Ben, sondern es liegen auch überall lecker Papierchen, die ich natürlich NICHT ausschlecken darf. Gut dreimal hupen und viermal aufregen später - ich schlaf' derweil eine Runde am Rücksitz - quetscht sie uns in den Parkplatz am Eck, füllt noch schnell einen Parkzettel aus und sagt dann MIR, ich soll nicht so drängeln !!!!! Pah!!!!! Sie hat doch geschrieen beim Fahren !!!!!! - Ihr würdet da auch schnell rauswollen aus diesem Ding !!!! Also gut. Verzeih' ich ihr. Dann heißt's erstmal ausgestiegen, immer diese Drängelei, auf den 100 Metern zur Uni soll man dann sein Geschäftchen verrichten und immer dieses blöde „Lacki mach Lara, Lacki mach" - ich WEISS doch, was ich zu tun habe, aber würde SIE einfach so irgendwo hinpinkeln???? Eben!!!!!!!!!

Studentin Lara

In die Aula geh ich ganz gerne, da geht's nämlich gleich rechts zum Buffet, wo ich immer Würstchen kriege - allerdings gibt's die erst zu Mittag, deshalb geh ich ausnahmsweise mit ihr zum Lift und fahr mit ihr in den zweiten Stock.

Maaaaaaaannnnn, ich sag euch, da ist es öd': ENTWEDER, ich muss am BODEN liegen, vorne quatscht die ganze Zeit einer, (und keiner kann mir sagen, dass das hier irgendwen interessiert: die GÄHNEN doch die ganze Zeit, so was von unterwürfig, alle!!!!!!!) - um mein Frauli zu beschützen, spring ich ihr dann auf den Schoß und leg meinen Kopf schützend auf ihre rechte Hand (die mit dem Stift). Nach so gut einer Stunde schläft ihr dann angeblich die Hand ein und ich muss wieder unter den Tisch.

Macht aber nix, Freunde, deeeeeeeeeeennnnnn, der, der VOR meinem Frauli sitzt, der hat immer SCHINKENBROT!!!!!!! ohhhhhhh Freunde!!!!!! Schwupps, den Reißverschluss aufgezogen und rapp zapp ab - ab ist die Folie und SCHWUPP hab' ich das Brot eingesaugt!!! Und keiner hat gar nichts gemerkt!!!!!!! (nur beim Rausgehen schimpft sie so komisch, sagt was von „Schweinehund" und entschuldigt sich dauernd - dabei hat er das EXTRA FÜR MICH gemacht!!!!! Wer legt sonst ein BROT auf den BODEN??????) Eben, Freunde, eben.

Die andere Möglichkeit sind die Werkstätten, Freunde. Puuuuuuhhhh, sind die langweilig!!!! In der Keramik wird man ganz staubig, in der Holzwerkstatt ist es so laut, (dafür darf ich dort immer Holz fressen - bin als Schredder angestellt, irgendetwas muss man ja tun) und in der Malerei erst, ooohhhh, das stinkt!!!!! Und dann wollen sie immer MOD-ELLE.... als ob ich je ein MOD-EL war!!!!! Nicht bewegen, Lara, heißt es und ohhhhh, ist die Lara lieb, heißt es. Und? Krieg ich dafür IRGENDWAS???? Eben, Freunde, eben, eben. Die Schiffer macht das ja auch nicht umsonst.

Vor dem Heimweg müssen wir dann immer noch auf die Toilette, das ist meinem Frauli ganz wichtig, da wird die immer richtig hektisch, aber weil das dort so stinkt, bleib ich lieber im vor der Türe ....und leg mich einfach auf den Rücken. Macht nix Frauli, ich wart' hier!!!!!

Fünf Minuten später tobt sie, sagt was von: lieber Hund und Leckerli und zerrt mich in die stinkende Ecke. Ich bitte euch!!!! Bin ich ein Schwein? Nein! Ich bin ein EDELBEAGLE!!!!!!!! Damit ich ihr nicht zuschauen muss, zupf ich verschämt am Klopapier, aber das will

sie ja auch nicht haben. Und auf dem Weg raus, was machen wir da? Richtig, Freunde, GUUUUUT aufgepasst, wir müssen wieder durch die Aula und gehen am BUFFET vorbei... aber glaubt ihr Freunde, die geht da rein???? Ha?????
KLAR, geht die rein. Ich zieh' ja schließlich. Hab' mich auf den Rücken geworfen, hab angefangen, laut zu fiepen, hab' sogar den Portier alarmiert. Drum geht die dann doch mit mir rein, schnell ein Würstchen abgestaubt und zack bum, müssen wir nach Hause (in der alten Klapperkiste, richtig erraten, sehr gut, sehr gut aufgepasst!!!!!!!!)

Besonders schlimm wird es allerdings dann, wenn man nach VIER FÜNF Stunden Zusammennehmen, NUR ein bisschen Brot gestohlen, KAUM ein wenig Holz geknabbert hat und die Würstchen waren AUS und was macht sie??????? Genau Freunde: DAS macht sie !!!! Sie fährt am Heimweg zum Supermarkt... nicht nur, dass ich STUNDENLANG am Boden liegen musste, dass ich STAUB und KALK einatmen musste, dass ich als Schredder SCHWERARBEIT leiste - nein, sie sperrt mich ins kalte Auto !!!!!!! (zugegeben nur ganz kurz, aber immerhin Leute, immerhin: gute Fraulis schaun anders aus !).

Zu Haus spring ich dafür dann in ihr Bett. Mach' einen Pfotenabdruck aufs Laken (ist ja schließlich auch MEIN Bett), knabber' ein bisschen am Teppich herum und warte einfach auf meinen BEN. Der weiß wenigstens, was Beagles brauchen: Streicheleinheiten und Leckerli, Freunde. Sagt das euren Fraulis auch!!!!!!!

Liebe Grüße, Eure Lara.

Morgenmuffel

Claus Seffer u. Tanja Niehoff

Hallo Tanja,

Bella ist ja ein Frühaufsteher (grummel), selbst sonntags kennt sie kein Erbarmen mit mir, zwischen 6 und 7 will sie raus. Merkwürdig ist aber ihr Aufstehritual... jeden Morgen...

Phase 1:

Bella wacht auf und leckt sich ergiebig, laut und lange die Vorderpfoten.

Phase 2:

Sie steht auf und streckt sich, meistens verbunden mit einem „Uuuaaaah" - klingenden Laut. Erst einmal durchstrecken, dann die Hinterpfoten noch mal einzeln - Ohrenschütteln.

Phase 3:

Schubbertime..... sie schubbert sich an Stühlen, Tischbeinen, Sofas, Türen oder auf dem Boden den Rücken bzw. erst die Schultern, dann das Heck. Dabei gibt sie eine Art „Schweinegrunzen" von sich. Noch mal kräftig schütteln.

Phase 4:

sie kommt zu meinem Bett, schaut... wie, noch nicht draußen?...... etwas schubbern, etwas jammern.... nun mach schon... sie legt sich vor mein Bett und wartet. Je länger es dauert, je lauter wird das Gejammere.

Phase 5:

Während ich mich anziehe, sollte ich noch ihren Rücken kratzen, die Stellen, wo frau selbst nicht drankommt. Allerdings möglichst schnell und noch schneller anziehen.... nun mach schon...

Stehe ich nicht auf, werde ich in Phase 5 mit ein, zwei empörten „Wuffs" zur Ordnung gerufen.

Bella

Nun schnell raus, beeil dich... denn, wenn wir wieder drinnen sind, gibt es FUTTER!

Danach legt frau sich wieder hin und ich freue mich, dass die Brötchenverkäuferin eventuell schon um 7.30 Uhr aufmacht (am Sonntag) und falls es 6.30 Uhr ist, krabbel ich auch wieder in mein Bett - ohne Futter.

viele Grüße
Claus und Bella

Hallo Claus,

dazu sage ich nur- OH, MEIN GOTT!!!! So etwas ist unvorstellbar bei uns: Ich schreib dir mal unser Aufstehritual - besonders innerhalb der Woche, wenn wir beide arbeiten müssen:

1. Der Wecker klingelt, einmal, zweimal, dreimal (Jörg hat die Angewohnheit, ihn noch „einmal" weiterzustellen um noch etwas dösen zu können und ich musste diese Unart übernehmen, ansonsten wäre ich jeden Morgen eine halbe Stunde früher wach...) STANLEY STÖHNT, wenn überhaupt.

2. Wir machen uns badfertig- STANLEY STÖHNT, VERSTECKT SICH WEITER IN KORB ODER BETT UNTER DER DECKE. Hofft wohl, dadurch unsichtbar für uns zu sein.

3. Jacke anziehen, BEVOR man Stanley ruft, ganz wichtig. Ab jetzt folgt mindestens 5 mal entnervtes „STANLEY, KOMM, SPAZIEREN" und Geklimpere mit seinem Geschirr. DER BEAGLE

STÖHNT LAUTER, VERSUCHT, SICH WEITER ZU VERKRIECHEN.

4. Der Beagle ahnt, dass er dem Graus des Morgenspaziergangs nicht entkommen wird, schaut mal unter der Decke hervor, wenn er sich bequemt, aufzustehen, reckt und streckt er sich, gähnt und macht Diener.

5. LANGSAM; LANGSAM schleicht der Beagle in den Flur, Geschirr anziehen und jetzt den Beagle NICHT aus den Augen verlieren. Tut man dies, weil man zum Beispiel die Jacke noch anziehen muss, dann beginnt man ab jetzt bei Punkt 3!

6. Schon mal spähen, was für ein Wetter draußen ist. Nieselt es, dann muss der Beagle an die Leine, bei Dauerregen erst recht; ansonsten tätigt er KEINEN Schritt aus der Tür und parkt sich auf dem Spaziergang unter stehenden Autos, Tannen oder Balkonen.... Er ist auch schon mal umgedreht und nach Hause gelaufen.......

7. So, und das Ganze stelle man sich bitte mal vor, wenn man selber am liebsten im Bett liegen bleiben möchte, uähhhhhh.

8. Und da war dann noch die Besitzerin, die eines Samstag morgens bewaffnet mit einer Fleischwurstscheibe VOR dem Bett lag und mit Hilfe der Fleischwurstscheibe den DARUNTERLIEGENDEN Beagle um 8 Uhr zum Spaziergang überreden wollte - während Herrchen noch im Bett lag und friedlich weiterschlief, was der Beagle auch bevorzugte. Durfte er dann auch, nachdem die Fleischwurst ihn NICHT überzeugen konnte, sich von seinem Lager zu erheben.....

ABER dafür meldet Stanley sich am Wochenende NICHT und schläft genauso lange wie wir, vorausgesetzt, man hat abends um 10 oder 11 noch einen kleinen Gang

Stanley

gemacht.

Ich werde kommenden Sonntag an
dich denken, Claus!

Viele Grüße, Tanja und Stanley

P.S.: Schätze, Stanley hatte einfach keine andere Chance zum Überleben in der „2 Mann WG“ früher bei Jörg und hat sich sicherheitshalber angepasst!!!!!!

Badetag

Inge Plum und Barbara Nowak

Schöner Tag heute, kalt und Sonne pur. Man tut den Hundis was Gutes, denkt man, fährt in den Wald.

Was macht Charly, dieses Schwein im Beaglepelz, er wälzt sich in den sehr weichen übel riechenden Hinterlassenschaften eines anderen Hundes. Zunächst mein letztes Tempo geopfert, Hände haben was abgekriegt, im Gras geputzt, Restspaziergang mit triefender Nase, weil Taschentuch zweckentfremdet.

Nach der Rückfahrt: Auto stinkt auch. Zu Hause: Hund feucht abgewischt, stinkt weiter, noch mal sehr nass bearbeitet, na ja, es geht so.

Eben kommt eine Bekannte, ist kaum im Wohnzimmer und fragt, welcher der Hunde stinkt so widerlich. Jetzt ist mein Mitleid mit dem Schweinebeagle am Ende, die Badewanne ruft.

Für alle zukünftigen Beaglebesitzer, die nicht wissen, wie man den Freitagabend verbringt:

Laborbeagle Charly

Man stellt einen Beagle in die Badewanne, macht ihn nass, bemerkt, dass man zwei Schritte von der Wanne weg muss, um das vergessene Shampoo zu holen. Beagle springt aus der Wanne, schüttelt sich kräftig.

O.k., das Bad muss eh mal wieder geputzt werden, kann mich gar nicht mehr erinnern, wann ich da zuletzt sauber gemacht habe, muss irgendwann heute Vormittag gewesen sein.

Wer sich so seine Wochenendabende vorstellt, sollte sich gleich drei von der Sorte anschaffen.

Nasse Grüße

Inge & Charly (ich hab eben noch so gut geduftet, jetzt stinke ich

nach Shampoo - igitt)

Bella "landfein"

Hallo Inge,

ich soll Dir von Bella bestellen, dass Du keine Ahnung hast. Es ist Freitagabend - Wochenende - was macht da ein Beagle, der was auf sich hält? Er parfümiert sich, um die Mädels zu beeindrucken! Und Du bist so grausam und wäschst ihn ;-).

Viele Grüße von Babsi & Bella

Am Kaminofen

Glück geht durch den Magen……

Asta berichtet: Wozu mich der Hunger einmal trieb:

Christina Sondermann

Es war an einem Sonntag. Meine Leute waren mal kurz außer Haus, ich alleine im Wohnzimmer. Hungrig natürlich. Sie waren einfach weggegangen, OHNE mir einen Sack Futter da zu lassen. Dabei hatte ich nach dem Frühstück noch keine Zwischenmahlzeit bekommen. War klar, dass da Selbsthilfe angesagt war.

Die Tür zwischen Wohnzimmer und Küche war auf. In der Küche der kleine runde Vorratsschrank meiner Leute (ich glaube, die nennen das auch „Mülleimer") - bis oben hin gefüllt mit guten Dingen. (Die Menschen sind ja ganz praktisch: Sie trennen die nicht-essbaren Dinge wie Papier und Plastik von den leckeren organischen Überbleibseln.)

Bloß gut, dass ich mich daran bedienen konnte, so habe ich die Stunde Alleinbleiben überlebt. Nach dem Essen habe ich dann noch Küche und Wohnzimmer nett dekoriert.

Ob Kong oder Mülleimer: Hauptsache der Inhalt schmeckt.

Für Christina stellte sich das dann hinterher folgendermaßen da. Sie kam zurück, öffnete die Wohnzimmertür und fand dort auf dem Teppich eine appetitliche Anhäufung leckerer Dinge vor. (Sie erzählt immer „Eine Müllspur zog sich vom Wohnzimmer bis in die Küche!!!"). Sie brauchte nur der Spur zu folgen, ich hatte sie extra immer breiter werden lassen, sah richtig gut aus auf dem Teppich, auch ganz lustig bunt, mit Obstschalen, Kaffeeprütt, Eierschalen,... In der Küche hatte ich flächendeckend angerichtet. Mittendrin lag der leere Mülleimer auf dem Boden. Jeder Beagle wäre begeistert gewesen! Also, Menschen sind manchmal schon etwas komisch. Ich lag satt in meinem Körbchen und hätte Christina gern noch was abgegeben.

Sie hat dann auch alles ganz schnell eingesammelt - aber nichts gegessen. Kann man sich so was vorstellen?

Seitdem ist der kleine runde Vorratsschrank nicht mehr öffentlich zugänglich - oder die Küchentür ist zu, wenn ich alleine bleibe. Ich bin trotzdem noch als Küchenhilfe tätig. Jedes Mal, wenn die Spülmaschine eingeräumt wird, stürze ich herbei und versuche, halb hinein zu steigen und das schmutzige Geschirr abzulecken - aber richtig zu schätzen weiß das keiner...

Ein Rätsel

Rita Schiranski

250 g Butter, 200 g Zucker, 4 Eier, 3 TL Backpulver, 200 g Mehl, 2 zerdrückte, in Butter gedünstete Bananen, 4 EL Rum, 1 EL Arrak,

alles gut verrührt und obendrauf 200 g gemahlene Haselnüsse, davon ziehe man etwa 50g Staub-Haselnüsse ab

Was ist das???

Man könnte doch meinen, vielleicht so 'ne Art Backrezept, oder?

Richtig! Steht aber gar nicht drauf, bei wieviel Grad backen...

Charly meint, das sei auch gar nicht nötig! Schmeckt auch roh ganz gut!

Ja, ich Schussel, bereite Teig manchmal vor und stelle ihn dann zum kurzen Ruhen in den Backofen, damit Charly nicht drangeht. Das funktioniert immer, seit über 3 Jahren - wenn - ja wenn- ich dann auch die Backofentür richtig zumache.

Ja, lacht ruhig, ich weiß nicht, warum, aber gestern Abend hab' ich das wohl nicht so ganz richtig gemacht. Und noch schlimmer, ich habe nicht gemerkt, dass Charly das gemerkt hat.

Der hat den ganzen Glibberteig - bis auf etwas von den Haselnüssen - weggeputzt. Er war auch ganz still in seiner Kiste, als ich in die Küche kam.

Ich hab mit ´ner Riesenkotzattacke - spätestens heute - gerechnet, weil - der sah aus ;-) Ich wusste gar nicht, dass Backpulver auch ohne Backen so aufgeht.

Boah, und Sturm war hier drinne - ich kann euch sagen - diese Nüsse! Ich glaube, sogar die Gardinen haben gewackelt :-) Und dann hat es auch noch bei jeder Böe getropft! War echt ein „Dufte-Geschenk“, aber gekotzt hat

Charly hilft beim Backen

er nicht.

Wir waren schon ein paar mal draußen, nur ganz langsam, - so hat er noch nie ausgesehen - fast wie Two-in-One! Aber ich glaube, jetzt ist fast alles raus. Sah fast aus wie frisch gemixt. Aber das Lösen ging schnell, er hat heut' gar nicht lange überlegt, jeder Grashalm war ihm recht.

Hab' hier schon alle Spuren beseitigt und hoffe, dass jetzt nicht noch so eine Sturmentleerung kommt ;-(- am besten noch, wenn Besuch da ist....)

Ach so: wer es schafft, den Teig bei ca. 175 Grad etwa 55 bis 65 Minuten zu backen, bevor der Beagle kosten konnte, hat einen leckeren Kuchen zum Nachmittagskaffee, der auch den Zweibeinern schmeckt :-)

Weingummi

Sandra Meier und Alexandra Schwarz

Ja, wie passt das denn? Mag einer eurer Beagles Weingummi?

Da ich mal wieder (wie auch die restlichen 364 Tage im Jahr) auf Diät bin, darf ich keine Schokolade zu mir nehmen und bin insofern auf Weingummi ausgewichen um meine Gelüste zu befriedigen. (Die, die mich schokoladefressend vom Laborbeagletreffen kennen, mögen sich nun bitte vor Lachen die Bäuche halten.)

Gestern bot ich Lisa (meiner Mama ihr Beagle) ein Stückchen Weingummi an. Natürlich - wie erwartet - ein verächtliches „Pft... bäh..., is' ja eklig!“ aus Lisas Mund. Intuitiv bot ich Emma mal nichts davon an, getreu dem Motto: Wie der Herr....

Unglücklicherweise ließ ich das köstliche Schokoladenersatzpaket auf dem Couchtisch liegen und ging (wie konnte ich nur?) den Müll runterbringen. In der Regel kommt Emma hinterher, denn an den Mülltonnen könnte ja eine herrenlose Sachertorte rumliegen, die man sich noch mal eben als Snack genehmigen könnte. Ich entsorge das erste meiner diversen Mülltütchen (ja, ja - ich trenne) und kein Beagle neben, hinter oder vor mir. Auch nicht in der Tonne. Hmmm... vorbildlich, denke ich mir.

Plötzlich bricht mir der Schweiß aus. In kleinen Rinnsalen läuft er die Stirn hinab, während ich in bester Bruce-Willis-Manier die Tüten brutal (und ungetrennt) in die gelbe Tonne werfe, zwei Passanten zur Seite stoße und im Rennen meinen Schlüssel aus der Hosentasche grabe, den ich gar nicht brauche, denn die Haustüre steht offen (aber in der Panik, wer denkt denn an so ein Detail...).

Bitte, die ganze Szene aufgrund der Dramatik in Slow-Motion vorstellen: Ich hechte die Treppen hoch, schmeiße mich mit der Schulter voran gegen die Wohnungstüre und kann gerade noch den Weg des letzten Gummibärchens in

Emma: wo sind meine Weingummis?

das Maul des Beagles verfolgen.

Geschwächt breche ich zusammen - vor Lachen. Habt ihr schon mal einen Beagle Weingummi essen sehen??? Ich weiß, es ist ungesund, aber bitte: EINMAL ausprobieren - das ist die Lizenz zum Totlachen!!

So, dann wünsche ich Euch mal einen schönen Tag und verbleibe mit der Sehnsucht nach Schokolade und einer gemeinen Waage...

Viele Grüße
Sandra

Huhu Sandra,

Definitiv JA! Und es ist eine Gaudi, wenn sie es stibitzen, dabei bin ich aber fast gestorben, weil wie verträgt Hundemagen Gummibärchen? GUT, sehr gut!

Ich nasch immer gern vorm Einschlafen, und irgendwann fiel die Tüte wohl durch die Ritze, na, und die Beagles...........????????

Bebe, Evita, und Thorni

Ich stand vor einem Rätsel, als ich morgens aus der Dusche kam, was zur Hölle schmatzt da unter meinem Bett? Bück, aha, beruhigt, die Beagles, hä was wo die Beagles, was gibt es unter dem Bett? Kommt ihr mal her, neeee natürlich nich'.................!!! Schade dattse keinen Vogel zeigen können.

Hm, schmeiß drauf und aste die Matratze hoch, schitte sauschwer. Scheuch scheuch, alle Autorität aufbietend, kamen se endlich unter dem Bett vor, und ich fischte die leere Tüte. Bautz die Matratze fällt wieder in Ausgangsposition, staub, huch bin ich ne Drecksau, hüst, hüst, na, wenigstens ist es unter dem Bett jetzt sauber, denn die Beagles haben schon bäuchlings krabbelnd gefegt. Danach wurde stundenlang mit dicker Wampe geschlafen, ich hatte immer einen skeptischen Blick und das Telefon in der Nähe.

Oh Mann/Frau, der Beagle und Du lernst dazu, fast täglich, watt war der Rest doch langweilig, Frage: ist Beagle überhaupt Hund oder eher die Herausforderung Deines Weltbildes? Na ja, deswegen sind wir ja Beagler und keine Hundehalter...

Viele Grüße Alex

Pausensnack

Rita Schiranski

Jetzt wird es Zeit für ein Gedicht,
mein Hund hat wieder was erwischt.

Ab in den Busch, als wenn er mal müsste,
als ob ich das auch nicht besser wüsste!

Er hat mich getäuscht - hat oft sich gedreht,
und als ich es merkte - da war´s schon zu spät.

Doch heute - und das ist enorm,
war er bedacht auf seine Form.

Denn heut´zutag´ weiß jeder Hund
Obst zu essen ist gesund.
Auch Cerialien machen Sinn,
man weiß, da ist viel Gutes drin.

Drum gönnt sich auch der schlaue Beagle
schon mal ´nen leck'ren Müsliriegel.

Und weil der Beagle teilen kann
bringt er´s Papier dem Frauchen dann.

Nur so kann diese gleich auch lesen,
dass diese Malzeit gut gewesen.

Charly Porträt

Und die Moral von der Geschicht,
Trau Beaglechen beim Kacken nicht!

Ein Beagle feiert den Heiligen Abend

aufgeschrieben von Christa Freiberg

Also, liebe Mitbeagles, diese Geschichte hat sich einige Monate nach meiner Adoption abgespielt, als ich aus der Labornummer 800865 zu Snoopy, auch genannt Snoops, wurde. Es war der 24. Dezember, den meine Leute den „Heiligen Abend“ nennen.

Bepackt mit Paketen und Päckchen fuhren wir zu Frauchens Schwester. Unterwegs herrschte übelstes Regenwetter, gepaart mit Kälte und Sturm. Ein Wetter, bei dem ich mich gewöhnlich weigere, vor die Tür zu gehen.

Frauchens Schwester hat keine eigenen Haustiere, ist aber vernarrt in Hunde, besonders natürlich in mich. Jedes Mal, wenn ich komme, hat sie eine besondere Überraschung für mich. Aber dieses Mal hatte sie sich selbst übertroffen!!! Ich raste ins Haus, und da sah ich IHN !!!! Sie hatte mir doch tatsächlich einen eigenen Baum ins Zimmer gestellt!!! Welche Freude, kein Spaziergang bei diesem Mistwetter!!

Ach, wie der Baum duftete, als hätte sie den ganzen Wald ins Zimmer geholt. Zwar hing allerlei überflüssiger Kram am Baum, (jedenfalls war nichts fressbar) und darunter lagen viele Pakete. Das verstand ich nicht, aber Menschen sind halt manchmal komisch. Sofort begann ich, den Baum rundherum zu markieren, traf auch ein paar Päckchen und bepinkelte noch ausgiebig das Kaminholz.

Nun nahm ich mir die Pakete vor. Aus einem duftete es besonders gut. Ich zerfetzte das Papier und erbeutete einen Schwarzwälder Schinken. Den habe ich erst mal unter den Seidenkissen auf dem Sofa versteckt. Den Räucherlachs und die Forellenfilets fraß ich vorsichtshalber sofort, schob einen halben Christstollen nach und packte noch einige Dominosteine, Spritzkuchen und Kekse obendrauf.

Als wirklich nichts mehr in mich reinging, nahm ich mir die anderen Pakete vor, (nur nicht die bepinkelten, die stanken mir zu sehr). Ich zerfetzte das Papier, schredderte die Kartons und verstreute den Inhalt im ganzen Zimmer.

Snoopy-Snoops

Irgendwie muss mein Fehlen dann aufgefallen sein. Plötzlich stand Frauchen in der Tür des „Weihnachtszimmers" und stieß einen gellenden Schrei aus. Alle anderen kamen und brüllten auch. „Sauhund, Höllenbrut, Fresssack, Mistköter" und ähnliche Worte donnerten an meine Schlappohren. „Das ist ein Weihnachtsbaum, den pinkelt man nicht an." „Du hast Uromas Präsentkorb fürs Seniorenheim fast leergefressen!!!"

Erschreckt schaute ich auf das Chaos, das ich angerichtet hatte!! Na ja, richtig böse war eigentlich niemand. Ich war auch langsam müde, rollte mich auf meiner Decke zusammen und schlief.

Meine Strafe bekam ich aber trotzdem. All' die Köstlichkeiten, die ich zu mir genommen hatte, wollten wieder raus aus mir und zwar vorne und hinten. Das hieß, vor die Tür bei Mistwetter!!!

Meine Geschenke habe ich dann erst am nächsten Tag ausgepackt.

Gewichtsreduktion a la Quinto

Beate Schinck

Liebe Beagles und Nichtbeagles!

Da man mir am letzten Sonntag auf dem herrlichen Beaglespaziergang eine etwas zu auffällige Körperfülle bescheinigt hatte, brach für mich am Montag eine harte Woche an. Mein liebes Frauchen hat mich meiner Meinung nach völlig überflüssig auf Diät gesetzt. Die ganze Woche gab es so einen blöden Reispamps, und die Mengen waren auch für den hohlen Zahn. Deshalb hing mir gestern der Magen dermaßen in den Kniekehlen, dass ich meinen Diätplan eigenmächtig geringfügig abändern musste. Leider ist mir das nicht so unbedingt gut bekommen, deshalb kann ich es nicht so ohne weiteres zur Nachahmung empfehlen.

Also, zuerst habe ich mir am späten Nachmittag ein ganzes Stück Butter reingepfiffen, das da so ganz mutterseelenalleine auf dem Küchentresen lag. Dann sollte unser jüngster Zweibeiner, der Felix, noch gegen Abend die Meerschweinchen sauber machen. Da er dazu wenig Lust hatte, dauerte das etwas länger als sonst. Diese Zeit habe ich dahingehend genutzt, um mir 'ne gehörige Portion gut durchweichten Meerschweinchenmist reinzumampfen.

Hat keiner gemerkt, wogegen der Butterdiebstahl so einigen Ärger nach sich zog. Gegen 20.00 Uhr wurde es mir dann leider schlecht, was erst nicht so sehr großes Mitleid erregte, weil ja noch der Butterdiebstahl in der Luft hing.

Mein Zustand verschlechterte sich aber zusehends, und langsam war auch Frauchen nicht mehr wegen der blöden Butter sauer, sondern machte sich ernsthaft Sorgen. Gegen Mitternacht war ich nur noch am Zittern und Röcheln, habe Schaum und Schleim gespuckt und ehrlich, ich dachte selbst, mein letztes Stündlein hätte geschlagen.

Mir wurde dann mit so einer komischen Spritze Tee eingeflößt, hatte mein Frauchen auch hier bei den Beaglefreunden gelernt, genau wie die blöde Reisdiät. Es wurde aber nicht besser. Gegen 3.00 Uhr kam unser Herrchen von der Weihnachtsfeier nach Hause und fand ein völlig aufgelöstes Frauchen und einen röchelnden Beagle vor. Beide konnten sich nicht erklären, wieso es einem von einem Stück Butter sooo schlecht gehen kann. Von dem leckeren Mist wussten sie ja nichts.

Quinto

Ich durfte die ganze Nacht in meinem Körbchen neben Frauchens Bett vor mich hinleiden, und Barny durfte ausnahmsweise auch in seinem Thronsessel mit im Schlafzimmer nächtigen. Sonst müssen wir ja immer in der Küche pennen. Frauchen hat die ganze Nacht mein Pfötchen gehalten und mich sauber geputzt. Gegen 6.00 Uhr sind wir dann eingeschlafen, das heißt, ich nur kurz, denn mein Frauchen hat mich plötzlich gerüttelt, weil ich wohl nicht mehr röchelte und sie schon dachte ich....

Na ja, irgendwann konnte sie wohl auch nicht mehr und wir haben dann alle gepennt. Gegen 10.00 Uhr kam dann die wahre Rezeptur meiner Diät zum Vorschein, ich hab mir, ehrlich gesagt, die Seele aus dem Leib gekotzt. Ungläubig hat mein Frauchen auf diese unappetitliche Masse geschaut. Bis sie geschnallt hatte, um was es sich handelte, das hat gedauert, kann ich euch sagen.

Dann ging es mir aber zusehends besser. Der dann doch noch kontaktierte Tierarzt meinte, dass mir der Mist wie ein Stein im Magen gelegen hätte und der Meerschweinchenurin auch nicht unbedingt zu empfehlen wäre.

Dem kann ich mich nur anschließen. Durch dieses ganze Theater habe ich aber über Nacht ein ganzes Kilo abgenommen, so war die Quälerei wenigstens nicht völlig umsonst. Allerdings sieht mein Frauchen heute aus wie durch den Wolf gedreht und in Anbetracht der massiven Nebenwirkungen werde ich diese Diätergänzung nicht wieder durchführen.

Gaaanz groooßes Beagleehrenwort!
Euer Quinto

Sauerkraut

Christina Sondermann

Hier ist mal wieder Asta.

Nun, mein Frauchen behauptet immer, ich sei verfressen und sammle alles auf. Stimmt aber nicht. Ich bekomme nur einfach zu wenig zu essen. Aber ich will nicht abschweifen. Irgendein Mensch aus der Nachbarschaft, der es gut mit uns Hunden meint und sich immer Ärger mit unseren Menschen verschafft, indem er die Knochen und sonstigen Reste seines Sonntagsbratens an den Wegesrand legt, hatte mal wieder Geflügelknochen verstreut. Superlecker.

Bloß komisch, dass bei dieser Art von Mahlzeit danach ein Tierarztbesuch ansteht, mit Spritze und Brechen. Die Tierärztin meint, Geflügelknochen können uns umbringen, weil sie so spitz sind. Und Christina sagt immer, für das Geld, was uns ein gefressener Geflügelknochen kostet, könnten wir uns zwei Dutzend Hähnchen leisten. (Und ich sage immer: Hätte sie vorher nur halb so viel in genügend Futter investiert, dann hätte ich solche Sammelaktionen gar nicht nötig!)

Nun ja, eine Aktion dieser Art hatte ich schon hinter mir... das war aber nicht so toll. Bis dann dieser Sonntag kam, nach dem ich mir vornahm, künftig noch gezielter nach solchen Knochen Ausschau zu halten.

Und das war so: Wir gingen also spazieren, ich mit der Nase am Boden, immer auf der Suche...

Und da lag er: der Hähnchenknochen. Was für eine Leckerei! Ich stürz' mich gleich drauf, und was ein echter Beagle ist, der ist schnell! Während Christina herbeieilte und mich anfeuerte (die Menschen rufen dann „aus...aus!!!“), würgte ich in Windeseile den Knochen herunter.

Es war Sonntag und unsere persönliche Tierärztin hatte gerade mal keinen Notdienst, was für ein Glück. Die Tierärztin aus dem Nachbarort war über Handy irgendwo auf einem Volksfest zu erreichen und während im Hintergrund die Blasmusik spielte, sagte die Tierärztin dazu nur „Sauerkraut - und zwar viel". Was hieß, dass Sauerkraut sich hervorragend dazu eignet, Fremdkörper im Darm zu umschlingen und auf einfache Art und Weise wieder nach draußen zu befördern.

Während mein Herzchen vor Aufregung schon klopfte, zerbrach sich Christina über zwei Dinge den Kopf:

1. Woher an einem Sonntag Sauerkraut bekommen und
2. WIE UM HIMMELS WILLEN EINEM HUND SAUER KRAUT EINFLÖSSEN???

Eines kann ich euch sagen: Frage 1 war das größere Problem.

Was sich wohl die Tankstellenbesitzer der Umgebung gedacht haben, als eine Anruferin fragte, ob sie denn auch Sauerkraut in ihrem Sortiment..........??? Hatten sie nicht. Aber eine nette Nachbarin, die hatte!

Und dann standen wir da: ein Pfund Sauerkraut, mein Napf und ich - mit glänzenden Augen. Und Christina: noch zweifelnd. Wie um Himmelswillen einem Hund....??? Na, bloß gut, dass ich kein Hund, sondern ein Beagle bin.

Und dann ging es los: Die erste Portion wurde abgefüllt, der Napf vorsichtig auf den Boden gesetzt und ich: DRAUF! FRESSEN! Es dauerte keine zwei Minuten und der Riesennapf voll Sauerkraut war leer! Und Christina: verblüfft. Hat gleich die nächste Portion eingefüllt. Und dann durfte ich etwas tun, was mir seitdem nie wieder gegönnt wurde: Fressen, bis NICHTS mehr reinpasste.

Fast das ganze Pfund habe ich geschafft, wenn ich nicht kurz vorher freiwillig aufgegeben hätte. War das ein Fest! Ich glaube, diesen schönen Tag werde ich mein Leben lang nicht mehr vergessen!

Übrigens habe ich natürlich alles gut überstanden. Das Sauerkraut ist mir prima bekommen, auch wenn Christina behauptet, dass die Nacht danach mit mir im Raum recht geruchsintensiv gewesen sei.

Und deswegen mein Rat an euch, liebe Beagles: Sucht

Hühnerknochen, esst sie demonstrativ vor den Augen eurer Besitzer und dann lasst euch Sauerkraut... AUA, hier hat mir grad' Christina auf die Pfoten gehauen, ich soll mich jetzt brav verabschieden und widerrufen, was ich gesagt habe.

Ähm, ich verabschiede mich dann mal für heute und wünsche euch allen guten Hunger ;-)

Ob Sauerkraut oder Hundefutter: in meinem Magen ist für alles Platz

Der Sauberkeitsfanatiker

Rita Schiranski

Charly: zu zweit schläft es sich besser

Kein Bröseln und kein Kleckern,
Da kann frau nicht meckern.
Den Napf, den leckt er blank,
Und auch den Küchenschrank.
Auch seinen Teppich leckt er rein,
Es muss doch alles sauber sein.
Danach geht er dann untern Tisch,
Zu fegen brauche ich da nich'.
Und ist die Küche dann steril,
Ist er noch lange nicht am Ziel.
Denn leck're Krümel und noch mehr,
Findet in der Stube er.
Die tollsten Sachen aber sind
Im Zimmer oben, von dem Kind.
Und erst, wenn dieses Werk vollbracht,
Dann wird die Schnauze rein gemacht.
Dazu ist ein Frauchen gut,
Wenn sie mit Beagle schmusen tut.
Ganz geschickt so räkelt er,
Sein Schnäuzchen dabei hin und her.
Das tut er gern auf Frauchens Bauch
Und am Pullover sieht man's auch!

Die Geschichte von... Moby Dick... oder: Der „weiße Hai" hat vier dicke Beine... oder einfach: Chester

Diana Zeller

Chester und Lucie haben einen Freund: Bobby, seines Zeichens ebenfalls Beagle, den sie ab und zu auch im hauseigenen Garten besuchen.

Dazu muss ich sagen: Bobbys Frauchen hat: Vögel (mehrere verschiedene Sorten), einen Taubenschlag (ja, ich weiß, sind auch Vögel, aber die anderen sind eben eine andere „Sorte"…, wenn ihr versteht, was ich meine…) und Fische. Goldfische und Kois. Der Teich, der zu den Fischen gehört ist ziemlich groß und 1,8 m tief.

Jedenfalls: In der letzten Woche kam ich mal in Bedrängnis: Ich musste Chester und Lucie bei Bobby „parken", weil Ralf und ich weg mussten. Kein Problem, dachte ich, denn beide Hunde sind sooo gerne dort, denn der Garten hat so 1500 qm - und man darf überall buddeln. Außerdem gibt es einen „Pool" für Hunde… Chester liebt Wasser, schwimmt aber nicht. Er verliert nicht gerne den Boden unter den Füssen...

Alles war ganz wunderbar, so erzählte man mir. Lucie hatte wie immer die Jungs im Griff, keiner ging an ihr Bällchen oder bedrängelte sie. Gegen Nachmittag dann wurden die Fische gefüttert. Keiner dachte sich etwas dabei....

Fischfutterdose auf, Futter in den Teich, Fische schwimmen hoch… *kreisch* Chester springt von hinten in den Teich… *hilfeeeee* und frisst SCHWIMMEND den Fischen das Futter wech!!!!! Seine kleinen dicken Beine schwimmen!!!! Und sein Schnütchen ging auf und zu wie bei einem Koi!!!!

"Der weiße Hai"

Und die Fische? Die suchten das Weite oder besser gesagt: die Tiefe… und ich schwöre euch: Für die war Chester Moby Dick…. oder: Der „weiße Hai“ mit vier dicken Beinen...

Kann das jemand von euch überbieten??? Welcher Hund ist verfressener???? Schlimmer als Chester???? KEINER!

Das Schlimmste: er hat sogar versucht, nach den letzten Bröckchen, die untergingen, zu tauchen!!! Und Bobbys Herrchen hat dann den Dicken mit dem Netz aus dem Teich geangelt, weil er in seiner unendlichen Fressgier da freiwillig nicht wieder raus wollte…..

Ihr glaubt es nicht? Ich schwöre: Es ist wahr!

Beim Chinesen

Jeder Tag ist ein Erlebnis...

Der OTTO, die Beagles und der falsche Fuffziger

Beate Schinck

Barny und Quinto haben eine Privatkatze namens OTTO. Besagter OTTO wird geknorkelt und geknufft, als Kopfkissen eingesetzt, ihm wird liebevoll der Napf gereinigt und er bekommt auch was von den leckeren Bröckchen ab, die ab und zu durch die Luft fliegen. OTTO hat Narrenfreiheit bei den Beagles und die Beagles bei OTTO.

Heute Mittag also ließ ich den OTTO rein, wurde wild beschmust und ging in die Küche, OTTO auf den Fersen. Plötzlich stürzten sich 2 Beaglemonster wie die Furien auf den armen OTTO. Völlig verdutzt stand ich in der Tür, während OTTO sein Heil in der Flucht suchte. Die wilde Beaglehatz hinterher, quer durchs Haus, wie 'ne Hammelherde die Treppe rauf, ich hinterher - hatte echt Angst um den armen Otto.

Leider waren 8 Beaglebeine viel schneller als zwei Frauchenbeine. Als ich oben ankam, dachte ich erst, ich schiele:

Sitzen doch da 2 OTTOs megamäßig aufgeplustert, fauchend. Der eine OTTO verteilt Watschen an die Beagles, worauf der andere OTTO anfängt, dem ersten OTTO eine zu kleben.

Jaulende, kläffende Beagles - fauchende, knurrende OTTOs. Ich dachte, ich spinne. Geistesgegenwärtig schnappte ich mir dann die Wutbeagles und verfrachtete sie kurzerhand in die Küche. In der Zeit versuchte der eine OTTO 'ne Fliege zu machen, wobei ich ihm gerne half und die Haustür öffnete.

Der Spuk war vorbei.

Quinto, Otto und Barny

Ich ließ mich auf die Treppe plumpsen, lachte mich kaputt und nahm den übrig gebliebenen OTTO mal genauer unter die Lupe. Der war verständlicherweise noch sehr aufgeplustert, aber als die Beagles wieder aus ihrer Verbannung kamen und ihren OTTO wutfrei inspizierten, war klar, dass der echte OTTO vor uns saß.

Keine Ahnung, woher der falsche OTTO kam, aber nach dem Empfang heute, wird er wohl nicht mehr so selbstverständlich hier reinspaziert kommen. Tja, so ein dämlicher Zweibeiner lässt sich vielleicht täuschen, aber 2 Beaglenasen kann man so leicht nicht austrikksen.

Morgen werde ich mir ein Halsband für OTTO besorgen mit der Aufschrift: „Nur wo OTTO draufsteht, ist auch OTTO drin!"

(Nu hat Frauchen schon ne Brille und lässt sich trotzdem von so 'nem falschen Fuffziger reinlegen, Nee, nee, wenn sie uns Beagles nicht hätte...)

BARF verleiht Flügel

Beatrix Granitzki

Begeisterte Mails über BARF im Beagleforum lassen frau ja ins Grübeln kommen, ob man nicht doch der empfohlenen Rohfütterung folgen sollte. Aber Ike verschmäht rohes Fleisch (selbst Rehfilet). Deshalb also die Beagles zu einem „Fast-Fastentag" gezwungen und am nächsten Tag gab es dann Beinscheibe. Vorsichtshalber schon am frühen Nachmittag, weil ich mir die Reaktion von Ike denken und damit ich ihn notfalls mit „richtigem" Futter versorgen konnte.

Bonny verzog sich sofort mit ihrem Festmahl an einen schattigen Ort im Garten und war beschäftigt. Ike zog das erwartete langgezogene Gesicht „Iiiiiiiihh!!!! Das soll ich fressen???"

Nachdem er dann die Beinscheibe eine Viertelstunde lang angewidert betrachtet hatte, kam er auf die Idee, dass sie ja zumindest als Spielzeug dienen könnte. Hat er also damit eine halbe Stunde lang Fangen gespielt und sie immer wieder gekillt. Na, ich wäre als Beinscheibe auch nicht glücklich gewesen, wenn ich immer wieder durch die Luft geflogen wäre und nach hartem Aufprall auf dem Rasen dann noch von einem sehr großen Beagle überrollt würde.

Endlich war die Beinscheibe dann richtig tot und - da der Magen schon sehr laut rumorte - machte Ike sich dann doch darüber her: legte säuberlichst das anhaftende Fleisch beiseite und vertilgte den Knochen. Ob das Fleisch jetzt der Nachtisch sein oder nur dann gefressen werden sollte, wenn der Hunger noch unerträglicher wurde, - keine Ahnung.

Bonny war mittlerweile fertig mit ihrer Beinscheibe und lag in Lauerstellung, ob nicht eventuell vom Ike noch was abzustauben wäre.

Bonny und Ike

Nun ja, ich wähnte beide Beagles schwer beschäftigt und half meinem Mann, unser nicht kleines beaglesicheres Grundstück zu mähen. Irgendwann war kein Beagle mehr zu sehen. „Aha, die sind bestimmt beim Komposter und wühlen im frischen Gras rum". Und weiter gemäht. Gras zum Komposter gebracht - da war kein Beagle!!! „Na ja, haben die sich vielleicht ins kühle Haus zurückgezogen". Ein Lockruf: „Ike!? Bonny!?" Kein Beagle kam aus dem Haus. Einmal ums Haus herumgegangen. Kein Beagle!!!!! LAUT gerufen und Antwort bekommen: ABER: die kam vom Nachbargrundstück!!!!!!

Über das schon recht hohe Getreidefeld zwischen Nachbars und uns hinweg spähend, erblickte ich auch eine weiße Schwanzspitze, in recht hektischen Bewegungen. Meine vielen Kilos in Bewegung gesetzt, Mann vom Riesen-Aufsitzrasenmäher geholt, dann Sprint ins Haus um Leinen zu holen, dann Sprint zum Gartentor, auf die Strasse und ab Richtung Nachbar.

Bonny kam soeben aus dem Getreide, wurde gerufen und - oh Wunder - sie kam auch sofort und war somit eingefangen. Ike fand ich dann am Kaninchenstall des Nachbarn, wurde gerufen und - oh Wunder, auch er kam sofort. Sieht so aus, als ob sich „jahrzehntelange" Übungen endlich auszahlten und wir nach weiteren 5- 6 Jahrzehnten unsere Herrschaften doch noch vom Leinenzwang erlösen werden können.

Beagles ins Haus geschafft, zweimal zu zweit den ganzen Zaun abgeschritten, dann jeder nochmals allein, dabei teilweise auf den

Boden gelegen um verdächtige Stellen genauer in Augenschein nehmen zu können, aber es war absolut keine Ausbruchstelle zu erkennen.

UND DESHALB
Nie wieder BARF, denn danach können Beagles fliegen!!!!

Bin ich jetzt in Fernsehen??

Ute Dieckman

Als wir den Anruf von Henri Hiesener von der IG Tiere in Not bekamen, ob wir bereit wären, ein paar Fragen zum Thema „Leben mit ehemaligen Laborbeaglen" zu beantworten, haben wir nicht gleich ja gesagt. --- Etwas überlegen wollten wir schon. Wer fragt da überhaupt? Sind diese Interviewer seriös? Was dürfen wir sagen? Was sollten wir lieber nicht fragen? Sind unsere Hunde und wir denn auch repräsentativ?

Das mit der Seriosität hatte sich schnell geklärt, es handelte sich um einen Redakteur von NDR 3. Dieser Sender fällt nicht unbedingt durch reißerische Reportagen auf, also sagten wir zu.

Keinen Tag später rief der Redakteur dann auch tatsächlich an und stellte seine Fragen. Bis auf Muffins Ängstlichkeit konnten wir aber keine dramatischen Geschichten erzählen. Emma war zu dem Zeitpunkt noch nicht eingezogen, sonst hätten wir von mehr Schwierigkeiten berichten können. Und Püppi hat nur Angst, dass das Fressen ausgeht oder ihr (bei Gewitter) der Himmel auf den Kopf fällt.

Die Fragen haben wir der Reihe nach beantwortet, der nette Herr bedankte sich und damit war die Angelegenheit für uns eigentlich schon beendet. Bis, bis dann drei Wochen später das Telefon wieder klingelte. Und das ausgerechnet im Büro! Ob ich mir denn wohl vorstellen könnte, in einer Fernsehsendung zu diesem Thema aufzutreten. Nur zu gut kann ich mir so etwas vorstellen! Und diese Vorstellung hat wenig Verlockendes...Aber für den guten Zweck wird es schon gehen.

Wie sich jetzt herausstellte, sollte ich als „Betroffene" in der Sendung „Offen gesagt...." auftreten. Weitere Diskussionsteilnehmer waren ein Herr, der Tierversuche durchführt und Alida Gundlach als Tierschützerin.

Der Tag Urlaub wurde (leider) sofort bewilligt und viel zu schnell war der Tag der Aufzeichnung auch schon da. Schnell vorher zum

Friseur und dann die übliche Frage vor dem Kleiderschrank: „Was ziehe ich bloß an?“ Es sollte nichts mit großen oder kleinen Mustern sein, kein Schwarz und zum Beagle passen.

Die Aufzeichnung fand hier in Hamburg statt, zur Unterstützung hatte ich meine Mutter und auch Muffin mit. Da ich die ganze Zeit einen Hund auf dem Schoss halten sollte, entschied ich mich sofort für Püppi. Die wiegt nämlich ganze acht Kilo weniger als Muffin.

Aufregend war schon die ganze Vorbereitung. Mit eigener Maskenbildnerin, die mich ganz nach Wunsch schminkte (es sollte gesund aussehen - da ich doch den ganzen Tag mit den Hunden in der freien Natur unterwegs bin) und sogar die Hände wurden nicht ausgelassen. Das ganze wurde auch nochmals im Scheinwerferlicht getestet, nichts sollte glänzen.

Püppi schloss sofort Freundschaft mit dem Personal vom Cateringservice. Sie weiß, wer wirklich wichtig ist. Knapp ein halbes Jahr war sie aus dem Labor und benahm sich wie ein alter Profi. Muffin hingegen ließ Tonnen von Haaren auf der roten Auslegeware.

Natürlich gab es noch eine Sprechprobe. Auch der Blick zur Kamera wurde geübt. Immer schön dort hinschauen, wo das rote Licht leuchtet. Von mir aus hätte an dieser Stelle gut Schluss sein können. Es war sehr interessant, das Ganze mal mitzumachen. Aber die Aufzeichnung musste nun wirklich nicht sein.

Und dann ging es los. Bis heute weiß ich nicht wirklich, was ich gesagt. Und ich weigere mich standhaft, den Videomitschnitt anzuschauen. Nach außen soll ich wieder kühl wie eine Salatgurke gewirkt haben, aber wer mich kennt, hat die veränderte Stimme ganz deutlich gemerkt. Püppi war einfach nur grandios, sie flirtete schamlos mit den Kameras und setzte sich in Szene, als ob sie nie etwas anderes gemacht hätte.

Nach einer halben Stunde war die Aufzeichnung der Sendung beendet und ich am Ende vor lauter Aufregung. Das ist schon eine Geschichte fürs Altersheim! Die gesamte Fernsehcrew war begeistert - mit Kindern und Hunden zu drehen, ist wohl immer etwas Besonderes. Püppi gönnte sich noch einen Starabgang: auf dem Bauch ist sie aus dem Raum gerutscht! Es war ja auch ein roter Teppich!!

Da war dann das Interview für den Zeitungsartikel acht Wochen später schon richtig Routine!

Püppi, der TV-Star

Hurra, hurra, die Schule brennt

Rita Schiranski

Vier Uhr, zurück von letzter großer Runde, danach Besuch bis halb sechs. Frauchen ist irgendwie kaputt heute, war ein blöder deprimierender Novembertag, obwohl Charly heute extrem lieb war. Trotzdem jetzt erst mal ein Kaffee und zehn Minuten die Beine hoch. *Stöhn*

Charly ist irgendwie unruhig - müsste eigentlich platt sein - hat so klasse gearbeitet draußen. Na gut, er kriegt noch eine Kaustange und säuft was, dann wird er sicher schlafen.

Kaustange weg, Charly steht in der Küche am Fenster - ist sehr aufgeregt! Ich gucke raus, na ja, da stehen Leute. Ich höre die Feuerwehr, aber die hört man ja öfter. Abendbrot.

Charly läuft unruhig hin und her, sicher muss er noch mal Pipi, also raus. Noch eine Feuerwehr und die fährt direkt an unserem Garten vorbei. Es riecht auch komisch, aber Frauchen sieht nix. Pipi machen geht jetzt auch nicht, also wieder rein. Ab ins Wohnzimmer, Fernseher an, Beine hoch, und heißer Tee. *Schön*

Charly: Apport Schlappen

Charly ist in der Küche, er bellt, ganz doll. So was macht er nie, sonst ist er zu Hause immer ruhig und entspannt. Frauchen guckt also nach, er steht am Fenster. Ach, wie sehr unser Wachhund sich freut, dass er so mit dem Schwanz wedelt. Ich gucke also, wer da kommt - keiner. Jetzt noch mal raus? Vielleicht Pipi machen, aber es geht wirklich nicht. Sehr viele Leute stehen draußen, viel mehr als vorhin und am Himmel ist es auch so hell! Toben wäre doch jetzt cool. Oder vielleicht doch besser die blöden Hunde vertreiben, die da zwischen den Menschen stehen und an unseren Zaun pinkeln? Frauchen hat gar keinen Bock, also wieder rein.

Rollo runter und ab ins Wohnzimmer. Charly schimpft, das ist gemein, kann nix sehen. Er geht zur Tür und fiept. Jetzt aber ganz sicher Pipi, ganz sicher. Also noch mal raus - boah - so viele Menschen und jetzt auch noch ganz viel Blaulicht. Und das stinkt vielleicht. Ne, Pipi bei Blaulicht geht ganz bestimmt nicht, aber rein will er auch nicht.

Er versteckt sich hinter den Thujen. Ist Frauchen zu peinlich, ihn einzufangen, sie geht rein. Er kommt nach, aber das Pausenbrötchen, dass er heute Mittag übersehen hat, muss mit. Er schluckt es vorsichtshalber runter. Jetzt hat er Durst. Also trinken. Bald ist acht Uhr. Immer noch kein Pipi. Inzwischen weiß Frauchen, dass die Schule brennt. Deshalb auch die vielen Menschen an unserem Gartenzaun. Die Polizei fährt durchs Dorf, bemüht sich die Gaffer zu entsorgen. Fenster und Türen schließen, nicht die Häuser verlassen, giftige Dämpfe. Prima, Charly muss noch Pipi machen. Eigentlich ja schon länger, hätte er doch bloß vorhin.

Kurz vor neun, jetzt muss er wirklich. Vielleicht im Schuppenanbau? Mal ausprobieren. Er macht nicht, da sind ja so tolle Sachen zum Spielen. Also wieder rein ins Wohnzimmer. Noch eine winzige Kaustange, vielleicht wird er ja dann müde. Zwanzig Minuten Ruhe. *Schön*

Er muss noch mal dringend in die Küche, schließlich kommen immer mehr so tolle Autos mit Schläuchen. Genau so viele Menschen wie vorhin, aber jetzt haben alle ein tolles Feuerwehr-Kostüm an. Charly findet das jetzt superklasse und es ist auch so hell draußen, er kriegt einen Bell-Anfall. Hurra! Party! Party! Warum kommen die Gäste nicht rein?

Frauchen ignoriert das und geht wieder vor die Glotze. Charly legt sich. Nach elf Uhr - Einer ist am Gartentörchen. Charly wach. Ab an die Tür. Die hat seit kurzem ein Fenster, damit Hund nicht immer rausläuft. Oh, so ein Mann mit Kostüm. Charly freut sich riesig und meint, ich soll ihn reinlassen, aber er hat keine Zeit. Er sagt nur, wir sollen auf die Lautsprecher achten, wegen der Tankstelle.

Prima, an Schlafen ist jetzt eh nicht zu denken. Ich mach mir noch 'nen Tee, Charly geht zu seiner Decke. Wenn ich trinke, muss er auch was haben, er holt mir den Napf. Ok, Wasser für das Schätzchen. Ich gehe ins Wohnzimmer und nicke wohl ein.

Komische Klapper-Geräusche wecken mich. Das Laminat. Das ist nur im Schlafzimmer. Ich gehe hoch, Charly ist zum ersten mal in meinem Bett. Ich schicke ihn raus, wenn ich auf der Couch bleibe, dann bleibt der ja erst recht unten. Während ich kontrolliere, ob er jetzt nicht vielleicht doch mal Pipi gemacht hat, geht er eine Etage höher. Da ist das süße, kleine Badezimmerfenster, wo man auch richtig gut rausgucken kann. Blöde Gardine im Weg, die muss jetzt erst mal weg. So was regelt Beagle allein. Ups, Frauchen ruft. Charly kommt runter, überholt mich, die Scheibengardine bringt er mit - ich muss mal wieder Krallen schneiden. Im Mittelgeschoss angekommen, geht das dämliche 3-Minuten-Licht im Treppenhaus aus. Der Beaglegeist ist schon unten, ich spare es mir, auf den Schalter zu drücken. Faulheit wird bestraft, ein paar Stufen weiter fliege ich über die inzwischen von Charly heruntergefallene Gardine recht sanft bis vor die Küchentür. Aua-aua. Der blöde Hund kommt mich nicht mal trösten.

Ich gehe ins Wohnzimmer und fluche. Der Krach, der Hund, die sch... Schule hätte auch heute Morgen brennen können. Pfui, den Gedanken verwerfe ich direkt wieder, schließlich sind die Ferien vorbei. Charly eiert in der Küche rum, Sirene, Tatütata. Diesmal macht er mit und heult wie ein Wolf. Ist mir jetzt alles egal, ich bin müde. Charly geht auf seine Decke. Wir schlafen

Halb eins, es scheppert, Blumentopf liegt unten, Charly meint, ich soll das Rollo im Wohnzimmer bitte auch hoch machen, dann kann man vielleicht besser sehen. Ich räume den Blumentopf weg, mache das Rollo etwas hoch, gieße mir einen Tee ein und 'nen Schuss Grand Marnier dazu, für die Nerven und weil mir kalt ist. Gebe Charly noch eine allerletzte Kaustange, hab' selber schon wieder

Charly: ein schöner Rücken kann auch entzücken

Hunger und hole mir Flips.

Charly will auch welche, ist ungesund und ich schimpfe. Er zieht sich in die Küche zurück. Es ist ruhig. Oh, ich glaube, wir schlafen.

Jetzt knallt es draußen ganz doll. Wieder Lautsprecher. Ich trau mich nicht, die Tür aufzumachen wegen der Dämpfe. Ich gehe ganz hoch zu dem kleinen Fenster, vielleicht kann ich sehen, was passiert ist. Sieht so aus wie vorhin, blöd von mir, wer kann schon einen Knall sehen? Hund ist auch ruhig, die Jungs schlafen auch, vielleicht nur geträumt. Ich gehe runter in die Küche um auf die Uhr zu sehen. Oh je, es wird Zeit zu schlafen. Charly ist weg, ich gehe ins Wohnzimmer. Der Sauhund sitzt auf der Couch und hat seine 10 cm Halsverlängerung ausgefahren um an meine Flipsdose auf dem Tisch zu kommen. Er guckt mich an mit dem Blick: Hi Frauchen, den Rest kannst du haben. Da unten auf der Erde liegen noch so drei, vier, fünf…. Ich will sie nicht, heb' sie aber auf, dem gönne ich sie nicht. Ich nehme die leere Dose und bringe sie in die Küche, sicher hat Charly jetzt Durst. O ja, hat er. Ein ganzer Napf. Wie viele schon im Laufe der Nacht?

Im Fernsehen läuft nix, ich sammle das Geisterkostüm vom Badezimmerfenster auf und suche die Stangen. Frau muss sich ja beschäftigen in der Nacht. Bin irgendwo zwischen Mittel- und Obergeschoss, mein Hund bellt und fiept ganz schrecklich.

Ich renne runter, es kam, was kommen musste. Blase geplatzt! Vorsorglich mindestens ein Kubikmeter Löschwasser im Treppenhaus. Kann ja nicht schaden, prima. Ich sage nix, der Kerl tut mir Leid. Also Putzeimer raus, müde bin ich ja auch nicht mehr wirklich. Ich gucke aus dem Küchenfenster, es wird langsam ruhiger. Endlich. Ich denke, dass ich die Jungs früher wecken muss. Hier fahren vorläufig keine Busse lang, also müssen die hintenrum zum Bahnhof in die Stadt. Ich räume die Spuren der Nacht noch mal gründlich weg und überlege, wann ich denn den Tee mit dem Grand Marnier getrunken habe. Dann putze ich das Treppenhaus, logisch auch gleich Wohnzimmer und Küche, schließlich sind wir ja durch das Löschwasser getalpt. Vier Uhr durch, klasse, endlich aufstehen und Kaffee kochen. Die

Feuerwache kriegt auch einen, wir sind ja nicht so. Charly liegt in seiner Kiste und schnarcht, er ist ziemlich dick heute Morgen, ich glaube, er windet auch ein wenig. Oder sind es die Dämpfe von draußen? Haushalt erledigt, alles blitzblank. Nachtschicht lohnt sich. Ich trinke einen Kaffee, sitze am Küchentisch, als ich plötzlich eine immer lauter werdende Stimme höre: Mama, du hast verschlafen! Ich muss zum Bahnhof, nur weil du mich auf der falschen Schule angemeldet hast.

Ike und die Vögel

Beatrix Granitzki

Nach fast zwei Stunden Stau auf den Hasenautobahnen rings um Wagenfeld (Stauverursacher war übrigens das schleichende Herrchen am anderen Ende der Leinen) wollten die Beagles ein gepflegtes Schläfchen im Garten abhalten.

Aber die Sonne schien erbarmungslos - Verhältnisse wie in der Sahara. Bonny zog sich deshalb in ihr kuscheliges Nest in der Werkstatt zurück. Und Ike pendelte im 5-Minuten-Rhythmus vom sonnigen Garten in die kühle Werkstatt und zurück.

Endlich! Eine große weiße Wolke am strahlend blauen Himmel verdeckte die brüllend heiße Sonne. Alle 4 Pfötchen (nein, eher Pfoten) in die Höhe gestreckt, kam Ike doch noch zu seinem Schläfchen im Gras. Kurzfristig im Traum jammernd der entgangenen Hasen gedacht und ansonsten ohne Bedenken tief und fest geschlummert - fühlte er sich doch vom Frauchen gut bewacht.

Doch dann nahte fliegend das Unheil.

Über Ike entbrannte ein Luftkampf. Obwohl die Einflugöffnung in den Stall fast für einen Adler reichte, meinten drei Schwalben, das wäre ihre alleinige Öffnung und bekämpften zwei feindliche Drosseln. Hin und her tobte der Kampf, ganz still und leise, um den träumenden Ike nicht aufzuwecken.

Ike barft

Eine Drossel musste einer angreifenden Schwalbe ausweichen, verlor fast die Kontrolle über den Steuerknüppel und näherte sich bedenklich der Erde. Puh!! Im Sturzflug streifte sie den harmlos schlummernden Ike, den dieser Bauchklatscher aus allen Hasenjagd-Träumen riss.

Entsetzt sprang er in die Höhe, Schwanz komplett unter dem

Bauch, starrte er mich entgeistert an „Frauchen! Warst Du das???" „Nein Ike, sieh nach oben, das war einer von diesen Vögeln." Reglos warf der unschuldige Ike böse Blicke (soweit ein Beagle das überhaupt kann) gen Himmel.

Keine Ahnung, was er dabei überlegt und gedacht hat. Die 5 Vögelchen störten sich überhaupt nicht am unheilvollen Blick und setzten ihre Kämpfe mit unverminderter Heftigkeit fort. Mit lauten Flügelschlägen näherte sich nun auch noch ein Bomberkommando in Form von vier Tauben. Die kleinen Vögel verschwanden fluchtartig.

Ike starrte immer noch in die Höhe, wo die balgenden Schwalben ohne Vorwarnung von angriffslustigen Tauben ersetzt wurden. Die Ereignisse überschlugen sich. Ike begriff nichts mehr.

Ike genau anpeilend, öffnete sich die Bombenklappe von Taube Nr. 3 - Treffer mittschiffs. Ikes Interesse an der Flugschau erlosch abrupt. Er klappte den Schwanz wieder unter den Bauch und flüchtete ins Haus.

Die nächsten Stunden hielt sich der mittlerweile total schockierte Ike dann lieber drinnen auf.

Die Hundehütte

Janine Altrock

Brief von Houston an seine Kumpel im Beagleforum:

Am Wochenende haben meine Erziehungsberechtigten eine Hundehütte für mich geholt. Ein Bekannter (mein Kumpel Kuno) wollte die nicht mehr. Der war einfach zu fett geworden. Ähm, ich meine zu groß. Und weil ich ja noch ein kleiner Kerl war, bekam ich die. Sonst wäre sie auf dem Osterfeuer gelandet.

Das ganze war so..

Frauchen plapperte immer aufgeregt etwas von einer Hütte und nur für mich. Damit ich nicht auf dem kalten Boden liegen muss. Das mache ich nämlich, weil ich mein blödes Körbchen ignoriere, die Schmusedecke nur zum rumschmeißen benutze und somit meinen zarten Adoniskörper auf dem kalten Fundament platzierte.

Aber so richtig wusste ich nicht, was sie meinte. Und dann waren sie weg. Da musste ich erst mal heulen. Habe halt nah am Wasser gebaut. Und sie waren lange weg. Als sie wiederkamen, hab ich mich natürlich gefreut.

Frauchen erzählte, dass sie die Hütte mit dem Kahn holen mussten. Das ist so ein Holzding, welches auf dem Wasser rumfährt. Mein Onkel hat's gestakt. Mit einem riesigen Stöckchen. Herrchen meinte, alle haben gelacht, die sie unterwegs trafen. Weil vorne auf dem Kahn meine Hütte stand. Etwas von „Wohnungssuche“ oder „Na, das Haus steht ja schon“ erzählten die Leute.

Aber nun steht sie unter dem schönen, alten Apfelbaum und sieht echt toll aus. Aber rein mag ich nicht. Frauchen hat zwar einige Leckerlies drin versteckt, aber „Gut Ding will Weile haben“.

Jetzt soll sie a la Villa Kunterbunt noch angemalt werden. Das fehlt ja noch. Aber ich lass sie machen, geh eh nicht rein. Vielleicht lege ich mich mal davor, aber da ja mein 3-Sitzer, den ich seit neuestem in Beschlag habe, nicht in diese Hundehütte passt, werde ich mich da wohl nie wohlfühlen.

Dafür sieht es jetzt im Garten echt nach Hund aus. (wenn es auch nur zur Zierde ist) Werde wohl erst mal drumherum einen Graben buddeln und mich im Dreck wälzen. Das ist viel schöner, als artig aus der Hütte zu schauen. Nee, was die sich immer einfallen lassen... :-) Macht's gut Freunde... euer Houston.

P.S: Eher geht wohl unser Hase in die Hütte.

Houston

Etliche Ratschläge von Forumsmitgliedern folgten, wie Houston in seine Hundehütte zu locken sei.

Daraufhin schrieb Houstons Frauchen:

Hey ihr?!

Also, eine Möglichkeit gäbe es: Wenn ich einen Sessel mit Kuhle oder eine andere Kuschelmöglichkeit reinstelle und ich diesen Sessel endlich mal nur für mich haben will (diese Bedingung scheint sehr wichtig zu sein), dann wette ich inzwischen sehr hoch, dass der Hund da drauf geht.

Aber: Ich weiß, wie ich es mache. Ich krieche rein, esse einen Joghurt und schon... ist er drin. Aber mal im Ernst. Ich in einer Hundehütte, dann wäre mein Ruf im neuen Wohnviertel endlich komplett. „Das ist die, die mit dem Hund in der Hütte wohnt."

Ich bin ja froh, wenn mein Vater nicht noch seinen Elektrofimmel da einbringt und einen Bewegungsmelder anbaut. Ihr wisst ja gar nicht, was wir hier durchmachen, wenn es um Vogelhäuser geht. Nee, nee. Erst mal die Blümchentapete in der Hundehütte anbringen, Bilder von seinen geliebten Beagledamen darin aufhängen und dann sehen wir weiter, oder????

Kekse backen mit Beagle

Tanja Matuschke

Die Vorweihnachtszeit ist für uns die schönste Zeit des Jahres. Man sitzt am warmen Kamin im Kerzenschein, draußen stürmt es oder es schneit. Es ist kuschelig und wenn man vom Spaziergang mit Beagle nach Hause kommt, freut man sich doppelt. In die warme Stube und auf eine heiße Tasse Tee oder Kaffee und sich darüber freuen, dass der Beagle draußen im Schnee oder im Laub getobt hat und nun glücklich und zufrieden sein Nachmittagsschläfchen im Körbchen abhält. Mal schnarcht er, mal grunzt er und ab und zu wird gefiept und gebellt, wenn im Traum die Jagderlebnisse des Spaziergangs noch einmal vorüberziehen.

Diese Zeit ist bei uns auch die Zeit der Kuchen, Kekse und Plätzchen. Es wird eingekauft, gekocht, gebacken und am Schluss bewundert die ganze Familie die schönen Dinge, die man gemeinsam hergestellt hat. Dieses Jahr backen wir mit Beagle.

Also zunächst alles eingekauft und fein säuberlich auf dem Küchentisch und der Küchenarbeitsplatte aufgereiht, was so alles nötig ist: Butter, Zucker, Mehl, Vanilleschoten, Zimt, Puderzucker, Kuvertüre, Mandelblättchen, gemahlene Mandeln und Haselnüsse, ganze Haselnüsse und Walnüsse und und und.... Unser Beagle ist schon ganz aufgeregt und schiebt immer mal wieder die Nase auf die Arbeitsplatte oder den Tisch.

Also, auf geht's. Backbleche mit Backpapier auslegen. Nun ja, dann nehmen wir doch noch einmal Backpapier, denn Beagle meint, sie braucht auch Backpapier. Man gut, dass wir eine zweite Rolle gekauft haben. Rührschüsseln, Nudelholz, Löffel, Teigmaschine, etc. etc....

Nanu, wo ist der Beagle? Oh, ein Fiepen aus dem Schrank lüftet das Geheimnis. Komm her du Beagle, du brauchst keine Schüssel.

Schnell ist der erste Teig fertig und kann zum Ausstechen ausgerollt werden. Die Eigelblasur ist auch schon bereit. Also, Mehl auf der Arbeitsplatte verteilt und los geht's. So füllt sich Blech um Blech und dann kommen die fast fertigen Kekse in den Ofen.

Joy

Sagt mal, wieso ist denn der Küchenboden so weiß und warum haben wir Pfotenabdrücke auf der Arbeitsplatte?

Beagle gesucht und schon ist der Übeltäter gefunden. Überall gibt's mehlige Pfotenabdrücke, auf dem Flur, auf dem Teppich, auf dem Korkfußboden und ... auf dem Sofa liegt Beaglechen und leckt sich genüsslich die Pfoten. O.K., erst mal Chaos beseitigen und dann schnell zum nächsten Teig.

Oje, da hat man's nun, der Hefeteig ist nicht mehr zu gebrauchen. Aber, warum ist es in der Küche so blau?

Die Kekse, oh weh, alles hin, der Backofen brennt schon fast. Alles schwarz. Erst mal Fenster und Türen auf zum Lüften, dann die Bleche aus dem Ofen und auf die Terrasse stellen zum Abkühlen. Was für ein Ärger! Mindestens 80 Kekse im Eimer und diese Sorte schmeckt doch so besonders gut!

Bei der nächsten Sorte wollen wir aber besser aufpassen. Einer bewacht den Beagle, der andere kümmert sich um die Kekse. Schnell sind die Bleche gefüllt, aber wo sind die Nüsse zum Verzieren?

Ein Aufschrei, ein unschuldiger Blick und ein „Die hat so schön im Körbchen gelegen, da musste ich doch nicht aufpassen.“ Im Körbchen findet sich dann fein säuberlich zerfetzt die Tüte, die einmal Nüsse enthalten hatte. Und jetzt? Dann gibt's die Kekse halt dies Jahr ohne Verzierung.

Die Bleche werden in den Ofen geschoben und genau bewacht. Nach zwanzig Minuten ist es vollbracht, und die ersten Bleche mit leckeren Keksen sind fertig.

In der Zwischenzeit haben sich draußen an der verunglückten Keksfront einige Vögel eingefunden und picken vergnügt. Wo stellen wir nun die fertigen Kekse hin, ohne dass sie den Vögeln zum Opfer fallen? In den Keller! Tür abschließen und wieder zurück in die Küche.

Der nächste Teig muss wieder ausgerollt werden, also Arbeitsfläche mit Mehl einstäuben und Teig rollen. Gar nicht so einfach, mit einer Hand das Nudelholz zu betätigen. Die andere Hand wird ja schließlich dafür benötigt, Beagle vom Mehl fernzuhalten.

Oh, aber man sollte nicht mit einem Beagle rechnen, der seine Nase an die Tischkante schiebt und einmal kräftig Luft holt. Mehl kitzelt aber in der Beaglenase und so....

HATSCHIIIIIIIIIIIII!!!!!

Nun läuft alles wie in Zeitlupe, das Mehl erhebt sich von der Arbeitsplatte und verteilt sich auf zwei erschrockene Menschen, einen fröhlichen Beagle, zwei Fensterscheiben und eine komplette Kücheneinrichtung.

Wir sehen aus wie die Gespenster. Wir beschließen, das restliche Backen auf morgen zu vertagen und reinigen uns, Beagle und Küche. Nur die Fenster bleiben so, wie sie sind. Jetzt habe ich meine eigene Schneelandschaft vor dem Fenster und auf jeden Fall weiße Weihnachten!

Und die Moral von der Geschicht:
Back mit einem Beagle nicht!

Wie wir zu unserem Geschirrchen kamen

Nastasja Döring

Lara hat ihr Geschirr gehasst - wir hatten eines mit nur einer Schnalle am Rücken gekauft, als sie als Babyhund so Halsentzündung hatte - damit saß sie dann todunglücklich zitternd in der Ecke, hat sich die Wände entlang geschrubbert und ging nur mit gekrümmtem Rücken, eingezogenem Schwanz und Jammerblick Gassi...........

Wir haben dann das Halsband verwendet, bis wir Ben bekommen haben - und da Ben ja unbedingt ein Geschirr brauchte (sein Hals ist so dick und der Kopf so schmal, da ist ein Halsband zu gefährlich, außerdem hatte er von dem zu engen Halsband im Labor einen offen entzündeten „Kranz" um den Hals, der musste erst mal monatelang abheilen......) hat er erst mal Laras Geschirrchen getragen und sie das Halsband, gute Lösung dachten wir..........

Bis, ja bis wir auf URLAUB fuhren :-):

Denn, wenn man als Hunde-Fanatikerinnen auf Urlaub fährt, dann fährt man a) zu spät los (weil man noch das Körbchen/Futter/Spielzeug einpacken musste), hat b) mehr Gepäck für die Hunde als für sich selbst und c) erfasst einen blankes Entzücken, wenn man gleich nach der Autobahnabfahrt am Urlaubsort einen Fressnapf entdeckt........... weil die armen Hunde nach der laaaaaaaaangen Autofahrt (nicht ganz 2 Stunden) UNBEDINGT ein Leckerli brauchen (wir haben ja nur 2000 mit). Sind wir da gleich mal rangefahren und haben das „vollkommen andere" Sortiment durchstöbert ;-))))) .

Und weil wir VOLLKOMMENE Hunde-Fanatikerinnen sind, konnten wir natürlich nicht umhin, auch die GESCHIRRCHEN anzusehen - ja... und siehe da, was passiert? In diesem kleinen Land-Fressnapf hatten sie doch tatsächlich noch Restbestände „unseres" Musters - eine NEUE rot-gemusterte Leine für Lara, ein NEUES Halsband (bis heute ungetragen), eine NEUE BLAUE Leine für Ben (hört hört, er ist ja schließlich ein Bub!!!!!) und best of all: ein nagelneues BLAUES strahlendes Geschirrchen für Ben.

Und weil die Fressnapfverkäuferin wohl ob der „unglaublich süßen Hunde“ (und des auf 2000% gestiegenen Umsatzes) total begeistert war, hat sie uns aus den Tiefen des Lagers gleich noch ein ROTES Geschirrchen für Lara mit herausgesucht :-) .*grins*

Der langen Rede kurzer Sinn:

Wir haben die Geschirrchen, die Leinen und Halsbänder gekauft (dafür ca. die Hälfte des Urlaubs-Essensgeldes verbraucht) und den armen Hunden natürlich SOFORT angezogen........ - (und ca. 100 Fotos gemacht, wie sie da schick auf steirischen Feldern stehen, Ben in blau, Lara in rot, ganz wie es sich gehört) :-) .Ja :-)

Ben

Und von da an hat Lara das Geschirrchen akzeptiert. Ich weiß nicht, ob es die Aufregung war oder die andere „Bauart“ - das neue Geschirrchen hat (im Gegensatz zum ersten) einen längenverstellbaren Brustgurt und ZWEI Schnallen und schmalere Gurte - ich hab es relativ „straff“ eingestellt, und ich hab das Gefühl, seit sie nicht mehr mit der Pfote durch die Öffnung muss, geht es aus irgendeinem Grund....... mittlerweile gehen wir nur mit Geschirr, erstaunlicherweise hat sie an dem Tag auch aufgehört zu ziehen.......... - sobald sie das Halsband trägt (auch wenn die Leine am Geschirr hängt) fängt sie sofort wieder an.....

Ja :-) „Wie wir zu unserem Geschirrchen kamen“ :-)))))))))

Gedanken eines Beagles

Petra Gründel

Wisst ihr, wenn ich so daliege und ein wenig döse, gehen mir manchmal die Worte von einigen Zweibeinern durch den Kopf: „Ein Beagle?! Da haben sie es aber nicht leicht!" Ich frage mich, was das wohl bedeutet??

Wie ich also so daliege und vor mich hin sinne, kommt ein bekanntes Brummen auf mich zu. Och neee... schon höre ich: „Asimo, rutsch mal!" Frauchen hat wieder die Putzwut gepackt. Aus Erfahrung weiß ich, das kann länger dauern. Zuerst hantiert sie in den Schränken rum, denn dort stehen nämlich 'ne ganze Menge Kumpels von mir, sagt sie jedenfalls. Mir sind die so ziemlich egal, solange die mir nicht mein Fressen oder gar mein Kuschelplatz wegnehmen. Doch Frauchen ist ganz verrückt nach denen, „beaglegeschädigt" sagt sie immer. Jeder einzelne wird abgewischt und wieder an seinen Platz gestellt. Und das mit einer Ausdauer, sage ich euch! Ist das dann erledigt, kommt sie wieder mit diesem Brummding an und das jedes Mal, wenn ich es mir gerade irgendwo gemütlich gemacht habe. So heißt es für mich eben immer den Platz wechseln und abwarten. Danach hat sie dann auch endlich wieder Zeit für wichtige Dinge, nämlich mich! Das heißt rausgehen, toben, schmusen und natürlich das Allerwichtigste: Futter zubereiten.

Beagle-Galerie

Aber nicht immer läuft der Tag nach meinem Geschmack ab. Besonders ist es mir aufgefallen, wenn es draußen so eklig kalt wird und ich nichts lieber tue, als auf meiner Decke zu liegen. Vor allem die letzen beiden Jahre wurde es recht komisch hier.

Wieder mal hänge ich so meinen Gedanken nach. Ich habe ja immer noch nicht herausbekommen, was dieser Satz der Zweibeiner bedeuten könnte. Da höre ich mitten in meinen Gedanken ein Klappern und leises Brummeln. Komisch, das Geräusch kommt gar nicht aus der Küche?! Ohne mich erst lange zu strecken, flitze ich zu dem Geräusch. Jetzt gibt es bestimmt etwas Leckeres für mich. Freudig wedelnd biege ich um die Ecke. Schon höre ich ganz deutlich die tollsten Sachen, Leberwursttorte, grüne Kekse, Käsebällchen und noch mehr. Langsam werde ich unruhig und mir läuft die Spucke im Maul zusammen. Ich habe das Gefühl, dass es eine Ewigkeit dauert, eh' Frauchen mich bemerkt. Endlich, sie dreht sich zu mir und... „Nein, Asimo, jetzt noch nicht." höre ich sie sagen. Och nee, sie sitzt wieder mal vor diesem blinkenden Teil, auch PC genannt und tippt darauf rum. Aber warum macht sie mir mit den tollen Sachen denn das Maul so wässrig? Meinen treuesten Blick aufgesetzt bleibe ich bei ihr sitzen. Den Kopf noch ein wenig schief gehalten, das klappt immer! Aber denkste, nichts geht.

Sie ist schon wieder ganz vertieft in das, was sie dort tippt. Beagle-Adventskalender nennt sie es. Manchmal höre ich sie laut lachen und dann sagt sie „Typisch Beagle!" Aber ab und zu wird sie auch etwas lauter, etwa so, wenn ich mal wieder anderer Meinung bin als sie. Gut, dann muss ich mir die Sache mal ein wenig genauer anschauen. Ein Hopps und schon sitze ich auf ihrem Schoß. Doch auch auf dem Tisch oder woanders ist nichts zu entdecken. Also gut, da ist wohl doch nichts. Die nächsten Tage werden ab jetzt genauso oder ähnlich ablaufen. Ich trotte also auf meinen Kuschelplatz. Nicht lange und schon träume ich von den leckeren Sachen...

Tage später, ich kaue gerade genüsslich an einem Pansenstück, sitzt Frauchen schon wieder am PC. Aber es ist anders als sonst. Immer mal wieder klingelt es bei uns. „Bestimmt die Post." höre ich dann.

Natürlich bin ich der erste an der Tür. Eine Frau, manchmal auch ein Mann, bringt uns Päckchen oder sogar Pakete. Ganz aufgeregt laufe ich Frauchen immer vor den Füßen rum. Äußerst genau werden die Kartons von mir abgeschnüffelt. Meistens darf ich auch beim Öffnen helfen. Für die Arbeit an dem Kalender bekommt mein Frauchen manchmal kleine Geschenke. Meist ist es wieder so ein staubeinfangender Kumpel, doch die interessieren mich nicht. Frauchen ist dann allerdings immer hin und weg. Die anderen Zweibeiner denken aber auch an mich. Zum Ausgleich für die wenige Zeit, die Frauchen dann für mich hat, schicken sie mir die tollen Sachen mit, von denen mein Frauchen sonst immer nur erzählt. Das ist einfach super!!

Ehrlich gesagt, kann ich diese Beagleweihnachtszeit jetzt kaum noch erwarten. Für diese tollen Päckchen nehme ich auch mal das Nichtbeachten durch Frauchen und die kalte Luft draußen hin. So komme ich nämlich doch noch in den Genuss dieser leckeren Plätzchen und Co. Ihr müsst wissen, sie kommt nämlich überhaupt nicht dazu, von den leckeren Rezepten mal was auszuprobieren. Ehrlich gesagt, glaube ich auch nicht, dass sie es mal versuchen wird. Schuld bin ich ja selbst. Das eine Mal hatte sie schon alles vorbereitet, auch für sich und meine beiden kleinen Zweibeiner. Das hat überall geduftet, sagenhaft. Naja, und da konnte ich es eben nicht aushalten und habe mal nachgeschaut. Natürlich ohne Erlaubnis, konnte ja keinen fragen, denn es war gerade keiner zuhause. Aber ich schwöre: Das mache ich nie wieder!! Mann, hatte ich danach Bauchweh und die Küche sah aus... Frauchen hat nicht geschimpft. Sie hat die nächsten Tage in der Küche irgendetwas Lautes gemacht. Stellt euch vor, Schlösser und Riegel hat sie angebracht. Sie konnte ja nicht wissen, dass mir das Bauchweh schon eine Lehre war. So warte ich eben wieder auf die kalte Zeit, in der Hoffnung, es klingelt und der Postwagen steht vor der Tür.

Viele Grüße euer Asimo

Übrigens ist mir der Sinn des

Satzes beim Warten etwas klarer geworden. Nur, er ist mit Sicherheit verkehrt! Nicht die Zweibeiner, sondern wir haben es nicht immer leicht mit ihnen.

Auch außer Haus eine Bombenstimmung...

Bowies Reiselust

Nicole Hof

Liebe Fories,

dies ist eine Trostmail an alle Beaglebesitzer, deren Lieblinge nicht gerne Auto, Bus oder Bahn fahren, denn es ist auch nicht ganz einfach, wenn man tagtäglich mit der ausgeprägten Reisewut eines Beagles zu kämpfen hat ;-)!

So kann es denn passieren, dass sich der Beagle kurzerhand zu einem Spontantrip mit öffentlichen Verkehrsmitteln entscheidet, anstatt sich, Frauchen folgend (.... wie langweilig!), Richtung Hundewiese zu begeben. Besonders unterhaltsam wird das ganze dann, wenn sich direkt neben der Hundewiese eine Bushaltestelle befindet und sich somit alle 10 Minuten die Möglichkeit eröffnet, die weite Welt zu bereisen :-)!

Das Schauspiel dient sehr der Erheiterung der Fahrgäste, so sieht man einen süßen Beagle in den Bus hüpfen, der sich artig und unauffällig zwischen die Füße der Fahrgäste setzt(!). Für irgendwas muss dieses blöde Kommando „Sitz" ja schließlich auch gut sein.

Bowie

Außerdem ist ein allein reisender Beagle überhaupt nichts Ungewöhnliches oder ist da etwa jemand anderer Meinung???

Wirklich Besorgnis erregend ist die wildgewordene Furie, die halb fluchend, halb sich totlachend hinterher gesprungen kommt, um das arme Tier in letzter Sekunde vor Abfahrt gerade noch zu fassen zu kriegen... Ich denke ernsthaft über einen Belustigungszuschlag für Fahrgäste auf der Linie 116 nach :-)))!

Ach ja.... und dann wären da noch offen stehende Autotüren und Kofferraumklappen....

In diesem Sinne, tut mir den Gefallen und zählt immer mal durch, ob ihr nicht eventuell einen Beagle zuviel im Auto habt.... es könnte Bowie sein ;-).

Viele Grüße
Nicole

Wie man mit einem Beagle eine öffentliche Toilette benutzt

Nastasja Döring

Phase 1

Suchen Sie sich zur Haupteinkaufszeit eine möglichst enge Toilette in einem Kaufhaus oder Shopping Center und versuchen Sie, diese mit Ihrem Beagle, den Einkaufstaschen und Ihrem Wintermantel zu betreten.

Phase 2

Warten Sie mir Ihrem Beagle in der immer engeren Schlange, drängeln Sie - wenn möglich - mit, überhören Sie die Schreie anderer Kunden und lassen Sie Ihrem Beagle freien Lauf - warum soll nur Ihre Kleidung voller Pfotenabdrücke sein?

Phase 3

Sie sind dran.

Betreten Sie mit Ihrem Beagle, den Einkaufstüten, Ihrer Tasche und dem umfangreichen Wintermantel möglichst umständlich die Toilette. Gehen Sie dabei sicher, dass sowohl Ihre Tüten, als auch Ihr Mantel vollständig in der Kabine sind. Schließen Sie einen Moment die Türe. Öffnen Sie die Tür erneut und holen Ihren Beagle nach, der beschlossen hat, draußen zu bleiben.

Quetschen Sie die Tüten in die Ecke unter dem Klopapier. Schälen Sie sich aus Ihrem Mantel. Ziehen Sie den Kopf des Beagles aus den Tüten. Plazieren Sie den Beagle rechts von der Tür. Hängen Sie den Mantel an den nicht vorhandenen Haken. Während Ihr Beagle Ihren Mantel zu Boden zerrt, versuchen Sie die Klobrille mit Toilettenpapier einigermaßen zu säubern. Nehmen Sie das Toilettenpapier aus der Schnauze des Beagles. Versuchen Sie den Sitz mit Papier abzudecken. Ziehen Sie den Beagle aus der Tüte. Hängen Sie entnervt Ihren Mantel erneut an die Klinke. Versuchen Sie die außen rüttelnden Frauen nicht zu bemerken. Heben Sie den Mantel auf und nehmen das von dem Toilettensitz entfernte Papier aus der Schnauze Ihres Beagles.

Phase 4

Sie tun, weswegen Sie gekommen sind.

Versuchen Sie, sich mit Ihrem Rücken Richtung Toilette zu drehen. Ziehen Sie den Beagle aus den Tüten. Öffnen Sie langsam Ihre Kleidung. Versuchen Sie Ihre Hosen weder in den am Boden schwimmenden Dreck, noch ans Maul Ihres Beagles gelangen zu lassen. Ziehen Sie den Mantel zurück auf die Klinke. Setzen Sie sich vorsichtig hin, ohne die Hose in den Dreck rutschen zu lassen. Ziehen Sie den Beagle aus der Tüte und wehren Sie die erste Attacke auf persönliche Wäsche durch Ihren Beagle ab. Versuchen Sie nicht auf dem Hygienebehälter zu landen. Ziehen Sie den Beagle aus der Tüte.

Tun Sie, weswegen Sie gekommen sind.

Lara - ohne Worte -

Phase 5

Toilettenpapier.

Versuchen Sie mit einer Hand das Papier zu erreichen, während Sie mit der anderen Hose, Mantel und Beagle kontrollieren. Ignorieren Sie die scharfen Kanten des Hygienebehälters an Ihrem Gesäß. Reißen sie doppelt Toilettenpapier ab - eines für Sie, eins für den Beagle. Benutzen Sie es dafür, wofür Sie es eigentlich brauchen. Entfernen Sie den Beagle von Ihrer persönlichen Wäsche und fluchen Sie das erste Mal. Atmen Sie tief durch und schließen die Augen.......

Phase 6

Wir sind ja nicht alleine hier.

Ziehen Sie den Beagle aus dem Spalt zur Nachbarkabine. Ignorieren Sie das Gezeter Ihrer Nachbarin. Brüllen Sie das erste Mal laut „PFUI".

Versuchen Sie, mit einer Hand Ihre Hose zu schützen, während Sie die Handtasche der Nachbarkabine aus dem Maul Ihres Beagles nehmen. Stehen Sie langsam und vorsichtig auf.

Entfernen Sie das vom Sitz gerutschte Papier und den danach schnappenden Hund aus Ihrer immer noch offenen Hose.

Schreien Sie zum zweitem Mal „PFUI, JETZT!" und heben Ihren Mantel vom Boden auf.

Ziehen Sie Ihre Hose hoch.

Phase 7

Zum Zuknöpfen braucht man beide Hände.

Schreien Sie laut „AUS JETZT, VERDAMMT!", während Sie Ihre Hose zuknöpfen. Spülen Sie rasch das restliche Papier, die zerfetzten Fussel Ihrer Einkaufstüte und die Reste Ihrer Manteltasche hinunter. Hängen Sie Ihren Mantel auf. Ignorieren Sie das Rütteln an Ihrer Kabine.

Ziehen Sie den Hund aus der Nachbarkabine. Wischen Sie sich den Dreck von der Hose und ignorieren den klebrigen Teil, der vom Hygienebehälter kommt. Nehmen Sie sich Ihren Beagle zur Brust. Zischen Sie leise „Aaaaussssss, hab ich gesagt". Nehmen Sie Ihren Mantel und die Reste der Einkaufstüte. Stolpern Sie nicht über die verhedderte Leine. Ignorieren Sie das Toilettenpapier im Maul Ihres Beagles. Verlassen Sie gefasst die Kabine.

Phase 8

Händewaschen und würdiger Abgang.

Waschen Sie sich rasch die Hände. Ignorieren Sie das Papierhandtuch im Maul Ihres Beagles. Ertragen Sie das Entfernen von Resten des Toilettenpapiers durch freundliche Mitbenutzerinnen von der Rückseite Ihrer Hose. Wischen Sie sich den Schweiß von der Stirn. Brüllen Sie Ihren Beagle an. Entschuldigen Sie sich bei den Umstehenden und murmeln etwas von Stress. Verlassen Sie schweißgebadet das Kaufhaus.

P.S.:

Die Toilettenpapierfetzchen an Ihrem Mantel wird erst der Straßenbahnfahrer entdecken. Schämen Sie sich nicht dafür, schließlich haben Sie einen Beagle!!!!!!!

Ausreiten mit Jacky

Tanja Matuschke

Wenn jemand von Jägern spricht, fällt mir immer eine lustige Geschichte ein, die wir letztes Jahr zu Beginn der Brut- und Setzzeit erlebt haben.

Ich hatte das Datum mal wieder völlig verpennt, denn normalerweise nehmen wir Jacky dann nicht mehr mit, wenn wir ausreiten. Na ja, letztes Jahr hatten wir also den Beginn verschlafen und hatten alle unsere Vierbeiner schon mit im Schlepptau. Unsere Ziege Klara und unser Ziegenbock Otto waren auch mit von der Partie ;-).

Wir waren gerade auf dem Rückweg, Jacky lief im Graben neben mir, Otto und Klara auf der Straße hinter uns, als der Jäger angefahren kam. Er stieg aus seinem Auto und setzte gerade an zu sprechen, als er erkannte, dass Otto und Klara doch keine Hunde waren. (Jacky war immer noch auf Tauchstation - im Graben. ;-)

Er sagte nur, dass er so etwas ja noch nie gesehen hätte und meinte dann: „Na ja, es ist ja ab heute Brut- und Setzzeit, eigentlich gehören ab heute die Hunde an die Leine. Aber wie das bei Ziegen ist.... keine Ahnung?"

Tja, ich lachte mir schon ins Fäustchen und dachte: ok, dann kann Jacky ab morgen nicht mehr mit uns ausreiten. Kaum hatte ich den Gedanken gefasst, da kam sie auch schon aus dem Graben, von oben bis unten voll mit Entengrütze, stellte sich vor den Jäger und schüttelte sich. Ich dachte, jetzt hätte unser letztes Stündlein geschlagen.

Jacky

Der Jäger sieht sich an, sieht Jacky an und sieht mich an. Dann begann er so laut zu lachen, dass ihm die Tränen kamen!! „Na ja, so etwas passiert wohl auch nur einmal im Leben! Aber dass das ein Hund ist, das können Sie nicht abstreiten! Denken Sie daran, ab heute ist Brut- und Setzzeit, im Feld und

Wald gehört der Hund jetzt an die Leine. In Ihrem Fall drücke ich heute mal ein Auge zu".

Und zu Jacky gewandt: „Na, du konntest wohl nicht mehr die Luft anhalten, oder?"

Ich liebe meine Beagles .... oder auch: schöner Nachmittag!

Diana Zeller

Kennt ihr das? Den Gedanken „gleich töte ich ihn"??? Gemeint ist in diesem Fall: CHESTER!

Dieser Freitag war ein herrlichen Tag: angenehme 10°, kein Regen, viel Sonne, leichter Wind. Also mobilisierte ich wacker ein paar Freundinnen und fuhr mit ihnen, ihren Kindern und ihren Hunden zur Halde an der Trabrennbahn.

Die Halde an der Trabrennbahn war mit vielen Bäumen dicht bewachsen und rund um die Rennbahn gab es kleine Wege gesäumt von dichten Sträuchern. Auf dem oberen Weg kreuzten wir zwei Trainingsbahnen der Sulkys. Hier ließen wir die Hunde absitzen, schauten, ob der Weg frei ist und ließen dann die Bande los, auf die sichere andere Seite. Klappte gut, kennen die Hunde, alles kein Problem.

Bis hierher war alles fast ganz entspannend, wenn man mal von Chesters Ohrenleiden absieht, denn er konnte meinen Pfiff immer mal wieder nicht hören können... mmh, zweimal musste ich ihn persönlich abholen. Einmal am Mülleimer, einmal aus einem Misthaufen..... grrrr...

Beide Male bekam er LEINENZWANG. Aber, da wo dieser Hund blöd ist, gehen anderen die Haare aus: er lief bei Fuß, als hätte er nie was anderes in seinem Leben getan, als mich aufmerksam beim Spaziergang zu beobachten! Dieser kleine, abgezockte Kerl! Jedenfalls ließ ich ihn immer nach ein paar Minuten wieder von der Leine, denn er hat mir ja gezeigt, wie liiiiieb er eigentlich ist! Grrr...

Nachdem wir nun diese besagte Trainingsbahn überquert hatten, ging es erst richtig zur Sache. Chester meinte: Nun, dann geh' ich schon mal auf dem unteren Weg weiter..." Die Halde kann man, ähnlich wie einen Berg, auf mehreren Wegen umrunden. Wir waren ganz

Chester: warum sind die Kerzen nicht an?

oben… Chester ging dann schon mal auf den unteren Weg… wollte wohl die Abkürzung nehmen… Und was soll ich euch sagen? Lucie hinterher!!!
Also, DAS gab es noch nie! Der Vorteil: Ein Pfiff, Lucie war wieder da! Und Chester… nun, sein Ohrenleiden schlug wieder zu.

Ich: Chessiiiiiiiiiiiiiiiiiiiiieeeeeeeeee

Er: keine Reaktion

Ich: Chessiiiiiiiiiiiiiiiiiiiieliieeeeeeeeeeee (Wut steigt, Stimme immer noch lieblich)

Er: nix

Ich: Chester! (Wuuuut, Stimme wenig freundlich)

Er: dreht sich leicht in meine Richtung

Ich: Feiner Junge! (Erleichterung, Stimme seeeehr lieblich)

Er: dreht ab, wieder in die andere Richtung!!!

Ich: CHESTAAAAAAAAAAAAAAAAAAAA, hiiiiiiiiiiiie-eeraaaaaaaaaaaaaaaaaaaaaa, du Teufel, ich bring dich ins Tierheim, sieh zu, in welchem Bett du heute schlafen darfst!

OK, ich weiß, er versteht kein Wort, ich bin die Hysterische, ich habe alles falsch gemacht! Aber, sorry, ich habe auch nur Nerven! Und die waren an diesem Tag an dieser Stelle nicht mehr die besten….

Er: Sieht mich an, hebt sein Bein, pieselt in aller Seelenruhe und kommt. Dieser ignorante Kerl! Dann setzt er sich vor mich in einen 1a Vorsitz, schaut mich an und wartet auf eine BELOHNUNG!!! Ich musste ja auch noch freundlich sein, denn er kam ja…. Grrrrrrrrrrrrrrrrrrrr….. ich war freundlich. Sehr sogar. Aber innerlich….. nun … unwichtig.

Wir gehen weiter, er läuft vor. Ganz der „Leithammel". Alle paar Meter rufe ich ihn ab. Chester, ganz lieber Junge, sieht sich um und kommt zurück. Super, denke ich, das Anschreien hat sich gelohnt! Mein Junge ist wieder ganz der ALTE!

Bis auf einmal: Chessi verschwindet im Gebüsch! Ich gleich zu der Stelle hin… sehe ihn an der anderen Seite wieder rauskommen... mit einer toten Maus im Maul.... *würg* Die anderen Hunde (außer Lucie) alle ganz verzückt hinter ihm her.... tolles Spiel... nach ein paar

Minuten... haps, Maus verdaut... Anschließend, ich kurz vor'm Würgen... Chester wieder ganz lieber Junge..... Klar, hatte er doch gerade eine Zwischenmahlzeit eingenommen.....
Heute weiß ich: Die MISTPOCKE wollte mich nur in Sicherheit wiegen! Hat er auch geschafft, denn .... an einer Stelle auf dieser Halde ist der Zaun kaputt. Im Sommer kommt da keiner dran, weil er dann ziemlich bewachsen ist und im Winter sind die Sträucher davor. Also kommt man da normalerweise nicht durch. Aber jetzt ist dort alles kahl. Die Gärtner haben ganze Arbeit geleistet.

Chessi sieht das Loch und ist in einer Millisekunde durch! Ich sah nur noch die weiße Schwanzspitze direkt auf die Rennbahn entschwinden!!!! Ich schreie los: Chesssssssssssssssiiiiiiiieeeeeeeeeeeeeeeee! Und renne wie ein Galopper auf die Trabrennbahn! Wenn dort Training gewesen wäre, hätten die Sulkys ihn überrollt!!! Mein Junge war also in höchster Gefahr!

Und Püppi?? Die sieht ihr kreischendes Frauchen abhauen und rennt hinter mir her.... Ich schreie PLATZ! Und sie legt sich aus dem Gang heraus ab, diese Supermaus! Hat sie im Hundesport gelernt, hat sich ausgezahlt...

In der Zwischenzeit war Lena (die 10jährige Tochter meiner Freundin) bei ihr und hielt sie zur Sicherheit fest. All' das sah ich, während ich hinter dem Mini her war. Er lief direkt in den nächsten Misthaufen...

Chester und Lucie

Dort war er erst mal sicher! Und bei mir setzte schlagartig der Verstand wieder ein. Niemals direkt auf einen Hund zulaufen, bla bla bla, alles war wieder da.... Ich also an ihm vorbei in die andere Richtung... DAS fand er toll! Er kam mir SOFORT hinterher... Vorsitz... Mama, super Spiel! Da bin ich! Was spielen wir jetzt?

KREISCH (nur innerlich!) Chester gelobt! Er kam ja... (ich hasse dieses Spiel)

Dann zurück zu den anderen. Ein Pfiff, Lucie kam gerannt... Wir waren wieder alle vereint. Kein Sulky, kein teures Pferd, kein Chester in Gefahr.... Erleichterung und Leinenzwang.

Nach einer Stunde, wir waren längst weit weg von der Halde, ging Chester immer noch an der Leine. Er ging in Sitz, wenn ich stehen blieb. Folgte mir aufmerksam links herum, rechts herum, zog nicht, sah mich an. SUPER HUND!

Wie gesagt, eine Stunde war um, die Rennbahn außer Sicht, der Hund folgsam: Ich wieder Leine ab.

An dieser Stelle möchte ich sagen: der erste, der jetzt denkt, ist die blöd, hat RECHT! Aber ich wollte ihm halt noch eine Chance geben... Hat auch geklappt.... Bis wir nach zwanzig Minuten in Freiheit an einem Mülleimer vorbeikamen, der auf dem Hinweg noch in Ordnung war.... Der Müll war nicht so interessant ... (komisch im Nachhinein....), dafür aber ein alter Tennisball, der nur noch aus der Außenhaut bestand...

Und was soll ich euch sagen: der Depp hat sich diese Ding geschnappt und lief auf und davon! Natürlich in die falsche Richtung!

Ich wieder das gleiche Spiel: Chestaaaaaaaaaaaaaaaaaaaaa, hiiiiiiiiiiiiiiiiiiiiiiiieraaaaaaaaaaaaaaaaaaa.

Aber, wie ihr euch denken könnt, nix geschah. Da war es dann soweit. Ich drehte mich um und ging mit den anderen.

Innerlich: Angst im Bauch... wird er kommen???? Äußerlich zur kleinen Lena, die sich Sorgen machte um Chester: Der kommt schon....

Innerlich nach 50 Metern: Mist, der kommt nicht... *kreisch* *Angst* Äußerlich zu allen anderen: Eine Chance hat er noch.... Es folgte ein Pfiff von mir... der war soooo laut, dass der kleinen Lena und den anderen die Ohren wehtaten....

UND? NIX!!! Kein Chester.... 1., 2., 3., 4., 5., 6., 7., 8., 9., jaaaaaaaaaaaaaaaa Chester kommt gerannt. Ohne Tennisball, die Ohren flogen, die Beine gestreckt und gebeugt! Ich war sooo erleichtert, innerlich... und äußerlich ganz cool: Ich wusste, dass er kommt!

(haha, wusste ich nicht!)

Jedenfalls: Meine Nerven lagen blank!

So kam ich dann heim. Und mein Mann empfing mich mit: „Na Schatz, schönen Nachmittag gehabt?"
Muss ich an dieser Stelle erzählen, wie ich gewettert habe? Das wäre mir dann doch zu peinlich, denn mir sind die Pferde durchgegangen… Kein Wunder, denn schließlich kam ich von der Trabrennbahn…

Meine Wut hat sich natürlich längst gelegt! Als der Kleine dann nach seinem Fresschen ganz satt, zufrieden und völlig erschöpft in seinem Körbchen schlief… soo ein lieber Junge. Anschließend hat er sich an mich gekuschelt, voller Vertrauen und sooo lieb… Nun ja, da war ich dann wieder mal Wachs unter seinen Pfoten…

Die Frage ist jetzt: wer ist hier der Depp? Ich kam zu dem Entschluss: Chester ist es nicht….

Im Erdboden versinken

Rita Schiranski

Mann, das war ein Tag gestern!

Habt ihr eigentlich auch alle so 'ne tolle Wachsjacke? Die sind ja echt klasse und superdicht. Viele Taschen für Dummys, Leckerchen, Knirps und das Beste ist, immer wenn man die anhat, scheint die Sonne! Gestern hatte ich sie nicht an, und zehn Minuten reichten, meinen Tag komplett zu versauen. Nicht nur, dass mein frischgestyltes, lackiertes Haar einer Kreation aus Pappmachee glich, meine hellblaue Lieblingsjeans im dark-blue-natural-dirty-used-look erstrahlte, meine Jacke einem Wischmop der alten Generation nahe kam und mein Hund aussah wie ein Kanal-Ratten-Beagle....

Nee, da muss er auch noch zum Lösen mitten auf einen frisch bearbeiteten Acker. An der Feldleine, deshalb hat er mich auch mitgenommen, so dass ich fast bis zu den Waden drin stand.

Das war aber auch noch nicht genug. Er sucht sich da also ein passendes Plätzchen, findet endlich eins und drückt. Sucht ein neues und drückt noch mal. Da bildet sich am Hinterausgang so ein helloranger Knubbel, er sucht einen neuen Platz und drückt noch mal. Der fast kinderfaustgroße Knubbel fällt endlich, aber da hängt was helles Langes dran. Scheibenkleister hab ich gedacht: Würmer.

Er rennt und rutscht mit dem Gebilde über den Acker und drückt erneut - kein vor und kein zurück. Also Tütchen raus und ziehen! Wir kennen das ja :-(. Ich also hin und zieh, bei ca. 30 - 40 cm wird mir schlecht. Charly rutscht wieder, ich wieder hinterher, wieder ran und ziehen. Konnte ja so nicht mit ihm nach Hause, musste ja nun raus dahinten. Nee, so´n Scheibenkleister.

Boah, wat hab ich da gewettert. Ich war so sauer. Zieh also weiter und dieses helle lange Ding war dann, nachdem sich der Anfangsknubbel entworren hatte, schon bald 1 m lang. Tja und dann gings leichter und endlich geschafft. Ich pack das Ding ein, Charly macht noch mal Kaka, ich hin und gucke. Alles eingepackt und Richtung Heimat.

Irgendwie dufteten wir, glaub' ich, dann auch noch nach Gülle und was soll ich sagen, wir kommen Richtung Dorf und es ist strahlend blauer Himmel und Sonnenschein. Im Dorf begegnet mir auch noch das aufgebrezelte Frauchen von Charlys „Lieblings-Cockerspaniel".

Charly: wo ist denn nun der Käsestrauch?

Mann, hat die mich angeguckt - ich glaube, mein Outfit und unser Parfüm haben ihr nicht wirklich gefallen.

So wie wir waren, sind wir dann auch noch zum Tierarzt. Die Tierarzt-Helferin empfing uns, als hätten wir einen schlimmen Unfall gehabt :-) . Wir haben wohl ein bisschen Sch... ausgesehen.

Hab' dann mein Tütchen ausgepackt (das glaubt einem ja sonst keiner):

Also eine komplette Nabelbinde (kein Bandwurm) und ein Stück Pflaster. Ein bisschen Plastikfolie war auch noch dabei....

Nun frag mich doch einer, wann er das gefressen hat. Er ist doch schon fast nur noch an der Leine, und ich war soooo stolz, dass er kaum noch das Unaussprechliche frisst. Hat mich dieser mistige Schweinehund schon wieder übers Ohr gehauen!

Heute gibt's nur Bandnudeln, da kann man besser sehen, ob noch mehr Müll drin ist. Es geht ihm - wie bisher - immer richtig gut und er kann, glaube ich, nicht wirklich verstehen, warum ich nicht so glücklich bin.

Tja, das war dann die bisher längste Praline, die er für mich hatte.

Waren noch mal zum Abtasten, ist alles in Ordnung, wie es aussieht und gleich gehen wir auch nur an kurzer Leine. Was mich jetzt nachträglich aber echt wundert, ist, dass die Sachen alle noch komplett waren, also nicht verdaut. Das Plüschtier vor ca. zwei Monaten hat sich nämlich zersetzt und war nur noch daran zu erkennen, dass sein Output grüne Haare hatte. Komisch, ne?

Wünsch euch noch einen schönen Nachmittag, hier scheint die Sonne und heute gehe ich, solange es trocken ist.

Viele Grüße

von Rita (mit der wahrscheinlich längsten Praline der Welt)

Wie lang sind 7 Minuten?? - Eine kleine Ewigkeit!!

Beatrix Granitzki

Frei am Feldrand liegende „Ansammlungen“ von Rundballen aus Stroh sind ein ideales Winterquartier für Mäuse - und dementsprechend auch bei Katzen sehr beliebt. Und zumindest meine Beagles haben Katzen zum Jagen gern ;-)); Bonny mag außerdem auch Mäuse.

Leider Gottes ;-) verhindert ja nun die Flexi, dass unser Ike die Rundballen mal näher untersuchen kann. D.h., er kann zwar schnuppern, aber das Herrchen am anderen Ende der Leine verhindert, dass Ike in die Ritzen/Löcher verschwindet.

Bonny

Bonny (ohne Leine) kann von mir verbal daran gehindert werden sich den Rundballen zu nähern. Nur: Wenn das Frauchen lang genug träumend vor sich hinschlendert, dann weckt zwar der Ruf des Herrchens „Hol deinen Beagle da weg!!“ das Frauchen auf, allerdings sieht sie nur noch die weiße Schwanzspitze in der Ritze verschwinden. Unsere „Ansammlung“ ist übrigens zweireihig und zehn Rundballen lang, darüber dann eine weitere einreihige Lage.

Das mittlerweile hellwache Frauchen eilt aufs Feld, ruft vergeblich nach Bonny und beugt sich dann ganz, ganz tief hinunter um in die Ritze zu spähen. Keine Bonny zu sehen und nichts zu hören.

Herrchen und Ike werden dazu verdonnert, das andere Ende der „Ansammlung“ zu beobachten, aber weder dort noch an den Seiten kommt eine Bonny zum Vorschein.

Ich grüble: Soll ich Bonny rufen, obwohl ich genau weiß, dass die Bonny-Ohren bei Katz + Maus auf totalen Durchzug stehen oder soll ich abwarten? Dafür ist es allerdings doch etwas kalt. Also rufe ich - wie erwartet: ohne Reaktion.

Für Bonny ist es dort sicherlich soooo interessant, das könnte in eine mehrstündige „Untersuchung“ ausarten. Aber vielleicht sind da drinnen ja auch die Ritzen so was von eng, dass unser Moppelchen doch irgendwo feststeckt???

Was tun??? Wir haben zwar einen Trecker, aber kein Rundballen-Aufspießgerät. Im nächstgelegenen Haus ist niemand da, um von dort aus unseren Nachbarn mit dem passenden Gerät anzurufen. Also, müsste einer von uns dorthin laufen - sind zwar nur ca. 800 Meter, aber in der Zwischenzeit könnte Bonny doch wieder auftauchen, ohne dass es der andere von uns mitbekäme.

Und außerdem haben wir ja eh' schon den Ruf, dass wir komplett verrückt sind, ist ja nicht normal, was wir mit und wegen der Beagle alles unternehmen. Wäre also der Brüller im Dorf, wenn wir jetzt „schweres Gerät“ anfordern müssten, um Bonny wiederzubekommen.

Also, tief Luft holen, innerlich vor Wut über mich selbst tobend, zuckersüss nochmals nach Bonny rufen. Irgendwo raschelt es, und dann kommt Bonny quietschvergnügt zum Vorschein, holt sich ihr Leckerchen ab - und will wieder in der Ritze verschwinden..........

Abschied

Der Abschied naht

Rita Schiranski

Ein großes Stück gehen wir gemeinsam mit unseren Tieren.

Ein Beagleleben lang rufen wir unsere lieben Hunde zurück, wenn sie einen anderen Weg einschlagen als wir. Sie kommen. Sie verlassen die Spur und kommen. Und sie wedeln mit dem Schwanz und freuen sich.

Wie oft haben sie einen Weg verlassen, den sie gehen wollten?

Einen letzten Weg müssen wir ihnen erlauben. Sie geben uns Zeit, die Leine zu lösen - Wir müssen sie laufen lassen.

Für Snoopy

Christiane Bodtlaender

Ich habe früher auch schon diverse Meerschweinchen, Kaninchen und Wellensittiche beerdigen müssen, aber du warst doch etwas total anderes.

Du warst fast immer 24 Stunden am Tag um mich, weil du ja so enorme Verlassensängste hattest. Du hattest im Laufe der Zeit drei Zuhause: meine Wohnung während der Woche, am Wochenende zusammen mit mir bei meinem Lebensgefährten und zudem warst du noch unser Schulhund, da ich an einer Schule arbeite und dich immer mitnehmen durfte.

Nun gibt es keinen Ort, wo du mir nicht fehlst. Dreimal Körbchen entsorgen, Näpfe und Hundefutter, das war grausam.

Snoopy

Nachts meine ich immer noch, ich höre deine Tapser durch die Wohnung. Wenn ich weggehe, schaue ich immer, ob du mitkommt, dabei bist du doch gar nicht mehr da. Heute Abend gekocht und kein bettelnder Hundeblick mehr neben mir. Mir fehlt dein Geruch, dein Bellen und das wohlige Gefühl, das ich hatte, wenn ich dich stundenlang beim Fernsehen kraulte.

Es gab keinen anderen Weg, trotzdem quält es mich, so eine Entscheidung getroffen zu haben. Sicher, es war meine Verantwortung für dich, ich durfte mich nicht daran klammern, alles zu versuchen, um dich nicht zu verlieren und dich dabei doch nur zu quälen, nur damit ich nicht alleine bin. Aber wie fast jeder (denke ich zumindest), hatte ich immer die Hoffnung, du wirst uralt und schläfst irgendwann einfach ein. Aber natürlich hättest du mir dann genauso gefehlt.

Ich denke, es wird noch eine lange Zeit dauern, bis einfach nur noch die schönen Erinnerungen da sind.

Wie die Homepage www.beagle-entlaufen.de (mit einer Unterseite für den „Beagle-in-Not“) entstand:

Sigrid Boveland

Mitte 2000 las ich im „Beagle Brief“ (Mitteilungsheft des BCD e.V.) eine ganzseitige Anzeige mit der Beschreibung und dem Foto einer Beaglehündin.

Mit Hilfe dieser Anzeige wurde deutschlandweit nach der vermissten „Queenie“ gesucht. Da Queenie ein besonderes Kennzeichen hat, nämlich eine herzförmige Blesse auf der Stirn, hoffte man auf diesem Wege Beaglefreunde zu finden, die die vermisste Hündin bei ihren Neubesitzern sehen und erkennen würden. Im selben „Beagle Brief“ wurde berichtet, dass die Homepage des BCD e.V. überarbeitet wurde.

Dadurch entstand die Idee, eine Homepage für entlaufene Beagles zu erstellen. Nach einigen Anfangsschwierigkeiten (u.a. war ich Computer-Neuling) entstand mit Hilfe von Jörg Heitmann, dem Webmaster des BCD e.V., die Homepage www.beagle-entlaufen.de.

Leider mussten dort recht bald noch mehr Beagles veröffentlicht werden. Manche davon waren schon vor Jahren entlaufen, wurden aber immer noch schmerzlich vermisst.

Wohl jeder Hundebesitzer kann sich vorstellen, was es bedeutet, nicht zu wissen, ob und wie der geliebte Vierbeiner noch lebt. Diese ständige Ungewissheit ist schwerer zu ertragen, als mit der Gewissheit zu leben, der Hund ist tot.

Im Laufe der Jahre fanden ausschließlich über die Homepage nur wenige Beagles nach Hause zurück. Für die meisten entlaufenen Beagles (ca. ¾) gibt es aber trotzdem ein Happy End, denn sie werden wieder aufgefunden oder finden von selbst nach Hause zurück. Die allermeisten der weiterhin vermissten werden es sich vermutlich auf irgendeinem Sofa bei weniger ehrlichen Findern gut gehen lassen, denn Totmeldungen vermisster Beagles sind sehr selten. Ein tot aufgefundener, sehr alter Beagle wurde über die Homepage definitiv identifiziert und seine Besitzer benachrichtigt...

Auch haben einige Neubesitzer erst mit Hilfe der Homepage das frühere Schicksal ihres zugelaufenen Beagles in Erfahrung bringen können. Gegen einen dieser Vorbesitzer läuft nun eine Anzeige, denn sein Beagle wurde ausgesetzt an der Autobahn gefunden...

Vielen Besitzern konnten wir Webmaster konkret mit Tipps helfen, ihren entlaufenen Beagle wieder zu bekommen. Damit der vermisste Vierbeiner wieder nach Hause findet, ist es für die Besitzer nämlich wichtig, möglichst schnell möglichst viele Menschen darüber zu informieren, dass ihr Beagle vermisst wird.

Dazu können Handzettel verteilt werden, Suchanzeigen geschrieben, Taxizentralen benachrichtigt werden und, und, und. Das Wichtigste ist immer noch, TASSO zu informieren, eine Tierschutzorganisation, die sich auf die Suche von vermissten Haustieren spezialisiert hat.

Man kann noch viel mehr unternehmen, um den vermissten Hund wieder zu bekommen, was, das richtet sich oft nach dem Einzelfall. Wichtig ist z.B. auch zu wissen, dass Tierheime, aber auch die Polizei, in Schichtdiensten arbeiten. Und wenn die eine Schicht eine Suchmeldung aufgenommen hat, erfährt davon die nächste leider nicht immer etwas...

Der kurioseste Fall eines Beagles, der über die Homepage wieder nach Hause fand, war auch durch solch einen Schichtbetrieb zustande gekommen.

Wir bekamen von einem Tierheim-Mitarbeiter eine Meldung, wonach ein Beagle vermisst würde. Am nächsten Tag benachrichtigte uns ein ehrlicher Finder, dass er einen Beagle (direkt in der Nähe) gefunden und mit nach Hause genommen hätte. Den Hund würde er gerne behalten, falls sich der Besitzer nicht finden würde, schrieb er uns. Polizei und Tierheim habe er bereits benachrichtigt, die Polizei habe ihm zugesagt, den Beagle mit nach Hause nehmen zu dürfen, um ihm einen Aufenthalt im Tierheim zu ersparen.

Nun rief ich im Tierheim an und fragte nach, ob es sich bei dem zugelaufenen nicht um denselben Beagle handeln könnte, den sie einen Tag vorher als vermisst gemeldet hätten. Der Tierheimmitarbeiter wusste weder von einem zu- noch von einem entlaufenen Beagle etwas. Auch als ich sagte, dass „sein" Tierheim doch die Meldung des vermissten Beagles bei „Beagle-entlaufen" gemacht hätte, bestand der Mann darauf, dass kein Beagle bei ihnen vermisst würde und er auch von keinem zugelaufenen wüsste!

Daraufhin rief ich bei der örtlichen Polizei an. Eine Vermisstenmeldung eines Beagles lag dort nicht vor, der gefundene Beagle war aber bekannt. Der wirklich nette Polizist (der dem Finder zugesagt hatte, den Beagle mit nach Hause nehmen zu dürfen), erinnerte sich genau, eine Mitteilung über den zugelaufenen Beagle an das Tierheim weitergereicht zu haben. Er sagte zu, die Sache zu klären.

Später fand er heraus, dass im besagtem Tierheim wohl die linke Hand nicht wusste, was die rechte macht. Die Vermissten- bzw. Fundmeldungen wurden nicht immer sofort ordnungsgemäß eingetragen und gerieten so schon einmal in Vergessenheit... War nun der Kollege, der z.B. bei der Vermisstenmeldung anwesend war, später nicht mehr da, konnte der nächste Tierheim-Mitarbeiter nichts von diesem Hund wissen und gab bei Anfragen natürlich an, es würde keiner vermisst. Umgekehrt wusste keiner von dem Hund, der zugelaufen war, denn im Tierheim war kein Beagle und die Mitteilung der Polizei über den Fundhund hatte ebenfalls noch keiner eingetragen.

Wer Polizist hatte aber ein Herz für Beagles und sorgte dafür, dass der Vierbeiner wieder zu seinem Menschen kam. Das Beispiel zeigt, wie wichtig es ist, als Besitzer eines vermissten Hundes selbst alle Stellen zu informieren. Hätte der Polizei eine Vermisstenanzeige vorgelegen, wäre der Beagle schon viel eher nach Hause gekommen.

Besagter Beagle wurde übrigens auf der Homepage nicht aufgenommen und sein Besitzer wird vermutlich gar nicht wissen, über welche Irrwege sein Hund wieder zu ihm kam. Das ist aber auch nicht wirklich wichtig, denn wir Webmaster freuen uns über jeden Beagle, der wieder nach Hause kommt, egal auf welchen Wegen und mit welcher Hilfe!

Beagle-entlaufen.de war noch kein halbes Jahr im Netz, da fragte mich Wolfgang Brüggemann, der damalige Vorsitzende der Landesgruppe Ruhrgebiet (im BCD e.V.), ob auf der Homepage nicht noch eine Seite für den „Beagle in Not" frei sei. Er hätte von einem Beagle gehört, für den ein neues Zuhause gesucht würde. Mit Hilfe einer solchen Homepage wäre es vermutlich einfacher, ein gutes Plätzchen nicht nur für diesen Beagle zu finden.

Also wurde auf der Seite www.beagle-entlaufen.de kurzentschlossen noch eine Unterseite für den „Beagle in Not" gestaltet. Nun muss ich gestehen, dass ich diese Seite ziemlich blauäugig einrichtete, denn mir war nicht bewusst, welche Arbeit damit auf mich zukommen würde.

In den ersten Wochen suchten darüber nur wenige Beagles bzw. Beaglemixe ein neues Zuhause. Das änderte sich aber rasch und bald merkte ich, dass die anfallende Arbeit von mir alleine nach Feierabend nicht mehr bewältigt werden konnte.

Über einen Aufruf im „Beagle Brief" fanden sich 2001 gleich zwei Beaglefreunde, die bereit waren, als Webmaster an der Homepage mit zu arbeiten, nämlich Alexandra Schwarz und Marcel Gräf. Inzwischen wird die Homepage von vier Webmastern abwechselnd betreut. Die jetzigen Webmaster sind Alexandra Schwarz, Barbara Nowak, Sandra Petty und ich. Die Seite www.beagle-entlaufen.de ist längst nicht mehr „meine", sondern „unsere" Homepage! Die Arbeit daran nimmt immer mehr zu und heute muss der „diensthabende Webmaster" an manchen Tagen gleich mehrere Hunde auf die Seite setzen, die alle ein Zuhause suchen.

Lina, die über die HP ein neues Heim fand

Bevor ein Beagle auf die Homepage kommt, ruft der Webmaster die Besitzer des Hundes an. So werden zum einen die Telefonnummern überprüft, zum anderen auch sogenannte „Jokes" ausgefiltert.

Der Webmaster fragt dann, warum für den Beagle ein neues Zuhause gesucht wird. Manchmal gelingt es dabei auch, dem Besitzer Möglichkeiten aufzuzeigen, die ein weiteres Zusammenleben mit dem Beagle doch noch ermöglichen.

In den anderen Fällen setzt der Webmaster eine möglichst genaue Beschreibung des Vierbeiners auf und nimmt diese, meist mit einigen Fotos des Hundes, in die Homepage auf.

Fast alle Beagles, die über die Homepage ein neues Zuhause suchen, sind von sogenannten Hundevermehrern, die, nachdem sie für ihre Welpen erst einmal Geld bekommen haben, keinen Gedanken mehr an deren Zukunft verschwenden. Massenzüchter sind keinesfalls bereit, für „ihre Welpen" ein evtl. später notwendiges zweites Zuhause zu suchen.

Hunden vom Vermehrer fehlt in ihren so wichtigen ersten Lebenswochen der normale Kontakt zur Außenwelt und oft auch zu den Menschen. Sie kennen nur das begrenzte Leben im Zwinger und leiden unter den Folgen oftmals ihr Leben lang. Deshalb haben solche Hunde oftmals Verhaltensdefizite, und ihre Besitzer kommen damit nicht immer klar. Über die Homepage wird versucht, auch für solche armen Beagles ein geeignetes Zuhause zu finden.

BITTE KAUFEN SIE NIEMALS, AUCH NICHT AUS MITLEID, EINEN WELPEN VON EINEM HUNDEVERMEHRER, DENN SIE UNTERSTÜTZEN MIT EINEM SOLCHEN KAUF DIE MASSENZÜCHTER!

Massenzüchter sind leider nicht auf den ersten Blick als solche zu erkennen. Kaufen Sie niemals einen Welpen, wenn Sie die Mutterhündin nicht in Ruhe anschauen können. Sind die Welpen von ihr bereits getrennt, seien Sie besonders misstrauisch. Das gleiche gilt, wenn der Züchter mit mehr als ein oder zwei Rassen züchtet.

Werden Sie misstrauisch, wenn „zufällig" der von Ihnen gewünschte Welpe vom Züchter in Kürze besorgt werden kann. Oft handelt es sich dann um einen Hundehändler, der mit Welpen z.B. aus Osteuropa handelt. Diese werden billig eingekauft und dann, meist im Kofferraum eines PKW, nach Deutschland gekarrt. Kurz nach der Ankunft, also beim Verkauf, mögen sie noch einen gesunden Eindruck machen, viele dieser Welpen erkranken aber nach wenigen

Tagen schwer. Auch haben die allermeisten dieser Hundebabys durch das Durchlebte einen bleibenden Verhaltensschaden, der sich meist erst später bemerkbar macht.

Erwarten Sie von einem seriösen Züchter nicht, sofort einen Welpen zu bekommen! Verantwortungsvolle Züchter fragen Sie erst einmal gründlich aus, bevor Sie Ihnen einen Welpen überlassen. Dies spricht für den Züchter und unterscheidet ihn vom Massenzüchter. Gesunde Welpen werden nicht nach Angebot und Nachfrage gezüchtet, deshalb kann es evtl. Monate dauern, bis Sie „Ihren" Beaglewelpen erhalten. Dafür können Sie sich aber auf einen gesunden und wesensfesten Hund freuen.

Über Laborhunde und die IG Tiere in Not

Die Interessengemeinschaft wurde 1992 von Karin und Walter Löhken gegründet. Mittlerweile besteht die IG aus 10 Familien, die alle seit Jahren mit Laborbeagle leben.

Pro und Contra von Tierversuchen sind für die IG kein Thema, dafür gibt es die bundesweite Organisation „Tierversuchsgegner". Die IG ist leise und in keiner Weise radikal. Sie wollen diesen Tieren, die im Dienst der Medizin gestanden haben, ein gutes Weiterleben ermöglichen. Bislang sind ca. 1400 Hunde der IG in Obhut gegeben worden.

Die IG holt die Tiere im Labor ab und bringt sie auf direktem Weg in ihr neues Zuhause. Dies ist sehr zeitaufwändig und kostenintensiv, erspart aber den Hunden eine unschöne Zwischenstation in einem Tierheim.

Die neuen Besitzer werden von der IG gut vorbereitet und auch nachher steht ihnen die IG mit Rat und Tat zur Seite. Die Hunde bleiben bis zu ihrem Tod unter der Endobhut der IG.

Laborhunde sind ehemalige Versuchstiere, die das Glück haben, nach den Versuchen das Labor verlassen zu dürfen. An ihnen wurden Medikamente, Behandlungs- und Operationsmethoden für Menschen und Tiere ausgetestet. Diese Versuche sind gesetzlich vorgeschrieben. Die Laborhunde sind gesund und haben keine gesundheitlichen Folgeschäden.

Können Sie sich vorstellen, wie es ist, in der Abgeschlossenheit eines Labors zu leben? Die Tiere leben in den Laboren ähnlich wie in einem Tierheim, völlig abgeschottet von der Außenwelt. Sie sind nicht stubenrein und die Außenwelt ist ihnen fremd. Kurz gesagt: sie kennen nichts und können am Anfang noch nichts!

Aber keine Angst: sie sind enorm lernfähig und schaffen es meistens ziemlich schnell, sich in ein normales Hundeleben einzufinden und mit alltäglichen Situationen umzugehen. Mit Unterstützung ihrer Menschen entwickeln sie sich zu ganz normalen fröhlichen Hunden.

Sie akzeptieren jedes andere Haustier und lieben Kinder.

Die neue Familie sollte viel, viel Zeit haben, denn die Laborhunde sind nicht gern allen, aber auch das lernen sie. Und viel Geduld erwarten sie auch - sie müssen schließlich soviel Neues lernen.

Und sie lieben das Lernen! Sie gehen auch gern mit der neuen Familie in eine gute Hundeschule, denn auch die Menschen können dort noch viel lernen. Wichtig sind für Laborhunde klare Grenzen, denn sie möchten wissen was sie dürfen und was nicht. Sie wollen wie ein Welpe erzogen werden.

Und dann brauchen sie noch ganz, ganz viel Liebe, denn sie haben einen enormen Nachholbedarf. Haben sie Vertrauen zu ihren Menschen gefunden, sind sie die anhänglichsten und liebevollsten Hunde der Welt.

im Internet ist die IG Tiere in Not zu finden unter:
www.versuchstiere.de

Laborhundetreffen in Bad Sassendorf

Interesse am Forum???

Lust auf mehr lustige Geschichten bekommen? Interessiert zu erfahren, wie andere ihre Beagle ernähren oder „Probleme“ lösen? Haben andere noch eine tolle Idee, was man gemeinsam mit Beagle lernen oder spielen könnte? Vielleicht über das Internet neue Beagle-Bekanntschaften schließen?

Einfach mal in die Foren reinschauen!

http://de.groups.yahoo.com/group/laborbeagle

und

http://de.groups.yahoo.com/group/Beagletreff

Bildnachweis

Marlene Lausmann:
- alle Comics

Alexandra Schwarz:
- die Dreamies

Sigrid Boveland:
- Borkumer Beaglewarte
- Beagletreff auf Borkum

Christina Sondermann:
- Laborhundetreffen in Bad Sassendorf

Praxis Dr. Lühs:
- Ikes Markknochen

alle anderen Fotos stammen von den in den jeweiligen Texten genannten Autoren

Danksagung

So ein umfangreiches Projekt klappt nur, wenn viele Menschen bereit sind, sich aus der Anonymität der Foren in die Öffentlichkeit zu wagen.

Der herzliche Dank geht an alle Beteiligten, die sich getraut haben, einen oder mehrere Texte beizusteuern und ganz besonders an diejenigen, die extra für dieses Buch noch etwas geschrieben haben.

Danke auch für die Geduld, die alle Beteiligten hatten, weil ich ein noch schöneres Foto haben wollte oder der Meinung war, der Text würde durch einige stilistische Änderungen besser werden.

Danke an meine Beaglefreundinnen, die mir wieder Mut machten, als ich aufgeben wollte, weil ich den Arbeits- und Zeitaufwand unterschätzt hatte und die ich besonders in der „heißen Phase" der Fertigstellung jederzeit auch telefonisch mit: „was meinst du dazu?" behelligen konnte.

Danke an meinem Mann und an Ike & Bonny, die alle drei ihr Frauchen häufiger am PC vorfanden, als ihnen lieb war.

Danke auch an Herrn Borchardt, der sicherlich nicht immer glüklich war über meine Bildbearbeitung.

Mein ganz besonderer Dank gilt Inge Schleier. Sie hat die undankbare Aufgabe des Korrekturlesens übernommen (alle noch vorhandenen Fehler gehen auf „meine Kappe") und auch all ihre sonstigen Anmerkungen waren mehr als hilfreich für mich.

Wagenfeld, im Juli 2005

Beatrix Granitzki

INHALTSVERZEICHNIS